टॉकीज़

सिनेमा का सफ़र

ग्यारह महत्त्वपूर्ण सिनेमा निर्देशकों से
जागरण फ़िल्म फ़ेस्टिवल में हुई
अजय ब्रह्मात्मज और **मयंक शेखर**
की बातचीत

राजकमल पेपरबैक्स

ISBN : 978-81-267-2924-1

मूल्य : ₹250

पहला संस्करण : 2016
This book is printed on **Print on Demand** Technology : 2024

प्रकाशक : राजकमल प्रकाशन प्रा.लि.
1-बी, नेताजी सुभाष मार्ग, दरियागंज
नई दिल्ली-110 002

शाखाएँ : अशोक राजपथ, साइंस कॉलेज के सामने, पटना-800 006
पहली मंजिल, दरबारी बिल्डिंग, महात्मा गांधी मार्ग, प्रयागराज-211 001
1, अनमोल सोराबजी संतुक लेन, धोबी तलाव, मरीन लाइंस, मुम्बई-400 002

वेबसाइट : www.rajkamalprakashan.com
ई-मेल : info@rajkamalprakashan.com

TALKIES : CINEMA KA SAFAR
by Jagran Film Festival

जागरण फ़िल्म फ़ेस्टिवल के बारे में

'जागरण फ़िल्म फ़ेस्टिवल' वो बायोस्कोप है जिसके पर्दे के पीछे न केवल देश और विदेश का सिनेमा मिलता है बल्कि पर्दे पर जादू बिखेरने वाले कलाकार भी अपने दर्शकों से रू-ब-रू होते हैं।

यह फ़ेस्टिवल 'जागरण समूह' द्वारा शुरू की गई एक महत्त्वपूर्ण पहल है जिसका उद्देश्य सिनेमा के चाहने वालों और उसे बनाने वालों को एक मंच पर लाना है। इसके साथ ही 'फ़िल्म एप्रिशिएसन' जैसी वर्कशॉप के द्वारा लोगों को सिनेमा के और क़रीब खींचना ताकि वो सिनेमा देखने के नए नज़रिए, नए क़िस्से-कहानियों और नई प्रतिभाओं से रू-ब-रू हो सकें।

फ़ेस्टिवल का अपना एक ख़ास आकर्षण है। इसकी ख़ासियत यह है कि फ़ेस्टिवल के दौरान, कुछ चुनिंदा फ़िल्मों की पूरी टीम, दर्शकों के साथ बैठकर फ़िल्म देखने का आनंद लेती है। साथ ही दर्शकों को उनसे मिलने और सवाल-जवाब करने का मौका भी मिलता है। दरअसल, इसका उद्देश्य यही है कि इस तरह एक ऐसा प्लेटफ़ॉर्म तैयार किया जाए जहाँ सिनेमा पर समाज और समाज पर सिनेमा के प्रभाव तथा उसके कारणों पर बैठकर बहस की जा सके।

पिछले साल 'जागरण फ़िल्म फ़ेस्टिवल' के दौरान 16 शहरों में 200 से ज्यादा फ़िल्मों की स्क्रीनिंग की गई तथा हर शहर में 'फ़िल्म एप्रीशिएसन वर्कशॉप' का सफ़ल आयोजन किया गया, जिससे 50,000 से भी अधिक लोग सीधे तौर पर जुड़े और भारत में लगभग 50 करोड़ से अधिक लोगों तक 'जागरण फ़िल्म फ़ेस्टिवल' के विषय में दैनिक जागरण अख़बार और अन्य सोशल मीडिया के माध्यम से जानकारी पहुँची।

फ़ेस्टिवल में न केवल भारत बल्कि अन्तरराष्ट्रीय स्तर की बेहतरीन फ़िल्मों की स्क्रीनिंग की जाती है। इनमें डॉक्यूमेंट्री और एड फ़िल्में भी शामिल हैं।

फ़िलहाल यह फ़ेस्टिवल देश की राजधानी दिल्ली से चलकर कानपुर, लखनऊ, इलाहाबाद, वाराणसी, हिसार, लुधियाना, मेरठ, देहरादून, पटना, राँची, जमशेदपुर,

रायपुर, इंदौर, भोपाल के रास्ते से होते हुए मुम्बई पहुँचता है। भौगोलिक दृष्टि से देखें तो यह अकेला ऐसा फ़ेस्टिवल है जो इतने सारे राज्यों में तथा इतने बड़े स्तर पर आयोजित किया जाता है।

दर्शकों, सिनेमा प्रेमियों और फ़िल्मी दुनिया के लोगों के अथाह प्रेम और फ़ेस्टिवल से उनके जुड़ाव को देखते हुए जागरण समूह साल 2016 से फ़ेस्टिवल के दायरे को और बढ़ाने की दिशा में प्रयासरत है।

वर्ष 2015 में हुए फ़ेस्टिवल के दौरान जिन 11 फ़िल्म निर्देशकों से फ़िल्म समीक्षक अजय ब्रह्मात्मज और मयंक शेखर ने बातचीत की, उन्हें इस किताब में भरसक यथावत पेश किया गया है।

आशा है, यह पुस्तक सिनेमा और सिने–निर्देशकों की दुनिया से व्यापक हिन्दी पाठक को बख़ूबी जोड़ेगी।

अनुक्रम

इम्तियाज़ अली

निर्देशक और लेखक। दिल्ली विश्वविद्यालय के हिन्दू कॉलेज से ग्रैज्यूएशन। कॉलेज में 'इब्तिदा' नाम से थियेटर ग्रुप की स्थापना की । फ़िल्म 'सोचा न था' से फ़िल्मी कैरियर की शुरुआत। चर्चित फ़िल्में—'जब वी मेट', 'लव आज कल', 'रॉकस्टार' और 'हाईवे'।

बातचीत

इम्तियाज़ अली | अजय ब्रह्मात्मज

अजय ब्रह्मात्मज : अब फ़िल्म शूट करने में जितना समय लगता है, उससे ज्यादा समय उसके प्रिंट, प्रोमो और मार्केटिंग में लगने लगा है। चूँकि आप एक क्रिएटिव पर्सन हैं और यह आपका पेशा नहीं है, तो ऐसा नहीं लगता कि एक एक्स्ट्रा बर्डन आपके ऊपर आ गया है?

इम्तियाज़ अली : लकीली जब हम पोस्ट प्रोडक्शन कर रहे होते हैं, उस वक्त पब्लिसिटी भी हो रही होती है। अगर ऐसा हो कि सारा दिन पब्लिसिटी ही करनी है तो फिर तो मुश्किल है। एक दफा ऐसा हुआ था कि प्रीतम और मैं 'लव आजकल' की म्यूजिक की पब्लिसिटी करने के लिए कोलकाता गए हुए थे तो हमें दो अलग-अलग कमरों में डाल दिया गया और एक के बाद एक ग्राहक की तरह जर्नलिस्ट आने लगे तो एक्चुअली आधे घंटे में प्रीतम जमीन पर गिरकर बेहोश हो गया। जब हमें पता चला तो उसने कहा कि सर, ये तो चाइनीज टार्चर है। एक ही सवाल बार-बार पूछ रहे हैं! तो अगर सिर्फ पब्लिसिटी करनी हो सारा दिन तो नाकाबिले बर्दाश्त की चीज हो सकती है। पर लकीली फ़िल्म शूटिंग के बाद के जो प्रोसेस होते हैं, जैसे एडिटिंग, साउंड रिकॉर्डिंग, ये हमारे चल रहे होते हैं।

अजय ब्रह्मात्मज : आपकी नई फ़िल्म आ रही है 'तमाशा' और उसका जो ट्रेलर आया, कुछ लोगों को बहुत अच्छा लगा तो कुछ लोगों को समझ में नहीं आया। कुछ लोगों ने तो यह तक कहा कि ये तो किसी और फ़िल्म जैसा ट्रेलर लग रहा है। आप लोगों को भी बहुत सारे फीडबैक मिले होंगे लेकिन मैं उससे अलग जाकर पूछना चाहता हूँ कि 'तमाशा' है क्या?

इम्तियाज़ अली : यह बहुत ही मुश्किल सवाल होता है जिसमें लगता है कि मैं क्या ऐसा जवाब दूँ कि सारे लोग फ़िल्म देखने आ जाएँ। अक्सर आप अपनी कहानी का तमाशा दुनिया में होते हुए देखते हैं। जो आप कहानी सुनते हैं, उसकी एक बिगनिंग,

मिडिल और एंड होती है। उसी तरह से आपकी कहानी भी चलती है, फर्क सिर्फ यह है कि अपनी कहानी की एंडिंग आप चेंज कर सकते हैं। उसकी सलाहियत आपको दी गई है, तो अपने हाथ में अगर आप अपनी ज़िन्दगी के डिसिजन ले लेंगे तो कहानी जो है, वह आपके अनुसार हो जाएगी। बेसिकली यही है 'तमाशा'।

अजय ब्रह्मात्मज : लोगों को लगता है कि इम्तियाज़ की फ़िल्मों में एक सफ़र जरूर होता है और कहानी उसी के साथ आगे बढ़ती है?

इम्तियाज़ अली : क्योंकि जब आप सफ़र करते हैं, तो लोग आपको पहचानते नहीं हैं। आप कोई भी हो सकते हैं, आपको अपना रोल प्ले करने की जरूरत नहीं होती है। उसकी एक फ्रेशनेस होती है। तो इस कहानी में भी ऐसा ही होता है कि दो लोग ऐसी जगह मिलते हैं जहाँ उन्हें कोई नहीं पहचानता है। जहाँ कोई हिन्दुस्तानी नहीं है, वहाँ पर ये दोनों मिलते हैं और वहाँ उनका जो रूप होता है, वह वैसा नहीं होता है जो उनका अपने समाज में नहीं है। और कभी ऐसा होता है कि वहाँ आपको उससे लगाव हो गया जहाँ उसका कोई संदर्भ नहीं है।

अजय ब्रह्मात्मज : आप अपनी फ़िल्मों में एक्टर या एक्ट्रेस का चुनाव क्या ध्यान में रखकर करते हैं?

इम्तियाज़ अली : मेरे साथ हमेशा यही होता है और मुझे लगता है कि यही सही तरीका है कि कहानी जब आप लिख रहे होते हैं तो यह डिसाइडेड नहीं होता है कि एक्टिंग कौन करेगा इसमें। जब कहानी पूरी हो जाती है, उसके बाद आप देखते हैं कि एग्जिस्टिंग एक्टर में ऐसा कौन है जो इस रोल में फिट बैठता है। तो इस केस में भी वैसा ही था। कहानी पूरी होने के बाद मुझे लगा कि रणवीर और दीपिका इस रोल में फिट बैठेंगे।

अजय ब्रह्मात्मज : एक बार एक फ़िल्ममेकर ने मुझे बताया था कि जब वे एक्टर्स चुन लेते हैं तो फिर से एक बार स्क्रिप्ट विजिट करते हैं। और फिर एक्टर्स के हिसाब से थोड़ी-बहुत तब्दीलियाँ करते हैं कहानी में।

इम्तियाज़ अली : हाँ, बिलकुल। क्योंकि यह एक जायज और लाजमी कदम है। इससे एक्टर अपनी तरफ से कैरेक्टर के नजदीक आता है और अस्सी प्रतिशत जर्नी वह पूरा करता है। स्क्रिप्ट उसकी तरफ आती है और यह वही रिविजिट करने वाला प्रोसेस है जिसकी बात आप कर रहे थे।

अजय ब्रह्मात्मज : जब 'तमाशा' का ट्रेलर आप लांच कर रहे थे तो रणवीर ने एक बात कही थी कि इम्तियाज़ की फ़िल्मों में जो कहानियाँ होती हैं, जो घटनाएँ होती हैं, वे इम्तियाज़ की लाइफ से होती हैं। क्या सच में ऐसा है?

इम्तियाज़ अली : थोड़ा-बहुत जो आ जाता है, यह मेरी लाख कोशिश करने के बावजूद आता है। मैं बहुत कोशिश करता हूँ कि कोई भी चीज मेरी ज़िन्दगी से डाइरेक्टली न आए, क्योंकि फिर उसमें कोई मजा नहीं होता है। ग्रोथ नहीं होती है। मैं तो यही समझता हूँ कि मेरी ज़िन्दगी से यह नहीं आया मगर फ़िल्म देखने के बाद कभी-कभी मुझे लगता है कि अरे यार, यह तो मेरे साथ हो चुका है या यह मैं फील कर चुका हूँ। तो लिखते वक्त मेरे खयाल से मैं अवेयर नहीं रहता हूँ कि मैं क्या लिख रहा हूँ। मुझे लगता है कि कैरेक्टर अपनी कहानी लिख रहा है। इसमें मैं इन्वोल्व नहीं हूँ।

अजय ब्रह्मात्मज : कभी किसी दोस्त ने फोन तो नहीं किया कि यार, तूने वो वाला सीन मेरी ज़िन्दगी से ले लिया?

इम्तियाज़ अली : ऐसा कई बार हो चुका है। बहुत सारे ऐसे लोग फोन करते हैं कि यार, यह मैं दिल्ली में बोला करता था, तूने वही डायलॉग चेप दिया फ़िल्म में।

अजय ब्रह्मात्मज : आपकी कामयाबी का सफ़र अगर देखें, तो जमशेदपुर, पटना होते हुए दिल्ली आना, फिर मुम्बई जाना। इस सफ़र के बारे में कुछ बताइए?

इम्तियाज़ अली : इसमें सबसे बड़ी चीज जो होती है, वह है आपकी दिलचस्पी। क्योंकि यही वह चीज है जिसके लिए आप यहाँ आए हैं और यही आपको चलाती है, जिन्दा रखती है। और दूसरी बात जो है, मेरे खयाल से दिलचस्पी ही सबसे बड़ा टैलेन्ट भी है कि आप करना चाहते हैं और आप अपने दिल से करते जाते हैं और उसमें भी जब तक कोई रोक न दे तब तक आप करते रहेंगे। जब मेरे जैसा कोई किसी छोटी जगह से आता है, उसके दिमाग में यह नहीं रहना चाहिए कि मैं डायरेक्टर बनूँगा फ़िल्म का। मेरे दिमाग में ऐसा कभी भी नहीं था। अगर मैं इस सोच के साथ आता तो शायद निराश हो जाता। मैं इस सोच के साथ आया था कि मैं सिनेमा से जुड़ना चाहता हूँ। चाहे जो मिल जाए, वो करूँगा। तो जो भी मिलता था, वही मेरे लिए बहुत बड़ी अचीवमेंट होती थी। जैसे कि मुझे जब टीवी में काम करने को मिला एक डायरेक्टर के तौर पर तो मैं सोच भी नहीं सकता था कि मैं डायरेक्टर बनूँगा और उसके बाद जब फ़िल्म के लिए सनी देओल ने बोला तो यह भी नहीं सोच सकता था। यह सिलसिला चलता जा रहा है।

अजय ब्रह्मात्मज : ये जो शिफ्ट था टीवी से सिनेमा में, आपको क्यों जरूरी लगा कि यह करना चाहिए? टीवी नहीं करना चाहिए या टीवी छोड़ देना चाहिए?

इम्तियाज़ अली : टीवी के पहले भी मैं थिएटर किया करता था और मुझे, सच

बताएँ तो थिएटर में या टीवी में ऐसा लगता था कि जैसे मैं कर तो रहा हूँ, लोग थोड़ी-बहुत तारीफ भी कर रहे हैं, मेरा काम भी चल रहा है, लेकिन कोई पक्का मामला नहीं लगता था। ऐसा लगता था कि जैसे मैं सिनेमा से ही सम्बन्धित हूँ। लोग कहते थे कि यार, तू टीवी सीरियल भी बिलकुल फ़िल्म की तरह डायरेक्ट कर रहा है। मैं बहुत इंसिक्योर हो जाता था। मुझे लगता था कि शायद मुझे कहा जा रहा है कि तू यहाँ फिट नहीं है बॉस। तुम निकलो यहाँ से। मुझे हमेशा लगता था कि कुछ अधूरा सा है। और दूसरी बात यह है कि जो कहानी आती थी दिमाग में, वह हमेशा वही ढाई-तीन घंटे के प्लॉट वाली होती थी। ऐसा नहीं होता था कि वह चलती जाए।

अजय ब्रह्मात्मज : हिन्दी फ़िल्मों में ऐसे कौन से लोग रहे हैं जिनसे आपको प्रेरणा मिलती है?

इम्तियाज़ अली : डाइरेक्टर्स में मुझे विमल रॉय, विजय आनंद, राजकपूर, गुरुदत्त और इसके अलावा मुझे राहुल रवेल बहुत पसन्द हैं। महबूब साहब, के. आशिफ, और भी कुछ नाम हैं, जो मैं मिस कर रहा हूँ। लेकिन इस तरह के डाइरेक्टर्स मुझे बहुत पसन्द हैं।

अजय ब्रह्मात्मज : आज के दौर के जो डाइरेक्टर्स हैं, इनमें से आप किनसे प्रेरित होते हैं?

इम्तियाज़ अली : देखिए, मेरे साथ के जो डाइरेक्टर्स हैं, वे सारे दोस्त हैं। इनको मैं उस तरह से एडमायर नहीं कर सकता, जैसे पुराने डाइरेक्टर्स को करता हूँ। अब अनुराग बासु है, अनुराग कश्यप है, जोया है, विकास है, रिस्पेक्ट तो मैं कर ही नहीं सकता न इनकी। न वे मेरी कर सकते हैं। लेकिन अक्सर हम लोग एक दूसरे को अपनी कहानी या फ़िल्म का कट जरूर दिखाते हैं और बहुत ही ओपनली उस फ़िल्म के बारे में अपनी भावना व्यक्त करते हैं कि यह गलत है, अच्छा नहीं है या यह बहुत अच्छा है, यह समझ में नहीं आ रहा है। ऐसा लगता है कि यार, इससे पहले कि आप ऑडियंस के सामने अपने-आपको एग्जिबिट करें, उससे पहले अपने साथ के डाइरेक्टर्स के सामने अपने-आपको एक्सपोज कर दें। इससे सबका फायदा होता है। इसीलिए हम लोग एक-दूसरे को हमेशा फ़िल्में दिखाते हैं।

अजय ब्रह्मात्मज : तो क्या हम मान सकते हैं कि आप लोगों का जो जमात है, उसका एक क्लेक्टिव प्वाइंट व्यू है फ़िल्मों को लेकर?

इम्तियाज़ अली : नहीं, ऐसा नहीं है। हर किसी का अपना प्वाइंट ऑफ व्यू होता है।

अजय ब्रह्मात्मज : फ़िल्म इंडस्ट्री में बार-बार यह शिकायत आती है कि आजकल

ज्यादातर फ़िल्में या तो रिमेक हो रही हैं या सिक्वेल बन रही हैं। क्या आप लोगों ने कभी उस तरीके की कोशिश की?

इम्तियाज़ अली : नहीं। जब तक हमारी एक फ़िल्म पूरी होती है, तब तक कुछ नए आइडियाज आ जाते हैं, फिर उस पर काम शुरू हो जाता है।

अजय ब्रह्मात्मज : आजकल ऐसा देखा जा रहा है कि आपकी पीढ़ी के सारे डाइरेक्टर्स ज्यादातर खुद ही कहानियाँ लिखते हैं। पहले ऐसा नहीं था। एक बार मैंने यश चोपड़ा साहब से पूछा था तो उन्होंने यही कहा था कि आज के डाइरेक्टर अपनी कहानियाँ खुद लेकर आते हैं इसलिए ज्यादा बेहतर तरीके से कह पाते हैं।

इम्तियाज़ अली : अगर उन्होंने ऐसा कहा तो बहुत बड़ी बात है। इसका प्रैक्टिकल रीजन यह हो सकता है कि जब हमारी पीढ़ी के लोगों ने फ़िल्म बनाना चाहा तो राइटर्स को देने के लिए पैसे नहीं थे, तो आपको खुद ही लिखना पड़ता था। फिर बाद में आदत बन गई। जैसे डायलॉग की अगर बात की जाए तो मैं चाहता था कि अनुराग कश्यप लिखे 'सोचा न था' के डायलॉग। वह तैयार भी था। फिर हमने किसी और को बोला, मगर पैसे थे नहीं। कुछ रीजन की वजह से मुझे ही लिखना पड़ा। 'जब वी मेट' में वक्त नहीं था, जिस दिन हमने डिसाइड किया, उसके 21वें दिन शूटिंग शुरू कर दी। तो टाइम नहीं था बिलकुल भी प्रि-प्रोडक्शन के लिए। मुझे ही डायलॉग लिखना पड़ा और उसके लिए अवॉर्ड भी मिल गया। जब मैंने 'लव आजकल' के प्रोड्यूसर को बोला कि एक डायलॉग राइटर को हायर करना पड़ेगा तो उसने बोला कि अरे बेवकूफ, किसे बना रहे हो? आपको तो अवॉर्ड मिला हुआ है। उसके बाद से जब मैंने 'रॉकस्टार' बनाना शुरू किया तो समझ गया था कि मैं अपनी स्क्रिप्ट खुद ही लिखा करूँगा और फिर शायद मुझे लगा कि यही मेरे लिए बेहतर है।

अजय ब्रह्मात्मज : तो क्या फ़िल्में डायलॉग के जरिए आडियंस तक जाती हैं?

इम्तियाज़ अली : सारी चीजों के जरिए जाती हैं। लेकिन डायलॉग का इम्पोर्टेंट रोल होता है। मगर मुझे लगता है कि डायलॉग के अलावा और भी जो चीजें होती हैं, वे भी इम्पोर्टेंट होती हैं। जो लोग डायलॉग लिखते हैं, उनको एक बैलेंस में लिखना चाहिए। उनको वह नहीं छोड़ना चाहिए जो एक किरदार किसी परिस्थिति में नेचुरली कहेगा।

अजय ब्रह्मात्मज : किसी एक फ़िल्म का उदाहरण देकर अपना लिखने का प्रोसेस अगर आप शेयर कर सकें?

इम्तियाज़ अली : आपको 'रॉकस्टार' के प्रोसेस के बारे में बताता हूँ। मैं हिन्दू कॉलेज, दिल्ली यूनिवर्सिटी में पढ़ा हुआ हूँ और बहुत सारी चीजें जो 'रॉकस्टार' में देखी गई हैं और जो फिलिंग हैं उसकी, वह ज़िन्दगी में आप लोगों ने भी एक्सपिरियंस की होंगी। मैंने भी की हैं तो वे सारी चीजें घूम रही होती थीं। फिर मुझे एक बंदा मिला, उसके पास एक कहानी थी। उसकी कहानी की बिगनिंग यह थी कि वह अपना दिल तुड़वाना चाहता है ताकि वह आर्टिस्ट बन जाए। उसके बाद उसकी कहानी कुछ और थी, वह उस तरह से समझ में नहीं आ रही थी। लेकिन वह प्वाइंट मेरे दिमाग में रह गया। फिर मैंने उससे कहा कि अगर तुम यह नहीं बनाओगे तो फिर मुझे कहना, मैं बनाऊँगा। उसने कहा कि वह तो नहीं बना रहा है, तो उसके बाद वह चीज मेरे दिमाग में चलने लगी।

मुझे हमेशा अपने बचपन में ऐसा लगता था कि मैं तो एक बहुत ही नॉर्मल फैमिली का बंदा हूँ और जितने भी जो बड़े लोग हैं, जिनको मैं एडमायर करता हूँ या जिनकी कहानियाँ हम सुनते हैं, उनकी ज़िन्दगी बहुत डायनामिक होती है। उसमें बहुत रस होता है। उनकी ज़िन्दगी भी एक फ़िल्म की तरह दिलचस्प होती है और मेरी ज़िन्दगी तो बहुत बोरिंग है। एकदम ही मिडिल क्लास, सबकुछ ही मिडिल था मेरी ज़िन्दगी में, तो कैसे होगा? कोई हार्टब्रेक हो जाए, तब ही मैं शायद सक्सेसफुल हूँगा। यह हमेशा ज़िन्दगी में था कि अगर पेन नहीं होगा तो कलाकार नहीं बनूँगा। दूसरी बात यह थी कि कुछ बहुत ही पर्सनल एटीट्यूट भी था, जो आपको एक सरटेन इमोशन फील कराता है। उस वक्त मुझे 'हीर और रांझा' की कहानी भी बहुत याद आ रही थी। लेकिन फ़िल्म पाँच साल तक बन नहीं पाई। और जब 'रॉकस्टार' बनाने का मौका मिला तो मैंने पूरी स्क्रिप्ट दोबारा लिखी।

अजय ब्रह्मात्मज : फ़िल्म बनाते समय आप बाहर के ऑडियंस का भी खयाल रखते हैं या दूसरे शब्दों में कहूँ तो ऑडियंस को खुश रखने की कितनी कोशिश करते हैं?

इम्तियाज़ अली : फ़िल्म बनाते समय इन बातों को ध्यान में नहीं रखा जाता। क्योंकि ऑडियंस आपकी फ़िल्मों में एक्ट नहीं करता, वह फ़िल्म देखने के बाद रिएक्ट जरूर करता है। जो आपके हिसाब से सही है, जो आपको अच्छा लग रहा है, आप वह करने की कोशिश करते हैं। और मैं इस बारे में अपने-आपको लकी मानता हूँ क्योंकि मैं मिडिल ऑफ द ऑडियंस का हिस्सा हूँ। यह एक बहुत ही बड़ा एडवांटेज है। अक्सर मुझे जो चीजें ठीक लग रही होंगी या पसन्द आ रही होंगी तो वे औरों को भी पसन्द आएँगी क्योंकि मेरा टेस्ट बहुत कॉमन है।

राजकुमार हिरानी

निर्देशक, निर्माता , पटकथा लेखक, और फ़िल्म सम्पादक। फ़िल्म 'लगे रहो मुन्ना भाई', 'मुन्ना भाई एमबीबीएस', और 'थ्री ईडियट्स' के लिए 'राष्ट्रीय फ़िल्म पुरस्कार' से सम्मानित। साथ ही कई 'फ़िल्मफ़ेयर अवार्ड', 'स्क्रीन अवार्ड्स', 'आईफा अवार्ड्स' के भी विजेता। साल 2014 में 'पीके' ख़ासी चर्चित फ़िल्म रही।

बातचीत

राजकुमार हिरानी | अजय ब्रह्मात्मज

अजय ब्रह्मात्मज : आपमें ऐसी क्या खूबी है जो आप दर्शकों की नब्ज को बहुत अच्छी तरह पहचानते हैं या फिर आपके पास ऐसा कौन-सा मंत्र है जो इतनी बड़ी हिट फ़िल्में बनाते हैं?

राजकुमार हिरानी : आपने पूछा कि कौन-सा मंत्र है? मुझे नहीं लगता कि सिनेमा-जगत में किसी के पास भी ऐसा कोई मंत्र है या कोई फॉर्मूला है, जिसको फॉलो किया जाए तो हम ऐसी फ़िल्म बना सकें जो लोगों को अच्छी लगे और पैसे भी कमा सकें। मंत्र होता किसी के पास तो आज वह आदमी कॉमर्शियली सक्सेसफुल फ़िल्में बना रहा होता। हम फ़िल्म बनाते हैं जो हमें अच्छी लगती है। हमें लगता है, यह कहानी अच्छी है तो इसे कहनी चाहिए। और मुझे ऐसा लगता है कि जो ऐसा सोचते हैं, वे कोई फॉर्मूला लेकर नहीं आ सकते। अगर आप यह सोचकर जाएँगे कि यह फ़िल्म ऐसी बनाऊँगा जो बहुत ही सक्सेसफुल बनेगी, मुझे लगता है, यह गलत होगा। क्योंकि आप यह कैसे पता कर सकते हैं कि किसी को क्या अच्छा लगता है? आप यह कह सकते हैं कि यार, मुझे यह अच्छी लगती है। यह कहानी मुझे लगती है कि कहनी चाहिए। यह कहानी मैं जब-जब पढ़ता हूँ, यह मुझे अच्छी लगती है। इमोशनली मूव करती है, हँसाती है, रुलाती है, यह कहानी मुझे कहनी चाहिए। क्योंकि आप भी तो दर्शक हैं। मुझे लगता है कि कहानी सिर्फ और सिर्फ अपने लिए ही बनानी चाहिए और किसी के लिए नहीं। और यह उम्मीद करनी चाहिए कि आप बना रहे हैं तो शायद दूसरों को भी अच्छी लगे।

अजय ब्रह्मात्मज : कहा जाता है कि जिस क्रिएटिव पर्सन की नजर अपनी संतुष्टि के साथ-साथ सोशल इश्यू पर भी जाए, वह ज्यादा बेहतर फ़िल्में बना सकता है। हम आपको इसी कैटेगरी में देखते हैं। क्योंकि आपकी पहली से लेकर अभी तक की हर फ़िल्म ने किसी न किसी सामाजिक मुद्दे को छुआ है। यह खूबी आपने कहाँ से हासिल की?

राजकुमार हिरानी : आपने कहा कि सिनेमा में सोशल कॉन्टेस्ट हो तो शायद सिनेमा सक्सेसफुल होता है लेकिन मुझे लगता है, यह कहना भी खतरनाक है। ऐसा कहकर हम सिनेमा को एक फॉर्मूला या ढाँचे में ढालने की कोशिश करेंगे। आप सिनेमा का इतिहास देखिए, अधिकतर कामयाब फ़िल्मों में आपको कोई भी सोशल मैसेज नहीं मिलेगा। यह मेरा पर्सनल च्वाइस है। मैं निकलता हूँ कहानी ढूँढ़ने। हाँ, अगर लिखते-लिखते आपके अंदर कुछ बातें हैं जो आ जाती हैं, तो हमें फॉर्मूला नहीं बनाना चाहिए। जैसा कि हम सभी जानते हैं, सिनेमा का पर्पज इंटरटेन करना है। तो मैं यही मान के चलता हूँ कि मेरी फ़िल्म का मकसद इंटरटेन करना है। क्योंकि जब आदमी हॉल में टिकट खरीदकर आता है तो वह इंटरटेन होने के लिए आता है। अगर उसको इंटरटेन करने के साथ-साथ आपने सोशल मैसेज भी दे दिया तो अच्छी बात है। मगर हर आदमी का एजेंडा अलग होता है।

अगर मैं अपनी फ़िल्मों की बात करूँ तो ऐसा हो गया है, मैंने कोई जान-बूझकर नहीं किया। 'मुन्नाभाई एमबीबीएस' की बात करें तो मेरी लाइफ के कुछ अनुभव थे डॉक्टरों के साथ, तो मुझे लगा कि यहाँ पर कुछ चीजें ठीक नहीं हैं, तो वह निकल आईं स्क्रिप्ट में। 'लगे रहो मुन्नाभाई' जब बनाई तो गांधीजी के आदर्शों के बारे में कुछ बातें निकल आईं।

अभी संजय दत्त की बायोपिक बना रहा हूँ तो उम्मीद करता हूँ कि आप लोगों को कुछ अलग देखने को मिलेगा क्योंकि उसकी लाइफ की कहानी बहुत ही मजेदार है। यदि सोशल मैसेज देने के लिए फ़िल्म बनानी है तो मुझे लगता है कि यह काम बहुत कठिन है। क्योंकि एक सिम्पल कहानी लेकर वह करना आसान है मगर एक सोशल मैसेज को लेकर फ़िल्म बनाना बहुत मुश्किल। अगर मैं आपको 'लगे रहो मुन्नाभाई' की बात बताऊँ तो मेरे लिए सबसे कठिन यह था कि हम फ़िल्म में यह बोलने की कोशिश कर रहे हैं कि महात्मा गांधी के आदर्श आज के जमाने में भी चल सकते हैं। अब इस बात को लोगों तक पहुँचाने के लिए हम ऐसा क्या करें कि उन्हें विश्वास हो जाए? अभिजात और मैं जब यह लिख रहे थे तो हमने कहा कि यार, सीधे तरीके से ऐसा बोलेंगे तो नहीं हो पाएगा, हमको कुछ करके दिखाना पड़ेगा। कुछ सीन ऐसे लिखने पड़ेंगे जिसमें वे विश्वास करने लायक लगें। तो आपको शायद वह दीवार पर थूकने वाला सीन याद हो। गांधीजी अक्सर कहा करते थे कि जो आदमी गलत कर रहा है, उसे उसकी गलती का अहसास कराओ। तो हमने उस सीन में वही किया। दूसरा सीन था वह मैट्रीमोनियल वाला। एक्चुअली मेरा एक दोस्त था जो हमेशा वेटर को सीटी मारकर बुलाता था। अभिजात ने मुझे गांधीजी का एक क्वोट बताया था जिसमें उन्होंने कहा था कि अगर किसी इंसान

के व्यवहार को परखना हो तो यह देखो कि वह अपने से छोटे लोगों के साथ कैसा व्यवहार करता है। हमने उस सीन में गांधीजी के इसी बात को समझाने की कोशिश की। तो मेरा कहने का मकसद है कि ये सीन देखने में तो बहुत साधारण लगते हैं लेकिन लिखने में बहुत मुश्किल होते हैं।

अजय ब्रह्मात्मज : आपको डायरेक्टर बनने में सोलह साल लग गए। मगर काफी लोगों के अंदर इतना धैर्य नहीं होता। ऐसे लोगों को आप क्या संदेश देना चाहेंगे?

राजकुमार हिरानी : देखिए, पहली बात तो मुझे ऐसा लगा ही नहीं कि पंद्रह-सोलह साल लग गए हैं। मुझे सिनेमा सीखना था। खुशकिस्मती यह थी कि पिताजी का पूरा साथ मिला। उन्होंने कहा कि अगर सिनेमा सीखना है तो फिर सीखो। मैंने एफटीआईआई में डायरेक्शन में ट्राई की तो वहाँ मेरा एडमिशन हुआ नहीं। तो किसी ने कहा कि आप एडिटिंग में ट्राई करो, क्योंकि वहाँ कम लोग अप्लाई करते हैं। तो मैंने कहा कि एडिटिंग होती क्या है? उन्होंने कहा कि आप जाओगे तो सीख जाओगे। तो मैंने अगले साल एडिटिंग में अप्लाई कर दिया। और सालभर मैंने तैयारी की और लॉ में भी एडमिशन ले लिया। तो एक्जाम के वक्त दोनों का एक्जाम एक साथ पड़ गया और मैंने लॉ छोड़कर एफटीआईआई की एक्जाम दिया, जिसे कि मैं अपने जीवन का सबसे अच्छा फैसला मानता हूँ। श्रीराम राघवन मेरे साथ थे वहाँ पर। क्योंकि मैंने टेक्निकल कोर्स किया था, इसलिए मुझे काम बहुत मिलता था। पहले छह-आठ महीने तकलीफ थी, क्योंकि कुछ काम नहीं था, लेकिन उसके बाद थोड़ा-थोड़ा काम मिलने लगा। सीरियल बनने लगे। तो ऐसा नहीं था कि मैं काम नहीं कर रहा था। हाँ, मेरी तमन्ना यह थी कि फीचर फ़िल्म बनानी है तो थोड़ा-सा कुछ भी डाइरेक्ट करने को मिल जाए। जैसे कॉर्पोरेट फ़िल्म मिल गई तो बहुत एक्साइटमेंट होती थी। एड फ़िल्में शूट कीं और उसके बाद सेलिब्रेट करते थे। फिर धीरे-धीरे फ़िल्मों से जुड़ने लगे। काम चलता रहा। पर कहीं न कहीं यह लगता था कि यार, आए तो फ़िल्में बनाने के लिए थे लेकिन वो नहीं कर रहे हैं। फिर लगा कि मुझे कोई फ़िल्म क्यों बनाने देगा जब तक मेरे पास कोई कमाल की स्क्रिप्ट न हो? तो फिर राइटिंग पर फोकस करना शुरू किया। कई कहानियाँ लिखीं। जो खुद को अच्छी लगती थीं, वह बाकियों को पसन्द नहीं आती थीं। तो मैं यह नहीं कह सकता कि मैंने बहुत अच्छी कहानियाँ लिखीं मगर किसी को समझ में नहीं आईं। तो मैंने सोचा कि जिस दिन अच्छी कहानी लिखूँगा, अच्छा रिस्पॉन्स भी मिलेगा। करते-करते फाइनली 'मुन्नाभाई एमबीबीएस' लिखी और आज मैं कह सकता हूँ कि वह कहानी जब मैं पहले आदमी के पास लेकर गया तो उसने कहा कि ग्रेट है। तो कई लोगों ने इस फ़िल्म को प्रोड्यूस करने की इच्छा जाहिर की। आज की

तारीख में आप किसी भी प्रोड्यूसर के पास जाओ तो वह चाहता है कि आपके पास अच्छी कहानी हो।

अजय ब्रह्मात्मज : फ़िल्म जगत में अधिकतर लोग जब अपना कैरियर शुरू करते हैं तो वे अपनी एक अलग पहचान बनाना चाहते हैं लेकिन धीरे-धीरे वक्त के साथ वे भी भीड़ का हिस्सा बन जाते हैं। आप खुद को इससे बचाने में कैसे सफल रहे?

राजकुमार हिरानी : देखिए, मुम्बई में रहने के लिए पैसा चाहिए और पैसा तभी मिलेगा जब आप किसी को पैसा कमाकर देंगे। चूँकि मुझे एडिटिंग आती थी तो मेरी रोजी-रोटी चलती रहती थी। जब कभी भी थोड़ा सा ब्रेक आता था तो मैं कहानियों में घुस जाता था। तो मैं यही कहूँगा कि एक ऐसा दौर है जो चलता रहता है। आपको अगर फ़िल्म बनाना है तो मौका जरूर मिलता है।

अजय ब्रह्मात्मज : आप कहानी लिखने के प्रोसेस के बारे में जरा कुछ बताइए?

राजकुमार हिरानी : हाँ, हम लोग कहानी थोड़ा अलग ढंग से लिखते हैं। मैंने और अभिजात ने कभी स्टोरी के स्ट्रक्चर को फॉलो नहीं किया। हम लोग पहले एक सब्जेक्ट चुनते हैं फिर साथ में बैठ जाते हैं। वॉक करते थे। क्योंकि वॉक करते-करते बड़े अच्छे आइडियाज आते थे और उस सिलसिले से संबंधित अपने जीवन के किसी भी अनुभव को शेयर करते थे। कोई स्ट्रक्चर या प्रोसेस नहीं होता था। कुछ भी बात करने लगते थे हम दोनों। उसके बाद आकर फिर लैपटॉप पर जो आडियाज आए हैं, उसे राइट डाउन करते थे। फिर उसी में से एक स्टोरी स्ट्रक्चर निकालने की कोशिश करते थे। यह हममें से किसी ने नोटिस नहीं किया लेकिन कुछ लोगों ने मुझे बताया कि उन्हें मेरी फ़िल्मों का हर सीन एक कहानी लगती है। ऐसा हमने जानबूझकर नहीं किया, यह सब सबकॉन्सियसली हो गया।

अजय ब्रह्मात्मज : जब आप मुम्बई आए थे, तब और अब के माहौल में कितना फर्क है?

राजकुमार हिरानी : उस समय सबके पास एक छोटी-सी फ़िल्म डायरेक्टरी होती थी जिसमें फोन नंबर्स होते थे। मुझे पहले हफ्ते में ही एक विज्ञापन का काम मिल गया था जो दस दिन में खत्म हो गया और उसके बाद छह महीने तक कोई काम नहीं मिला। फिर छह महीने के बाद मैंने एक एडिटिंग ग्रुप ज्वाइन किया। वहाँ इतना काम होता था कि रात में घर आते ही नहीं थे। पिताजी को तो शक हो गया था कि कहीं यह कोई गलत काम तो नहीं कर रहा है?

अजय ब्रह्मात्मज : संजय दत्त की लाइफ में आपको ऐसा क्या खास लगा कि आप उन पर बायोपिक बनाने जा रहे हैं?

राजकुमार हिरानी : पिछले साल जब संजू बाहर आए थे तो वह उस जोन में थे कि उन्होंने अपनी लाइफ के बारे में काफी सारी बातें बताईं। क्योंकि मैंने संजू के साथ काम किया है तो मुझे लगता था कि मैं इनको जानता हूँ मगर जब संजू की बातें सुनीं, तो सुनने के बाद मुझे ऐसा अहसास हुआ कि ऐसी कहानी मैंने ज़िन्दगी में सुनी नहीं है। एक आदमी की इतनी लंबी जर्नी तो कितना कुछ उसकी लाइफ में हो सकता है! कुछ किस्से ऐसे कि आप हँस-हँस के लोट-पोट हो जाओ और कुछ किस्से ऐसे कि आपके आँसू निकल आए। तो मुझे लगा कि यह बहुत ही ड्रामेटिक लाइफ है और इस पर फ़िल्म बन सकती है। पच्चीस दिन में हमने सारा मैटेरियल इकट्ठा किया। स्टोरी डेवलप करने में थोड़ा टाइम लगा। लेकिन अब हो गया है।

संजय दत्त ने यह बात क्लियरली कही है कि यह फ़िल्म उनको ग्लोरिफाई करने के लिए नहीं बननी चाहिए और कहानी जैसी है—बस, उसे वैसी ही कही जाए। उनकी बुराइयाँ, उनकी अच्छाइयाँ जैसी हैं, वैसी ही कही जाएँ।

अनुराग कश्यप

फ़िल्म निर्देशक, निर्माता और पटकथा लेखक। जन्म उत्तर प्रदेश के गोरखपुर ज़िले में। फ़िल्म 'देव डी' (2000) तथा 'गैंग्स ऑफ़ वासेपुर' (2012) के लिए सर्वश्रेष्ठ निर्देशक का फ़िल्मफ़ेयर अवार्ड। फ़िल्म 'गैंग्स ऑफ़ वासेपुर' का प्रीमियर 2012 के 'कांस महोत्सव' में किया गया जहाँ अनुराग, निर्देशन में उपलब्धि के लिए 'एशिया प्रशांत स्क्रीन पुरस्कार' के लिए नामित हुए। अन्य चर्चित फ़िल्में—'ब्लैक फ्राइडे', 'नो स्मोकिंग', 'वाटर', 'गुलाल', 'उड़ान' और 'शाहिद'।

अनुराग कश्यप | अजय ब्रह्मात्मज

अजय ब्रह्मात्मज : जब आप बनारस से निकले तो बनारस की वे कौन सी स्मृतियाँ हैं, जो आपके काम आईं और अभी तक आपमें जिन्दा हैं?

अनुराग कश्यप : बचपन में जब मैं पढ़ता था तो पिताजी ने बाहर भेज रखा था पढ़ने के लिए—देहरादून में, ग्वालियर में। तो हम लोग छुट्टियों में आते थे, और छुट्टियों में बनारस मेरा सीमित था—थोड़ा विजया, ललिता और अस्सी तक। एक पांडे जी थे जो मालिक थे ललिता टॉकीज और विजया टॉकीज के, उनकी वजह से हम लोग मुफ्त में पिक्चर देख सकते थे। तो कोई भी पिक्चर जब चाहे थिएटर में घुस गए और देख ली और राजा वजीर नगर में विजया कॉम्प्लेक्स में ही घर है तो वहाँ से हम लोग कभी भी चले जाते थे। हम लोग विजया, ललिता में सारी पिक्चर देख लेते थे। 'कलयुग की रामायण' मैंने दिन में चार शो एक के बाद एक देखी थी और उसके अलावा मैं अस्सी में जाकर बैठा रहता था। वहीं किताबें पढ़ता था। मेरी जर्नी उतनी ही थी, थोड़ी सीमित थी। छुट्टियों में ही आता था मैं और बाकी टाइम हम लोग सिर्फ घूमते थे, बशीर सागर तक जाते थे—शाम को खाने। ज्यादा एक्सप्लोर नहीं किया था बनारस। लेकिन ज्यादा घर पर आना-जाना था लोगों का या हमारे रिश्तेदार थे, उन लोगों के घर हम जाते थे। मुगलसराय में मेरे फूफाजी डॉक्टर थे, उनके घर जाते थे। तो मेरा बनारस थोड़ा सीमित था।

अजय ब्रह्मात्मज : किशोरावस्था में खासकर जब आप उत्तर भारत में पलते हैं और फ़िल्में आपकी प्रेमिकाओं की तरह होती हैं जिनसे आप अपना प्रेम जाहिर नहीं कर पाते हैं। आप बता भी नहीं सकते कि आप फ़िल्मों में जाना चाहते हैं और लोग-बाग आपसे कहने लगते हैं कि बदचलन हो गया है, बदतमीज हो गया है कि फ़िल्मों की बात कर रहा है। क्या कभी उस समय ऐसा खयाल आया?

अनुराग कश्यप : हम लोगों का फ़िल्मों के साथ इतना वो था नहीं, मतलब मैं फ़िल्मों में नहीं जाना चाहता था। लेकिन फ़िल्में देखने का शौक था। और पिताजी

जब ओबरा में थे, वहाँ पर भी ऐसा ही हॉल था। लेकिन वहाँ कुर्सियाँ नहीं थीं, हम जमीन पर बैठकर देखते थे, और पीछे प्रोजेक्टर चलता था, तो वह एक ऐसा समय था जब न डोल्बी था, न कुछ था, और हम लोग ऐसे ट्रेन्ड थे कि प्रोजेक्टर की इतनी लाउड आवाज को भी इग्नोर कर देते थे। ओबरा में मैं छुप-छुप के फ़िल्म देखता था जब पापा बोलते थे कि आज तुम फ़िल्म नहीं देख सकते हो। 'आँधी' दिखा रहे थे, तो उन्होंने कहा कि 'आँधी' बच्चों के लिए नहीं है। फिर भी छुप के जाकर देखता था। मेरी फेवरेट फ़िल्में तो ऐसी थीं कि जो उस उम्र के बच्चों को पसन्द नहीं आती हैं। 'आँधी' अच्छी लगती थी। 'कोरा कागज' देखी थी, वह अच्छी लगती थी।

अजय ब्रह्मात्मज : उस समय फ़िल्में किस तरीके से आपको प्रभावित कर रही थीं और फ़िल्मों का जहन आया भी था कि नहीं आया था, फ़िल्में देखना तो एक अलग बात है?

अनुराग कश्यप : उस समय ऐसा होता था कि मुझे जो पसन्द था, वह बाकी बच्चों को पसन्द नहीं आता था। आज भी वैसा ही है। मेरे जो ममेरे भाई थे, किसी का फेवरेट हीरो धर्मेन्द्र था, किसी का जितेन्द्र था, और मैं फ़िल्में देखता था तो चुप ही रहता था। जब भी कुछ बोलता था तो झगड़ा हो जाता था कि तुम पता नहीं क्या बकवास फ़िल्में देखते हो। और वो क्यों था, वह आप कह नहीं सकते हो। था, बस।

अमिताभ बच्चन की फ़िल्में पसन्द आती थीं मुझे बहुत और पिताजी को भी क्योंकि अमिताभ बच्चन की फ़िल्में दिखाने के लिए वे हमको गाड़ी में बैठा के लखनऊ ले जाया करते थे। वहाँ नॉवल्टी पर देखते थे या बनारस में टक्साल पर देखते थे। मतलब, अमिताभ बच्चन की फ़िल्में थिएटर में देखी जाती थीं, बाकी सबकी फ़िल्में क्लब में देखी जाती थीं। तो यह एक थोड़ा सा पक्षपात था।

वे फ़िल्में देखते थे हम लोग जो पसन्द आती थीं, बाकी जो टीवी पर रात को आती थीं फ़िल्में, उस समय दूरदर्शन पर बहुत सारी आर्ट फ़िल्में दिखाते थे। वे फ़िल्में मैं रात को उठ के छुप-छुप के देखता था। घरवाले सब सो जाते थे, तब एकदम लो वॉल्यूम में टीवी से सट के देखता था, ताकि आवाज बाहर न सुनाई दे। तो उन सब सिनेमा का बहुत असर पड़ा। लेकिन सिनेमा में जाने का इरादा कॉलेज खत्म होने के बाद ही आया। जिस दिन आया, उसके छह महीने बाद ही मैं चला गया।

अजय ब्रह्मात्मज : मुझे याद है, एक बार आपने बताया था कि 1993 में आप मुम्बई चले गए थे, करीब बाइस साल हो गए आपको इंडस्ट्री में। आज लोग अनुराग को देखते हैं तो उन्हें लगता है कि यह तो कल का बच्चा था, अभी दो फ़िल्म लेकर आया और इतना मशहूर कैसे हो गया? मैं इस बात पर इतना जोर इसलिए देना

चाहूँगा कि मैं चाहता हूँ कि यहाँ पर बैठे दर्शकों में से कम-से-कम चार-पाँच अनुराग कश्यप तो निकल ही जाएँ!

अनुराग कश्यप : जी, बहुत जरूरी है। मैं चूँकि हाथ से लिखता हूँ, और सब लोग आजकल कम्प्यूटर पर लिखते हैं। मैं हिन्दी में लिखता हूँ, तो एक प्रोसेस होता है। मैंने स्क्रिप्ट लिखी हिन्दी में और फिर मुझे हमेशा एक असिस्टेंट ऐसा चाहिए होता है जो हिन्दी पढ़ता हो। क्योंकि यह बहुत मुश्किल काम है। आजकल कोई हिन्दी नहीं पढ़ता। न लिखता है, न पढ़ता है। तो एक असिस्टेंट जो हिन्दी पढ़ता हो, फिर वह उसको रोमन में लिखता हो। फिर स्क्रिप्ट टाइप की जाती है क्योंकि मेरे हाथ की लिखी स्क्रिप्ट लोग पढ़ नहीं पाते हैं। बहुत दिक्कत की बात है, जब तक यहाँ से पाँच-छह लोग नहीं जाएँगे। आप हिन्दी में सोचते नहीं हो, हिन्दी में लिखते नहीं हो, बड़ी दिक्कत है। और आजकल जितने एक्टर देख लो, किसी को हिन्दी पढ़ना नहीं आता है। बोलना नहीं आता है। प्रैक्टिस करके बोलते हैं। सब बाहर के पढ़े हैं। मैं कम्प्लेन नहीं कर सकता क्योंकि शायद मेरी बेटी भी वैसी ही निकले। लेकिन बहुत जरूरी है नॉर्थ इंडिया से लोगों को वहाँ जाना।

तीन बड़े अच्छे टैलेंटेड लड़के हैं जो इस समय घाट पर अपनी एक छोटी सी फ़िल्म बना रहे हैं। तो कल रात को मैं उनके साथ बैठा था। हम यही चर्चा कर रहे थे कि हम लोगों को यहाँ पर आकर एक अच्छा सिनेमा बनाना चाहिए—भोजपुरी में और थोड़ा झटके के साथ शुरू करना चाहिए। 'झटके से' कहने का मतलब—एक तो भोजपुरी में हॉरर या थ्रिलर बना दो। जब तक वह नहीं होगा, वो झटका लगेगा पहले, भोजपुरी में आर्टिस्टिक सिनेमा नहीं बना सकते। पहले झटका देकर शुरू करो और फिर टेकऑफ करो। नहीं तो ऐसा होगा कि जिसको हिन्दी में जगह नहीं मिल रही है, वह यहाँ आकर भोजपुरी में फ़िल्म बना रहा है। और जो फ़िल्म वहाँ पर लोग बना नहीं पा रहे हैं, वह यहाँ पर आकर बना रहे हैं। तो भोजपुरी फ़िल्मों को एक अलग ऐसी नजर से देखा जा रहा है कि नेशनल अवॉर्ड नहीं है भोजपुरी भाषा के नाम। और भोजपुरी पर कोई चर्चा भी नहीं होती है। 'भोजपुरी फ़िल्म है यार, साला कौन देखेगा!' यह जो है न एटिट्यूड, इसे बदलना बहुत जरूरी है।

अजय ब्रह्मात्मज : मेरे एक मित्र ने बात की कि भोजपुरी फ़िल्मों का एक संग्रह बनाया जाए, तो सारे अधिकारी उन पर हँसने लगे कि अरे, भोजपुरी सिनेमा का भी आर्काइव बनेगा? तो जहाँ यह मानसिकता है, वहाँ यह सम्भव होगा?

अनुराग कश्यप : देखिए, हिस्टोरिकल उद्देश्य के लिए जरूरी है। यह बताने के लिए कि एक दौर ऐसा भी था जब भोजपुरी में ऐसी फ़िल्में बना करती थीं।

अजय ब्रह्मात्मज : लेकिन अनुराग, मैं यह जानना चाहूँगा कि वे क्या चीजें हैं जो नॉर्थ इंडिया के टैलेंट को मुम्बई जाने में बाधक बनती हैं? या उनको किन चीजों को विनओवर करना चाहिए ताकि वे हिन्दी फ़िल्म के लायक बन सकें?

अनुराग कश्यप : उसके बहुत सारे फैक्टर्स हैं। बहुत बड़ा फैक्टर तो आदमी खुद होता है। क्या होता है कि लोग फ़िल्म देखते हैं तो सपने में देखते हैं, खुली आँखों से सपने देखते हैं। उनको लगता है कि बस, एक मौका मिलने की देरी है और चूँकि वे मौके के चक्कर में घूमते रहते हैं, इसलिए हो नहीं पाता है। और ऐसा नहीं है। बहुत सारे लोग हैं नॉर्थ इंडिया से, जो बहुत अच्छा कर रहे हैं। लेकिन वे लगातार लगे रहते हैं, कुछ-न-कुछ करते रहते हैं। मैंने जब देखा है उनको, मैं मिलता हूँ, जब मैं यहाँ पर आता हूँ। एक लड़का है जिसको मैं यहाँ पर मिला था—'गैंग्स ऑफ़ वासेपुर' की शूटिंग के टाइम। उसके अगले साल मैं उसको मुम्बई में मिला था और दो साल बाद फिर उससे कल यहाँ वापिस बनारस में मिला। वो जो हैं न, आते हैं, ऑफिस के चक्कर काटते हैं। उनको लगता है कि कोई आदमी हाथ रख देगा तो हो जाएगा। और इसलिए होता नहीं है। क्योंकि वह हाथ रखने से नहीं होता है। आप अपना काम करते रहिए। आपका काम जब तक लोगों की नजर में नहीं आएगा, कोई आगे नहीं बढ़ेगा। मैं फ़िल्म बना रहा हूँ और मैं सिर्फ किसी को इसलिए ले लूँ क्योंकि मैं उसको जानता हूँ या किसी ने बोल दिया। क्योंकि हमारे यहाँ यूपी में, हमारे खून में है कि हर चीज जो है, सिफारिश पर होती है। और यह हमारे दिमाग में बैठ चुका है कि जब तक आप किसी को जानते नहीं हो, तब तक कुछ होता नहीं है। ऐसा बिल्कुल नहीं है मुम्बई में। फ़िल्म में असिस्टेंट भी होता है, बहुत ही प्रोफेशनल लेवल पर काम करता है और अगर आपको काम नहीं आता है तो सिफारिश करके भी कुछ नहीं होगा। क्योंकि जो टीम वाले हैं, वे आपको काम नहीं देंगे, आपको दरकिनार कर देंगे। फिर आप महसूस करेंगे कि अरे, हमें तो कोई इन्वॉल्व ही नहीं कर रहा है! इसलिए धीरे-धीरे लोग जो हैं, दूर होते जाते हैं।

अजय ब्रह्मात्मज : और दूसरा सवाल कि स्किल या कौशल के तौर पर वे क्या चीजें सीखें ताकि वह जर्नी उनकी आसान हो सके?

अनुराग कश्यप : बहुत जरूरी है पढ़ते रहना। मैंने कोई स्किल नहीं सीखा था। मैंने पन्द्रह-सोलह साल की उम्र तक जितना हिन्दी साहित्य उपलब्ध था, चाट डाला था। मैं अंग्रेजी बोलता भी नहीं था तब तक। हिन्दी साहित्य बचा नहीं पढ़ने को तो मैं अंग्रेजी में शिफ्ट किया। तो वह जो है, पढ़ते रहना जरूरी है। मतलब, यहाँ पर लोगों को पता ही नहीं है कि कितने लोग हैं जो लिखते हैं, क्या लिखते हैं। और आजकल कहीं-न-कहीं पूरे देश में ऐसा हो गया है। हमारे हिन्दी साहित्य को दबा दिया गया

है और कहीं-न-कहीं मुझे लगता है कि हमारे खुद के साहित्यकार भी ब्लेम लेते हैं उसके लिए। मैं बहुत बार कह चुका हूँ, बहुत बार बहस कर चुका हूँ, काफी सारे लोगों से। हमारे हिन्दी साहित्य का ईगो जो है, बहुत बड़ा है। वह इतना बड़ा है कि वे भी हिन्दी सिनेमा को नीची नजर से देखते हैं। मैंने कई बार किताबों के राइट्स के लिए इधर-उधर जद्दोजहद की है और जाकर माँगा है तो हमेशा बोलते हैं, नहीं यार, तुम नहीं समझोगे, हम क्या लिख रहे हैं और अक्सर वह किताब किसी ऐसे आदमी को दे दी जाती है, जो सरकारी पैसे पर एक ऐसी फ़िल्म बनाएगा दूरदर्शन के लिए, जो वहीं खप जाती है, जिसको फ़िल्म बनाने का शहूर भी नहीं होता है। पर हिन्दी साहित्य वाला कम्फरटेबल भी होता है क्योंकि वह आदमी झोला पहन के आता है उसके पास। तो वह जो हिन्दी साहित्य का एक गुरूर है न, उसकी वजह से भी हिन्दी साहित्य सिनेमा में नहीं आ रहा है और आगे भी नहीं बढ़ पा रहा है। वह भी एक बहुत बड़ी समस्या है और मैं बहुत झगड़ा कर चुका हूँ। अब थोड़े समय के बाद लोग जो हैं, बात करने लगे हैं कि हाँ, भई, ले जाओ। आजकल के जो राइटर हैं गौरव सोलंकी, उनकी कहानी मैंने खरीदी है—'हिस्सार में हाहाकार'। किसी और से 'दीवार में एक खिड़की रहती है', उसका कॉपीराइट लिया है और उस पर काम कर रहे हैं। अभी थोड़ा-सा खुलने लगे हैं और राइट्स देने लगे हैं। लेकिन वे अभी भी बहुत पीछे हैं और उसकी वजह से क्या हो गया है कि बीच में इतना बड़ा गैप आ गया है कि अभी जितने लोग हैं, वे सिर्फ बाहर का सिनेमा देख रहे हैं और इधर का सिनेमा देखना ही बंद कर दिया है। बाहर का सिनेमा देख रहे हैं, बाहर की किताबों के राइट्स आ रहे हैं। लिटरली क्या हो रहा है कि एक जापान की किताब है, उसके ऊपर मलयालम में 'दृश्यम' बनी है, तमिल में 'पापानाशम्' बनी है, अभी हिन्दी में 'दृश्यम' बनी है। वह कहाँ का साहित्य है, तो वह जापान का है। बाहर से कहीं से अभी इंग्लिश किताबों के राइट्स आ रहे हैं, लोग उस पर फ़िल्में बना रहे हैं, फ्रैंच बुक के ऊपर राइट्स लेकर फ़िल्में बना रहे हैं लेकिन हिन्दी की तरफ कोई देख भी नहीं रहा है।

अजय ब्रह्मात्मज : क्या जिस तरह की हिन्दी फ़िल्म हम लोग देखते आ रहे हैं और जो आम दर्शकों को उपलब्ध होती हैं, वे हिन्दी फ़िल्में कहीं हमें मिसगाइड भी करती हैं या हमें बाँधती हैं, तो हमें किस तरीके की फ़िल्में खासकर एसपाइरिंग फ़िल्ममेकर्स को देखना चाहिए? आपके समय में भी दिक्कत थी, आप फेस्टिवल में जाकर ही फ़िल्म देख पाए। अभी लोगों को सुविधा है कि तमाम दूसरे मीडियम में जाकर फ़िल्म देख सकते हैं। लेकिन जैसे-जैसे सिनेमा की साक्षरता बढ़ी है, वैसे ही ज्यादातर लोग अनपढ़ होते चले जा रहे हैं।

अनुराग कश्यप : उसका एक कारण यह भी है कि सिनेमा अब एक व्यवसाय हो गया है और हमारे यहाँ थिएटर की कमी है। पहले जैसे जब कोई बड़ी फ़िल्म आती थी तो गिन-चुन के चार थिएटर में लगती थी। जब पुरानी होती जाती थी तो थिएटर से उतरती जाती थी। लेकिन एक ही फ़िल्म सब थिएटर पर नहीं लगती थी। अभी यूनियन ने डिस्कवर कर लिया कि फ़िल्म जितना ज्यादा थिएटर में लगे, लोग उतना ज्यादा हड़बड़ा कर फ़िल्म देखने आएँगे। तो पूरा जो खेल हो गया है, वह हफ्ते-दो हफ्ते का हो गया है। अगर दो बड़ी फ़िल्में चल रही हैं, जैसे इस समय खासतौर पर उदाहरण है, 'बाहुबली' और 'बजरंगी भाईजान' ने सारे थिएटर पर कब्जा कर रखा है तो 'बैंगीस्तान' पोस्टपोन हो गई। अब जिस आदमी ने देख ली, उसके पास कोई विकल्प नहीं है कि और क्या देखेगा, तो इस चक्कर में छोटी फ़िल्में मारी जा रही हैं। जैसे हम लोगों ने 'मसान' रिलीज की तो हमें दो शो या तीन शो मिलते हैं, उससे ज्यादा नहीं मिलते हैं, क्योंकि लागत कम है तो हमारे लिए ठीक है। लेकिन जिस फ़िल्म की लागत कम नहीं है, वह तो खत्म हो जाएगी। अभी 'दृश्यम' आएगी तो तीन फ़िल्मों के बीच में पता नहीं क्या होगा अगले हफ्ते! तो यह जो है, इस बीच में बहुत सारी फ़िल्में हैं जो लोगों तक पहुँचनी चाहिए, वे मर जाती हैं और अक्सर क्या होता है कि वे फ़िल्में लोग बाद में देखते हैं।

हम लोगों ने भी 'गैंग्स ऑफ़ वासेपुर' बनाई थी तो हमें मालूम है कि सिनेमा हॉल में कम लोगों ने देखी है। बाकी लोगों ने बाद में डीवीडी पर, टीवी पर देखी, और रिलीज होने के एक साल बाद तक बहुत देखी गई। लेकिन जब हॉल में लगी तो नहीं देखी गई इतनी ज्यादा। तो वह जो है, वह कहीं-न-कहीं लिमिटेड रखता है हम लोगों को। हम लोग जो हैं, एक लकीर के बाहर पैर नहीं रख पाते हैं। लेकिन उस लकीर को धक्का दे-देकर हम लोग थोड़ा-थोड़ा बढ़ा रहे हैं। तो यह जो है, बहुत जरूरी है और वह तभी हो पाएगा जब उस तरह का सिनेमा माइंडसेट लोगों का हो, क्योंकि वे लोग देखते हैं, पसन्द करते हैं। लेकिन लोग देखते बहुत बाद में हैं। जब दस जगह से सुन लेते हैं तो हिम्मत करके बहुत बाद में देखते हैं। अगर लोग अपने-आप अपनी राय बनाने लगें, देखने लगें तो वैसी फ़िल्में उन तक पहुँचेंगी और उस तरह का सिनेमा बनेगा। आज मराठी सिनेमा की बात करते हैं, तो मराठी सिनेमा जो आज से दस साल पहले था, उसमें और आज के भोजपुरी सिनेमा में कोई फर्क नहीं है। लेकिन वह मराठी सिनेमा इतना प्रोग्रेस कर गया है और इतनी उन्नति हुई है कि आज हर शुक्रवार को एक मराठी फ़िल्म आती है। हिन्दी फ़िल्मों से ज्यादा मराठी फ़िल्में रिलीज हो रही हैं। और बहुत सारी अच्छी फ़िल्में वहाँ से आ रही हैं। उसमें सरकार का भी योगदान है। उसमें सब्सिडी है, सबकुछ है। लेकिन ऑडियंस जो है, इधर-उधर की बातें न सुनकर थियेटर में जाकर इस तरह का सिनेमा देखता है। हम

लोगों का तो एक सिम्पल-सा तरीका यह था कि एक डायरेक्टर पसन्द करते थे और उसकी हर फ़िल्म जाकर देखते थे। और यह बात हमें मालूम थी कि फ़िल्म निर्देशक बनाता है, तो हम लोग उसके हिसाब से जाकर देखते थे कि हाँ, गोविन्द जी की फ़िल्म आ रही है, जाकर देख लो या शेखर कपूर की फ़िल्म आ रही है, हम लोग अन्धाधुन्ध जाकर 'मेनस्ट्रीम' देख लेते थे। तो उस तरह की एक चीज जो है हमारे यहाँ, अभी तक आई नहीं है। अभी भी हीरो की फोटो देखकर पिक्चर देखने जाते हैं। तो वह थोड़ा सा समय लगेगा, समझने में क्योंकि लोगों को पता नहीं है कि सिनेमा बनता कैसे है और कौन लोग हैं जो सिनेमा बनाते हैं। और जब ऑडियंस डिसाइड कर लेंगे कि हम इस तरह के सिनेमा को थियेटर में जाकर देखेंगे और इस तरह का सिनेमा जो बहुत व्यवसायी है, जो आपको पाइरेटेड कहीं भी दूसरे दिन मिल जाएगा, हम वहाँ पैसे नहीं देंगे, तो खेल पलट जाता है।

अजय ब्रह्मात्मज : आपकी फ़िल्में देख-देखकर मैं कई बार यह महसूस करता हूँ कि दर्शकों का आपसे बड़ा 'अवैध' किस्म का रिश्ता रहा है। 'अवैध' से मेरा मतलब यह है कि वे थियेटर में जाकर आपकी फ़िल्में नहीं देखते हैं और उसके ऐतिहासिक कारण भी हैं। जैसे 'पाँच' आपकी रिलीज ही नहीं हो पाई। लेकिन बाद में लोगों ने उसको देखा।

अनुराग कश्यप : आपने बहुत सही कहा—'अवैध' रिश्ता; बल्कि मैं तो कहूँगा कि मैं ऑडियंस की 'रखैल' हूँ। वे मेरी फ़िल्में भूल नहीं पाते, और देख रहे हैं।

अजय ब्रह्मात्मज : लेकिन ऐसी परिस्थितियों में भी वह कौन-सी चीज है जिसने आपके अन्दर के अर्ज़ को जिन्दा रखा? और जिसकी बात आप पहले कह रहे थे कि जो लड़के यहाँ से जाते हैं—एक साल, दो साल में वह लगन गायब हो जाती है?

अनुराग कश्यप : वह लगन गलत है। वे जाते गलत लगन से हैं। वे जाते इसलिए हैं कि किसी का हाथ अपने सिर पर रखवा लें। वे काम नहीं करते हैं। बहुत लोगों को बोला कि आपको एक्टिंग करनी है। आप जाकर थियेटर करिए। मुम्बई में इतने सारे थियेटर होते हैं। और मैंने बहुत सारे ऐसे लोगों को देखा है, जो एक्टिंग करने गए—जैसे चन्दन रॉय सान्याल—लेकिन उनको थियेटर नहीं मिला। उन्होंने खुद का अपना एक ग्रुप बना लिया। वे नाटक ही करते रहे—एक के बाद एक। मानव कौल ने एक प्वाइंट पर नाटक करना शुरू किया। जब उनको कोई अच्छा काम नहीं मिल रहा था नाटक में, तो उन्होंने नाटक लिखना शुरू किया। डायरेक्टर भी बन गए और यह करते-करते दस-बारह साल के बाद उनकी 'काईपोचे' आई। फिर 'सिटीलाइट्स'

आई। लोग उन्हें एक एक्टर के रूप में जानते हैं। उनको बतौर लेखक के रूप में कितने अवॉर्ड्स मिल चुके हैं। इस तरह के लोग हैं, जो आगे निकलते हैं। उनकी जो खुशी है, वह काम करने में आती है। तो लोग दो तरह के होते हैं—एक वे हैं, जो कुछ करने जाते हैं और दूसरे वे हैं, जो कुछ बनने जाते हैं। और जो बनने जाते हैं, वे बिना किए बनना चाहते हैं। वे बस, तकिया लेकर सोते हैं और सपना देखते रहते हैं कि उन्हें एक चान्स मिलेगा तो वे भी सलमान ख़ान बन जाएँगे। वे जाकर मेहनत नहीं करते। वे न तो अखाड़े में उतरते हैं, न ही कुछ मेहनत करते हैं, न सीखते हैं। कैमरा सामने लगा दो तो उनकी घिग्घी बँध जाती है। घर में आप अपना सेल्फी लेकर कुछ भी बोल सकते हैं, लेकिन जब कैमरा सामने होता है चारों तरफ, लाइट होती है और 150 लोग काम कर रहे होते हैं, तो सडनली आपको लगता है कि यार, मैं तो बाथरूम में नहीं हूँ, और फिर मुँह से आवाज नहीं निकलती है। इसलिए वे घबरा जाते हैं और फिर कॉन्फिडेंस खत्म हो जाता है।

अजय ब्रह्मात्मज : तमाम अवरोधों के बावजूद आप फ़िल्मों में डटे रहे। अब एक चकाचौंध सा है आपके नाम का। उस चकाचौंध में लोगों को लगता है कि आपको तो कोई संघर्ष ही नहीं करना पड़ा होगा। मैं चाहता हूँ कि उस संघर्ष के दौर को आप थोड़ा सा शेयर करें।

अनुराग कश्यप : वह इसीलिए क्योंकि मुझे काम करने में बहुत मजा आता है। लोग तो मुझे अब जानने लगे हैं पिछले पाँच वर्षों से। वह भी 'देवडी' और 'गैंग्स ऑफ वसीपुर' के बाद से। उससे पहले के सत्रह वर्षों के बारे में कोई नहीं जानता।

देखिए, 1993 में मैं जब मुम्बई गया था तो उस समय स्टूडियोज थे ही नहीं। जो फ़िल्म इंडस्ट्री थी, वह बहुत बड़े-बड़े परिवारों के हाथ में थी। और मैंने तय कर लिया कि मुझे काम करना है, हालाँकि इनको मेरी जरूरत है नहीं। उनको किसी भी नए आदमी से, बाहर के आदमी से डर लगता है, तो ये बाहर के आदमी को अन्दर नहीं आने देंगे। और मुझे तुरंत यह बात समझ में आ गई थी कि ये मुझे तभी अन्दर आने देंगे जब इनका डर मुझसे दूर हो जाए।

और फिर डर हटाने के लिए मैंने सबके साथ कोई भी काम करना शुरू कर दिया। मैं हर किसी के लिए मुफ्त में लिखने लगा। न मैं पैसे माँगता था, न मैं नाम माँगता था, मैं सिर्फ लिखे जाता था। एक साल के अन्दर उन लोगों को यह लगने लगा कि यह लड़का दिन में 100 पन्ने लिख सकता है, और कभी भी लिख सकता है। तो धीरे-धीरे मेरी इंट्री हर जगह हो गई। मैं मुफ्त का राइटर हो गया। वे पाँच हजार, दस हजार रुपये देते थे तो मुझे कोई फर्क नहीं पड़ता था और उनको लगता था कि

'देख, तेरे को 10 हजार दे रहा हूँ।' वैल्यू चाहे उस काम का ज्यादा हो, फिर भी मैंने कभी किसी को कुछ बोला नहीं। और यह सिलसिला कम-से-कम दो-तीन साल तक चला। लेकिन उसका फायदा मुझे तब हुआ जब 'शान्ति' सीरियल और 'डेली शॉप्स' का काम चालू हुआ क्योंकि उसमें रोज के एपिसोड लिखे जाने थे।

तब उस समय सब मेरे पास आने लग गए। लेकिन मेरा नाम आपको कहीं नजर नहीं आएगा। आप मेरा नाम देखों तो सिर्फ 'त्रिकाल' में दिखेगा, वह भी डॉयलॉग में और 'कभी-कभी' जो टीवी सीरियल था, उसके दो-तीन एपिसोड में। लेकिन मैं दिन के तीन एपिसोड लिख कर देता था। तो 'डेली शॉप्स' की वजह से पैसे आने लग गए, और बहुत सारा काम आने लग गया।

उस समय सबसे पहले मुझे महेश भट्ट ने उठाया। उन्होंने मुझे तीन फ़िल्में दीं, और एक टीवी सीरियल दिया लिखने को। बाईस साल की उम्र थी तब मेरी और इतने पैसे मिल रहे थे। साथ के लोग पागल हो गए कि यार, इतने पैसे का करोगे क्या तुम?

उसी दौरान रामगोपाल वर्मा भी मिले। उन्होंने कहा कि यार, मैं तुमसे लिखवाना चाहता हूँ लेकिन दो चीजें हैं—एक तो मैं इतने पैसे नहीं दे सकता, इसका 10 प्रतिशत भी नहीं दे सकता तुमको और दूसरा यह कि मेरा काम करने के लिए मेरे साथ-साथ तुमको हैदराबाद, चेन्नई चलना पड़ेगा।

रामगोपाल वर्मा का जो काम था, उसने मुझे इतना रोमांचित किया कि मैं भट्ट साहब को छोड़कर चला गया। पहले महीने ही नहीं काफी साल तक नाराज रहे थे महेश भट्ट। फिर मैंने रामगोपाल वर्मा के साथ जाकर लिखी 'सत्या'। और यहाँ जितने पैसे मुझे महीने में मिलते थे, वहाँ 'सत्या' में पूरे दो साल में मिले थे। लेकिन वह चुनना बड़ा जरूरी होता है कि आप एक ऐसी चीज चूज कर रहे हैं जो आप करना चाहते हैं। तो दो साल मैंने सबसे गालियाँ खाईं। सबने कहा, मैं बेवकूफ हूँ। यह फ़िल्म आने के बाद कभी किसी ने नहीं बोला दोबारा।

हम लोग अक्सर पैसों की बिना पर किसी चीज को चुनते हैं, लेकिन लोग आगे का नहीं सोचते हैं। और वह बहुत जरूरी है कि आप अपने-आपको कैसे देखते हैं, आपको क्या करने में मजा आता है। अगर अपने-आपको आप दूसरे के तराजू में तौलने लग गए तो फिर सब खत्म है। फिर आप दूसरे पर ही डिपेंडेंट रहेंगे। सेल्फ रिलाएंट होना बहुत जरूरी है। इस इंडस्ट्री में यदि आपको इंडिविजुवलिटी बनानी है तो आपको अपने तराजू में ही अपने-आपको तौलना पड़ेगा।

तो 'सत्या' की हमने। 'सत्या' के बाद 'शूल' की, 'कौन' की, फिर 'मिशन कश्मीर' करते समय बीच में ही छोड़कर मैं चला गया, क्योंकि मेरा मन कुछ और करने का था।

और उस समय वापिस वह फेज चालू हुआ तब लोग बोलते हैं कि 'यार, तुम्हारा सबकुछ जब सही जा रहा होता है, तभी तुम छोड़के चले जाते हो।' और उस समय मैंने 'पाँच' और 'लास्ट ट्रेन टू महाकाली'—ये सब करके डिसाइड किया कि अब फ़िल्म बनानी है। जर्नी अच्छी शुरू हुई मगर 'पाँच' रिलीज नहीं हुई। 'ब्लैक फ्राइडे' रिलीज नहीं हुई, तो उस चक्कर में थोड़ा सा बोझ पड़ गया था क्योंकि एक तो बेटी हो गई थी, फिर घर चलाना था तो इसके लिए कुछ-न-कुछ काम भी करना था। काम करने के लिए मेरे माइंड में फोकस नहीं था। उस समय मैं कुछ भी फालतू फ़िल्मों के डॉयलॉग लिखने लग गया। जब सब लोग अटक जाते थे और शूटिंग के चार दिन बचते थे तो मेरे पास आते थे और डॉयलॉग मुझसे लिखवाते थे, तो उस समय मैंने ज्यादा पैसा कमाने का एक तरीका यह सोचा कि हर आदमी जब लिखता है तो उसको अपना नाम डालने में बड़ा मजा आता है। ऐसे में मैंने एक तरकीब यह अपनाई कि एक काम करो, नाम अपना ही डालो मगर मुझे डबल पैसे दो। तो डबल पैसे ले करके मैं लिख देता था। उस तरह से मैंने सर्वाइव किया। लेकिन वह बहुत ही बुरा फेज था। वह अल्कोहलिज्म का भी फेज था। पिक्चर रिलीज नहीं हो रही है और मैं लड़ाई कर-करके थक गया था। रोज कोर्ट-कचहरी के चक्कर, ये-वो, और बहुत ज्यादा शराब पीने लग गया था। शराब की वजह से ही मेरा तलाक भी हुआ, तो वह फेज बहुत डिफिकल्ट था, कुछ 2007 तक। फिर 'ब्लैक फ्राइडे' रिलीज हुई तो चीजें सँभल गईं थोड़ी। उसके बाद कुछ-न-कुछ छोटा-मोटा काम आता रहा।

और दूसरी बड़ी लड़ाई यह थी—फ्रीडम की। मतलब अब हमें 'गैंग्स ऑफ़ वासेपुर' बनानी थी। और चूँकि 'गैंग्स ऑफ वासेपुर' दो हिस्से में थी, बड़ी फ़िल्म थी, तो सबने कहा कि तुम फीस जितनी चाहे ले लो लेकिन बड़े स्टार्स के साथ बनाओ। लेकिन मैंने कहा, कास्ट तो मेरी यही रहेगी। जो नॉर्थ इंडियन एक्टर्स हैं, उन्हीं के साथ बनाऊँगा पिक्चर और नए लोगों के साथ ही बनाऊँगा। बदले में मुझे फीस छोड़नी पड़ी। तो ये जो च्वाइसेज हैं हमारी, आज तक चली आ रही हैं कि मैं नवाजुद्दीन के साथ पिक्चर नहीं बना सकता हूँ और साथ में जाकर यह बोलूँ कि आप मुझे इतनी फीस दीजिए।

अपनी मर्जी से काम करने के लिए आपको बहुत सारे सेक्रीफाइसेज भी करने पड़ते हैं, तो उस तरह की च्वाइसेज करते-करते हम लोगों ने की है लड़ाई। उसका

इवेंचुअल पेआउट अभी होता है, लेकिन वह जर्नी बहुत लम्बी है।

बहुत पहले मुझे शाहरुख ख़ान ने कहा था कि 'तुमको अगर कुछ करना है तो तुम्हें पहले अपनी वैल्यू बनानी पड़ेगी। जब तुम अपनी वैल्यू बनाओगे तब एक स्टार के आने की वजह से तुम्हारी फ़िल्म को और वैल्यू मिलेगी। अगर तुम्हारी खुद की कोई वैल्यू नहीं हुई तो तुम सारी ज़िन्दगी एक स्टार पर डिपेंडेंट रहोगे। जिस दिन फ़िल्म हिट हुई तो तुम रहोगे और फ्लाप हुई तो तुम आउट हो जाओगे।' तो यह बात मैंने गाँठ बाँध कर रख ली। वह मेरे सीनियर थे कॉलेज के।

तो इस तरह मैंने अपनी वैल्यू बनाई क्योंकि मैंने देखा है कि जो अच्छे डॉयरेक्टर होते हैं, उनको हिट या फ्लाप से फर्क नहीं पड़ता। उनकी फ़िल्में अच्छी बनती रहें। लोग उनको फ़िल्म बनाने देते हैं। अगर आप सिर्फ हिट के पीछे भागते हैं तो फिर दो फ्लाप के बाद आप गायब भी हो जाते हैं, तो मुझे वह नहीं बनना था। इसलिए मैंने हमेशा वे फ़िल्में बहुत ज़िद में आकर बनाई हैं जो मुझे बनानी थीं। लोग आज भी मना करते हैं कि मत करो। अगली जो फ़िल्म बनाने जा रहा हूँ, लोग कहते हैं—मत करो। लेकिन करना वही है। ज़िद में कई बार अच्छा हो जाता है, कई बार नहीं होता है।

अजय ब्रह्मात्मज : अगर आपकी ज़िन्दगी देखें, खासकर कॅरियर, तो एक लड़ाई-सी आपकी चलती रहती है हमेशा—जहनी तौर पर, काम को लेकर। साफ दिखता है कि दुनिया से एक जंग छेड़ रखी है, जिसमें कहीं-न-कहीं अनुराग अकेला है?

अनुराग कश्यप : जो लड़ाई तब थी, आज भी है। लेकिन अब वैसी नहीं है, जैसी लोगों को दिखती है। लड़ाई इस बात की है कि आपको पता नहीं चलता कि आप कब दूसरों के हाथ में खेलने लगते हैं, और आप वहीं पर खत्म हो जाते हैं। एक व्यवसाय चल रहा है और आप जो हैं सबके साथ, तो आप भी व्यवसायी हो गए।

व्यवसायी होना जरूरी होता है सर्वाइव करने के लिए। लेकिन आपकी सोच और आप जिस तरीके की चीज करना चाह रहे हैं, वह जिस दिन मार्केट डिक्टेट करने लग जाता है तो आप इतनी जल्दी अपना वजूद खो देते हैं कि आपको पता भी नहीं चलता। बहुत लोग सिस्टमैटिकली जो हैं, वे खो जाते हैं। होता क्या है कि कई बार एक बड़ी हिट फ़िल्म के बाद देखिए, डायरेक्टर जो है, उसको एक हिट फॉर्मूला मिल जाता है। हिट फ़िल्म के बाद उसकी सारी बाद की फ़िल्में जो हैं, एक जैसी हो जाती हैं। हमारे बहुत सारे बड़े फ़िल्ममेकर हैं जिनकी पहली हिट देखिए, उसके बाद सब फ़िल्में वैसी ही आ जाती हैं और उनको पता भी नहीं चलता है। अगर आप उनसे बात करेंगे तो उनको एहसास भी नहीं है इस बात का।

तो मैं उससे बहुत डरता हूँ। जब भी मेरी कोई फ़िल्म हिट जाती है तो मैं जाकर एक टेढ़ी फ़िल्म बनाता हूँ, जैसे 'देवडी' हुई तो सब लोग बोले, 'देवडी टू' बनाओ। तो मैंने 'यलो बूट्स' बनाया। 'गैंग्स ऑफ़ वासेपुर' के बाद सब चाहते हैं कि मैं 'गैंग्स ऑफ़ वासेपुर थ्री' बनाऊँ, पर मुझे बनानी ही नहीं है। मैंने 'अगली' बना दी। लोग बोले कि यह पागल है, इसे छोड़ दो।

यह बहुत जरूरी है। जब मुझे लगता है कि मैं एक सिक्योरिटी की तरफ जा रहा हूँ तो मैं खुद को जानबूझकर इंसिक्योर करता हूँ। और वह काम आता है। उसकी वजह से ही इतना लंबा सर्वाइव भी किया और उसकी वजह से यह भी होता है कि लोग आपको फिर कंट्रोल करने की कोशिश भी नहीं करते हैं। और फिर आपकी लड़ाई अपने साथ होती है कि आप अपने-आपमें क्या ढूँढ़ रहे हैं।

मैं जब देखता हूँ 'मसान' जैसी फ़िल्म या 'उड़ान' जैसी फ़िल्म, तो मुझे लगता है कि मैं क्यों नहीं बना पाया? नीरज गेहवान तो हैदराबाद से आया है। वह तो पहली बार बनारस आया था मेरे साथ—'गैंग्स ऑफ़ वासेपुर' में काम करने। उसने ऐसा बनारस कैसे देख लिया जो मैंने नहीं देखा? यह जो जलन है, वह आपको बेहतर फ़िल्ममेकर बनाती है।

मैं इस जलन के कारण उसकी फ़िल्म प्रोड्यूस भी करूँगा कि जब मैं डायरेक्ट नहीं कर सकता तो प्रोड्यूस तो कम-से-कम करने दो! इन लोगों को देखने के बाद मुझे लगता है कि मैं क्यों नहीं कर सकता?

कई बार ऐसा भी होता है कि यह उसकी पहली फ़िल्म है, कुछ भी बना सकता है। हमारा जब झगड़ा होता है तो मैं उससे कहता हूँ कि तू 10वीं फ़िल्म ऐसी बना कर दिखा। तो हँसी-मजाक में हम एक-दूसरे को चैलेंज करते रहते हैं, और उसमें अच्छी फ़िल्में बनती हैं। लेकिन मेरे लिए 'बॉम्बे वैल्वेट' भी उतनी ही पैसेनेटली बनी जितनी मैंने 'अगली' बनाई। लेकिन लोग जो हैं, उसके बजट के बियोंड देख ही नहीं पाए। कोई देखने ही नहीं गया। तो मेरे लिए वह फ़िल्म उतनी ही करीब है जितनी बाकी सब फ़िल्में हैं।

अजय ब्रह्मात्मज : लेकिन एक चीज जो आपमें है, वह यह कि आपने एक सेट ऑफ फॉमूले पर काम नहीं किया। मुझे यह लगता रहा कि आप सेंध मारने की कोशिश कर रहे हैं। जबकि मुझे व्यक्तिगत तौर पर ऐसा लगता है कि अभी तक आप करप्ट नहीं हुए हैं। हालाँकि पूरी हिन्दी फ़िल्म इंडस्ट्री का इतिहास ऐसा है कि वहाँ के लोग अपने काम में इतना खो जाते हैं कि वे रास्ता भटक जाते हैं।

अनुराग कश्यप : थोड़ा करप्शन तो है मेरे अन्दर। मतलब, मुझे अब समझ में आने लगा है कि किसी चीज को कैसे घुमाया जाता है। आपको मालूम है कि मार्केट क्यों वर्क करता है। फ़िल्म का पैसा कमाना क्यों जरूरी है। किस तरह से उसको आप कर सकते हैं। तो उसकी वजह से भी हम लोगों ने बहुत सारी नई चीजें करने की कोशिश की। जैसे जो फ़िल्में यहाँ पर बहुत लोग नहीं देख रहे हैं तो हम लोग फ़िल्मों को धक्का देकर बाहर ले जाने लगे। सबसे बड़ी दिक्कत यह थी कि हमारी फ़िल्में जो स्टूडियो बनाते हैं तो सारे राइट्स उनके पास होते हैं। अब उनको बाहर फ़िल्म ले जाना या रिलीज करना नहीं आता। लेकिन वह कभी यह एक्सेप्ट नहीं करते हैं। हमेशा यह बोलते हैं कि बाहर वालों को तुम्हारी फ़िल्म देखनी ही नहीं है। उनका कहने का मतलब यह होता है कि बाहर जो हिन्दुस्तानी रहते हैं, उनको तुम्हारी फ़िल्म नहीं देखनी है और जो गैर-हिन्दुस्तानी हैं, उनको तो वे ऑडियंस समझते ही नहीं हैं।

तो हम लोगों ने यह करना शुरू किया कि 2008-09 में 'उड़ान' के बाद हम लोग अपनी फीस छोड़ देते थे और अपनी फ़िल्म का ओवरसीज राइट्स माँग लेते थे। तो उस वजह से हमने फ़िल्मों को बाहर जा-जाकर फेस्टिवल में बेचना चालू किया। इसकी वजह से 'लंच बॉक्स', 'गैंग्स ऑफ़ वासेपुर', 'अगली' जैसी फ़िल्मों का बिजनेस बाहर जो है, बहुत ज्यादा हुआ। इसकी वजह से बाहर से हमें फंड आने लगे। जब 'मसान' बनी, 'मसान' में आधे पैसे बाहर से आए और बाकी यहाँ के मनीष मुंद्रा जी से आए। तो 'मसान' जैसी फ़िल्म हमारे लिए सस्ती पड़ जाती है। जो उसका पैसा बाहर से आया, उसकी रिकवरी भी बाहर ही होती है। इंडिया से एक महीना पहले फ्रांस में रिलीज हो चुकी है, तो उसकी रिकवरी भी वहीं से है। हम लोगों के लिए भारी नहीं पड़ती। हम लोग जाकर एक्सपेरीमेंट कर सकते हैं और फ़िल्म बना सकते हैं। यह सब इसलिए चालू हुआ कि हम लोगों ने बहुत सारे सैक्रीफाइसेज किए। हम लोग भी अपनी फीस लेकर अपने बँगले खड़े कर सकते थे, लेकिन हम लोगों ने इन सब चीजों की तरफ ध्यान नहीं दिया सिर्फ अपनी आजादी के खातिर। हालाँकि यह एक तरह से करप्शन है लेकिन यह करप्शन अच्छा इसलिए है क्योंकि यह एक सेंधमारी है। क्योंकि आप जो ऐसी चीज कर रहे हैं, वह किसी ने की नहीं है। और आप उनको पहले बताओगे नहीं। अगर पहले बताओगे तो उन्हें लगेगा कि यह हमसे और कुछ लेकर जा रहा है। तो हम लोग चुपचाप करते रहे बहुत साल तक। अब सबको पता है।

अजय ब्रह्मात्मज : 'मसान' का बिजनेस कैसा रहा फ्रांस में ?

अनुराग कश्यप : वह अभी आया नहीं है। बाहर एक बहुत अच्छा रूल यह है कि वहाँ की फ़िल्मों के बिजनेस में बॉक्स ऑफिस की रिपोर्ट नहीं होती। उसमें फुटफाल्स काउंट होता है। आपको पता चलता है कि कितने लोगों ने आपकी फ़िल्म देखी, तो 'मसान' को अभी एक महीना हुआ है फ्रांस में रिलीज हुए और कम-से-कम 40 से 50 हजार लोगों ने देखी है। वहाँ के ऑडियंस बिजनेस की बात नहीं करते हैं और गुमराह भी नहीं होते हैं। यह प्रॉब्लम इंडिया और अमेरिका में ज्यादा है।

अजय ब्रह्मात्मज : आप किसी फ़िल्म स्कूल में नहीं गए, लेकिन आप अच्छे निर्देशक हैं और अब अच्छे निर्माता भी हो गए हैं। लोगों के मन में यह द्वन्द्व रहता है कि क्या हम स्कूल से ट्रेनिंग लेकर फ़िल्मों में जाएँ या फिर सीधे जाकर किसी डायरेक्टर के पास काम करें?

अनुराग कश्यप : दोनों तरीके सही हैं। यह आपके ऊपर निर्भर करता है। मतलब सीखना तो आपको कभी-न-कभी पड़ता ही है। मैंने भी सीखा है लेकिन फ़िल्म स्कूल में नहीं सीखा। फ़िल्म स्कूल मैं कभी गया ही नहीं। लेकिन अपना कैमरा लेकर मैं कुछ-न-कुछ करता रहता था। आजकल तो ज्यादा आसान हो गया है। टेक्नोलॉजी सस्ती है। यू ट्यूब है। आप घर बैठे अपने मोबाइल फोन पर फ़िल्म बना सकते हैं। फ़िल्म बनाकर आप यू ट्यूब पर डालिए, उससे आप अपने को इवैल्यूवेट करिए। जब आप अपने-आपको पब्लिकली एक्सपोज करते हैं, तब आप ग्रो करते हैं। हम लोग कई बार फ़िल्म किसी को दिखाते हैं। उसको नहीं अच्छी लगती तो फिर उसको दिखाना बन्द कर देते हैं। लेकिन हमको लगता है कि हमने क्लासिक बनाया है। आप जब अपनी फ़िल्म यू ट्यूब पर डालते हैं तो कोई भी आकर कमेंट कर सकता है। कोई बोलेगा, क्या बकवास है यार! काहे को मेरा टाइम वेस्ट कर रहे हो? जो आपको समझ में नहीं आता और उसमें कोई आदमी उत्सुक है तो जानिए उससे कि उसे क्या अच्छा नहीं लगा, क्यों नहीं अच्छा लगा, तो उससे आप ग्रो कर सकते हैं। इससे अच्छा तो और कोई तरीका नहीं है। उसके लिए सुनना बहुत जरूरी होता है। हम लोग भी जब अपना टेस्ट करते हैं तो बहस नहीं करते हैं। हम लोग सिर्फ इतना बोलते हैं कि आप अपनी राय लिखकर दीजिए। लिखकर देना एक तरह से वन वे कन्वर्जेशन होता है। उसको जो कहना है, कह रहा है। आप उसको सफाई नहीं दे रहे हैं कोई भी। तो वह जो यू ट्यूब पर है, उस पर लोग कमेंट करते हैं। आप कमेंट पढ़कर ही तय कर सकते हैं कि कौन तंग कर रहा है और कौन जेनविन है। उससे आप सीखते हैं।

यह तरीका मैं अपनी हर फ़िल्म में अपनाता हूँ। मार्केटिंग के लिए नहीं, क्रिएटिव

सैटिसफैक्शन के लिए। इसीलिए मैं ज्यादातर निर्देशकों और आलोचकों को दिखाता हूँ यह जानने के लिए कि इस फ़िल्म को मैं और बेहतर कैसे बना सकूँ। बेहतर इसलिए नहीं कि कॉमर्शियल बना सकूँ। दुनियाभर में दिखाता हूँ मैं—घूम-घूम कर दिखाता हूँ।

अजय ब्रह्मात्मज : कुछ लोग ऐसा कह रहे हैं कि इससे फायदा तब होता था जब आप छोटी फ़िल्में बनाते थे। कितना नुकसान हो गया 'बॉम्बे वैल्वेट' में ?

अनुराग कश्यप : 'बॉम्बे वैल्वेट' मेरे देखने के बाद मेरे पार्टनर ने बोला कि यह तुमने नब्बे करोड़ की आर्ट फ़िल्म बनाई है। कभी-कभी क्या होता है कि फ़िल्म रिलीज होने तक आपको एहसास नहीं होता है। आपको लगता है कि आप जो बनाने निकले हैं, आपने वही बनाया है। अब इतने सारे लोगों को लगा कि यह कॉमर्शियल थी और उनकी कॉमर्शियल नजर मेरे से ज्यादा अच्छी थी। बाकी सबको लगता है, कॉमर्शियल है तो कॉमर्शियल हो गई। इवेंचुअली जब घूम-फिर कर आता है तो पता चलता है।

अजय ब्रह्मात्मज : अनुराग कश्यप जैसा निर्देशक जब फ़िल्म बनाता है तो उसके लिए बिजनेस कितना अहम हो जाता है ?

अनुराग कश्यप : बिजनेस अहम है। वह इसलिए कि आपकी फ़िल्म पैसे नहीं कमाएगी तो आपको कोई फ़िल्म बनाने के लिए पैसे नहीं देगा। किस्मत से यह रहा कि 'बॉम्बे वैल्वेट' बनाने से पहले मैं बहुत सारी फ़िल्में बना चुका था। बेशक 'बॉम्बे वैल्वेट' ने पैसे नहीं कमाए लेकिन उसमें जुड़े हुए लोगों का पूरा भरोसा था। ऐसा नहीं था कि मैंने किसी को बेवकूफ बनाकर फ़िल्म बनाई। जब पिक्चर ने पैसे नहीं कमाए तो एक हफ्ते तक मातम रहा। फिर सबने जाने दिया। वह सिर पर भारी बनकर नहीं आया। वह सिर पर बोझ बनकर नहीं आया।

उस फ़िल्म को ले करके करण जौहर ने भी अपने इंटरव्यू में कहा कि यह पहली बार है जब एक कॉमर्शियल फ़िल्म फ्लॉप हुई और किसी ने एक दूसरे पर उँगली तक नहीं उठाई कि तुम्हारी गलती है। क्योंकि वही फ़िल्म बनी, जो सब चाहते थे। हो सकता है, एक साथ कलेक्टिवली सबका जजमेंट गलत हो गया हो।

उसके बाद भी मेरे सिर पर कोई प्रेशर नहीं आया कि तुम फ़िल्म मत बनाओ बल्कि लोग आ-आकर मेरे पास बोल रहे हैं कि तुम बनाओ, जो तुमको बनाना है। यह जो प्रोत्साहन मुझे मेरी इंडस्ट्री से मिला है, मेरे लिए बहुत बड़ी बात है।

पहले ही दिन जब हमारी फ़िल्म फ्राइडे रिलीज हुई थी तो सबसे पहले मुझे शाहरुख

ख़ान का फोन आया कि 'अभी चुपचाप फोन बन्द करके तीन दिन के लिए सो जाओ, कहीं बाहर मत निकलो। लिखो और वापस जाकर फ़िल्म बनाओ।' जिनके साथ मैंने आज तक कोई काम नहीं किया है, और उस तरह का जो सपोर्ट है, वह इंडस्ट्री ने मुझे दिया। सारे फ़िल्ममेकर्स ने आकर बोला कि तुम करो, जो तुम करते आ रहे हो। तुम्हें कहीं इधर-उधर देखने की जरूरत नहीं है।

लेकिन हाँ, मुझे लगता है कि यह नुकसान हुआ है और मैं जिम्मेदार हूँ। वह मुझे कवर करना है जो मैं अगले दो-तीन साल में फ़िल्में बनाकर कवर कर लूँगा। लेकिन फ़िल्मों के लिए पैसा कमाना बहुत जरूरी इसलिए है क्योंकि जब तक आपकी फ़िल्में भले ही 100 करोड़ न कमाएँ लेकिन एक करोड़ लूज न करें। वह बहुत जरूरी है।

हम लोग 'गैंग्स ऑफ़ वासेपुर' जैसी फ़िल्में बनाते हैं, सब चलती हैं और जो फ्लॉप होती हैं, नहीं चलती हैं। वे भी इतनी बुरी तरह से नहीं जाती हैं। जैसे 'अगली' 'पीके' के साथ रिलीज हुई और पाइरेट हो गई थी, वह इतना बिजनेस नहीं कर पाई लेकिन नुकसान नहीं हुआ। तो हम लोगों की कोशिश यह रहती है कि नुकसान न हो। क्योंकि हम लोग फ़िल्म बनाते समय ऐसा कोई सपना नहीं देखते हैं कि यह फ़िल्म बन गई तो हम लोग 200-300 करोड़ के क्लब में जाएँगे। हमें मालूम है कि हम नहीं जाएँगे। लेकिन जो लागत है, वह आनी चाहिए वापस। किसी-न-किसी तरह। अगर एक साल में नहीं आई दो साल में आ जाए। सैटेलाइट पर स्क्रीनिंग के बाद आ जाए। डीवीडी बेच कर आ जाए। बाहर रिलीज के बाद आ जाए। हम लोगों ने अभी छोड़ा नहीं है। 'बॉम्बे वैल्वेट' अभी भी फेस्टिवल पर जा रही है—दो-तीन फेस्टिवल पर। अभी लोकार्नो में 11 तारीख को स्क्रीनिंग है, जो बहुत बड़ी स्क्रीनिंग है, तो इससे और मार्केट खुलेगा अभी। देखेंगे हम लोग।

अजय ब्रह्मात्मज : आपकी हर फ़िल्म में आपका ऑटोबायोग्राफिकल टच रहता है। कहीं-न-कहीं उस फेज का अनुराग उस फ़िल्म में दिखाई पड़ रहा होता है। क्या ऐसा जानबूझकर होता है या फिर अनजाने में?

अनुराग कश्यप : सबकॉन्शियसली तो होता ही है। सबके साथ होता है। और आप जब भी लिखते हैं और जिस तरीके से मैं राइटिंग करता हूँ, मेरी राइटिंग का फेज ऐसा है कि मैं लिखना चालू करता हूँ तो लिखता ही रहता हूँ। तो उसमें आपके अन्दर का कुछ-न-कुछ तो निकल आएगा ही। वह बाद में आपको रियलाइज होगा कि यह कहाँ से आ गया। लेकिन बिना सोचे आपके अन्दर का 'वह' निकल आता है। मेरी हर फ़िल्म में ऐसा होता है। मेरी हर फ़िल्म में वह फेज है, खासतौर से 'देव डी', 'गुलाल' में। अगर आप देखें, तो 'बॉम्बे वैल्वेट' में भी है।

अजय ब्रह्मात्मज : 'बॉम्बे वैल्वेट' यहाँ दर्शकों के बीच स्वीकार नहीं हुई। हालाँकि आपने बताया कि वह विदेशों में नाम कमा रही है, खासकर पीफान में काफी अच्छा कर रही है और लोकार्नो में भी फ़िल्म दिखाई जा रही है। क्या ऐसा नहीं लगता कि अनुराग को भी उस फ़िल्म के नायक की तरह समाज में पूरी तरह से स्वीकार नहीं किया जा रहा है, कहीं कोई दिक्कत है?

अनुराग कश्यप : ये चीजें जो हैं, दूसरों के विश्लेषण करने के लिए हैं। मैं उस तरह से नहीं सोचता, क्योंकि मुझे मालूम है कि मेरा जो कर्मक्षेत्र है, वहाँ लोगों ने मुझे स्वीकार लिया है। और जब मैं कहता हूँ कि लोगों ने मुझे स्वीकार लिया है, तो वे लोग जिनको मैं मानता हूँ, उनका स्वीकारना मेरे लिए मायने रखता है। मेरे साथ के जो निर्देशक हैं, सारे मुझे सपोर्ट करते हैं। जो एक्टर्स लोग हैं इंडस्ट्री के, वे सपोर्ट करते हैं। बावजूद इसके ट्रेड और बिजनेस को मुझसे आपत्ति होती है, मीडिया को मुझसे आपत्ति होती है। मीडिया से तो मुझे भी आपत्ति है। लेकिन उससे मुझे कोई फर्क नहीं पड़ता है क्योंकि उससे मैं अपने-आपको एफेक्ट नहीं होने देता हूँ। कई लोग यह भी बोलते हैं कि 'बॉम्बे वैल्वेट' को पाँच साल बाद लोग अलग तरह से देखेंगे। लेकिन मैं यह सब नहीं सोचता हूँ। मैंने ऐसा सोचना छोड़ दिया है। मेरा काम है सिर्फ उस फ़िल्म को जिन्दा रखना और मैं किसी-न-किसी तरह उस फ़िल्म को जिन्दा रखने की कोशिश करता रहूँगा, जैसे हम अपने बच्चे को हमेशा जिन्दा रखने की कोशिश करते हैं। कभी-कभी डॉक्टर बच्चा पैदा होने से पहले ही बोल देता है कि यह रिस्की है, फिर भी आप उम्मीद छोड़ते नहीं हैं न! आप उसे जिन्दा रखने की कोशिश करते हैं तो उसी तरह मैं कोशिश करता रहूँगा। हो सकता है कि दस साल लगें, पन्द्रह साल लगें, या बीस साल बाद भी लोग ऐसा ही सोचें कि यार, बकवास फ़िल्म है, तो उसके ऊपर मैं निर्भर रहकर अपनी ज़िन्दगी नहीं जी सकता हूँ।

'बॉम्बे वैल्वेट' रिलीज होने के दूसरे-तीसरे दिन बाद ही मैंने स्वीकार लिया था कि अब जो होना था, हो चुका है, आगे चलते हैं। मेरी अगली स्क्रिप्ट भी मैंने लिखकर तैयार कर ली है और अगले महीने मैं शूटिंग भी शुरू कर रहा हूँ। यही नहीं, उसके बाद की दो-तीन-चार फ़िल्में भी मैंने लिख दीं।

सबसे बड़ा 'बॉम्बे वैल्वेट' के फ्लॉप का फायदा यह हुआ है कि मैं घुस गया एक कमरे के अन्दर और चार स्क्रिप्ट लिख डालीं। आपको मालूम है, आप अभी काम कर रहे हैं और लगातार मैं काम करता रहूँगा, यह आजादी है मेरे पास। बस, अभी मैं कुछ समय तक अपने-आपको सीमित रखकर फ़िल्म बनाना चाहता हूँ। फिर आगे का मैं आगे सोचूँगा।

अजय ब्रह्मात्मज : नॉर्थ इंडिया के लोग आपको अपना गॉडफादर मानते हैं। वे चाहते हैं कि कैसे भी करके आपकी उँगली पकड़ लें। आप इस बात को किस रूप में लेते हैं ?

अनुराग कश्यप : मेरे घर के बाहर लोग आते हैं, मैं देखता हूँ। एक लड़का था, जो आज से डेढ़ साल पहले मुझे मेरे घर के बाहर मिला और मुझसे बोला कि मुझे काम दीजिए। उसको मैंने भगा दिया। मैंने कहा कि जाकर तुम थिएटर करो। जाकर ऑडिशन दो। डेढ़ साल हो गया, वह घर से दूसरे ऑफिस; ऑफिस से बाहर, फिर ऑफिस; आज भी खड़ा रहता है। और डेढ़ साल में दूसरे एक आदमी की कहानी है, जो चपरासी था। लेकिन उसको कुछ करना था। हमने बोला कि शाम को जब सब बंद हो जाता है, कम्प्यूटर पर बैठकर काम करो। उसने कम्प्यूटर पर बैठकर ढूँढ़ना चालू किया और तय किया कि वह सिनेमेटोग्राफी करेगा। असीन के साथ मिला, मैंने उसको उसका असिस्टेंट बनाया। केबीसी में वह कैमरामैन बना और आज पिक्चर शूट करता है। वह अनपढ़ आदमी है। यह डिफरेंस है दो लोगों में—वह काम करता रहा और यह जो है, आज भी खड़ा हुआ है ऑफिस के बाहर। और ज़िन्दगीभर भी ऑफिस के बाहर खड़ा रहा तो मैं उसको काम नहीं दूँगा। क्योंकि एक दिन भी उसने जाकर ऑडिशन नहीं दिया। एक दिन भी उसने जाकर थिएटर नहीं किया। वह सिर्फ खड़ा रहता है। और सबसे ज्यादा प्रॉब्लम उनके साथ है जिनको घर से पैसे मिलते हैं। जब मुम्बई जाओ तो घर से पहले तो पैसे मत लो। जब पैसे नहीं लोगे तो अपने-आप हाथ-पाँव मारोगे, काम करोगे। जब घर से लगातार हर महीने पैसे आते हैं तो आदमी काम नहीं करता है।

अजय ब्रह्मात्मज : आपकी कितनी फ़िल्में ऐसी हैं कि आपने खुद को असाइन किया है और कितनी ऐसी हैं कि जब दूसरों ने कहा है कि यह फ़िल्म आपको बनानी चाहिए।

अनुराग कश्यप : मेरी हर ऑल्टरनेट फ़िल्म ऐसी ही होती है। मतलब, ऐसा होता है कि जो सक्सेफुल फ़िल्में हैं, वो एक्साइटमेंट में बनाई हैं। लोगों को इंटरटेन करने के लिए बनाई हैं 'देवडी', 'गैंग्स ऑफ़ वासेपुर' और हर ऑल्टरनेट फ़िल्म मैंने खुद के लिए बनाई है। 'यलो बूट्स' खुद के लिए बनाई। 'गुलाल' खुद के लिए बनाई। जो 'ब्लैक फ्राइडे' है, वह कमीशंड फ़िल्म है। उसको मैंने बनाई थी लोगों तक रीचआउट करने के लिए।

अजय ब्रह्मात्मज : आपको प्रोडक्शन में आने की जरूरत क्यों महसूस हुई ?

अनुराग कश्यप : प्रोडक्शन में आने की जरूरत इसलिए पड़ी क्योंकि बहुत जरूरी है कि आपको क्रिएटिव आजादी के लिए लड़ते रहना है। जब आप सृजन कर बैठते

हैं, तो आप हर चीज ऐसे नहीं सोच सकते कि यार, यह चीज सेंसर से पास नहीं होगी। कोई पैसे नहीं लगाएगा। अगर इस सोच से आप अपने-आपको लिमिट करोगे तो फ़िल्म नहीं बना पाओगे। लिखते समय तो मैं ऐसा बिल्कुल नहीं सोचता हूँ। लेकिन बाद में सारी फोर्सेज हावी हो जाती हैं—यार, ऐसे क्यों कर रहे हो? तो उसके लिए जो फोर्सेज हावी होती हैं, वह फोर्स भी खुद ही हो आप अपनी लाइफ में। तो आपकी एक लड़ाई तो खत्म हो गई।

सिर्फ प्रोडक्शन पर ही बात खत्म नहीं होती। हम लोगों ने डिस्ट्रीब्यूशन सेटअप भी बना लिया है। हम लोग आगे से खुद भी डिस्ट्रीब्यूट करेंगे। चारों तरफ फैलने के लिए यह बहुत जरूरी है, ताकि आगे की लड़ाई भी हम खुद लड़ सकें। ये सारी चीजें जो हम कर रहे हैं, वह यह दिखाने के लिए कि हम किस तरह का सिनेमा बिलीव करते हैं। जब हमने डॉक्यूमेंट्री रिलीज की, कोई मार्केट ही नहीं था डाक्यूमेंट्रीज का। तो धक्का देकर रिलीज की। 'वर्ल्ड बिफोर हर' अच्छा वर्क किया। 'कटियाबाज' उतना अच्छा वर्क नहीं किया। लेकिन कटियाबाज इतनी पावरफुल थी कि हमें लगा, वर्क करेगी। लेकिन लोगों ने देखी, तो बाद में देखी। तो ये सारी चीजें जो हैं, उसके लिए लड़ाई करना बहुत जरूरी है। आप के लिए अपने-आपको खड़ा रखना बहुत जरूरी है, नहीं तो आप बदल नहीं पाएँगे।

इस तरह सब लोड हमने अपने ऊपर ले लिया। कल को डिस्ट्रीब्यूट भी जब हम लोग खुद करेंगे तो फायदा-नुकसान भी हमारा ही होगा। उससे बाहर का मार्केट हम लोगों को डिक्टेट नहीं कर सकता ज्यादा। वह जितना कम डिक्टेट करे और जितना ज्यादा हमारे हाथ में आए, उतना ही अच्छा है हमारे लिए।

मेरी कमजोरी यह थी कि मुझे बाजार और प्रोडक्शन की समझ कम थी। हमने जब अपनी कम्पनी बनाई तो हम चारों ने मिलकर एक-दूसरे की कमजोरी कम कर दी। जब मैं अकेला था तो मुझसे नहीं होता था। हम चारों अलग-अलग लड़ रहे थे। मधु मंटेना की कमजोरी थी कि उसे क्रिएटिव नहीं समझ में आता था।

अजय ब्रह्मात्मज : हिन्दी भाषी क्षेत्रों से जो लोग वहाँ जाते हैं काम करने के लिए, इंडस्ट्री उनको जल्दी स्वीकार नहीं करती है। तो ये इंसाइडर और आउटसाइडर का झगड़ा बहुत लम्बे समय से चला आ रहा है। इस सन्दर्भ में मैं खुल कर कह सकता हूँ कि एक बहुत जबरदस्त पंजाबी लॉबी है, जो पूरे हिन्दी प्रदेश के लोगों को अघोषित रूप से दूर रखे हुए है हिन्दी सिनेमा में।

अनुराग कश्यप : मैं इसको एक अलग तरह से देखता हूँ, क्योंकि मैं बहुत ही ऑब्जेक्टिव तरीके से हर चीज को लेता हूँ। यह मानव प्रकृति है आप क्या सोचते

हैं ? जैसे कोई बाहर से आदमी आए और आपको आपके घर से निकाले और यह कहे कि यह कमरा मेरा है तो क्या आप उसको अन्दर घुसने देंगे ? होता क्या है कि आदमी आज जो सोचता है, वह कल को बासी हो जाएगा। आज मैं जिस तरह से सोचता हूँ, मेरी सोच कल को बासी हो जाएगी। लेकिन मुझे नहीं पता चलेगा कि मेरी सोच बासी हो चुकी है। मुझे नहीं पता चलेगा कि मेरा जाने का टाइम आ गया है और अभी नई फसल आनी चाहिए। ऐसे समय पर पुरानी फसल हमेशा नई फसल को रेसिस्ट करती है। हमारी राजनीति में भी यही होता है। हमारे स्पोर्ट्स में भी यही होता है। अब बीसीसीआई में ले लो उसे छोड़कर जाने को तैयार ही नहीं हैं, जबकि वह चल भी नहीं पाते हैं, तो इस तरह का अवरोध हर जगह पैदा होता है। यह बहुत ही नॉर्मल है। शरीर भी हमारा ऐसा ही है। जब बाहर की कुछ नई चीजें अन्दर आती हैं तो शरीर पहले उनको रिजेक्ट करता है। धीरे-धीरे अडॉप्ट करता है। तो वह एक ह्यूमन नेचर है। आप उसको कुछ कर नहीं सकते हैं। वह कोई जानबूझकर नहीं है।

मैं कभी इसको लॉबी के तौर पर देखता ही नहीं हूँ। लेकिन अगर आप देखें तो हमारे जो सुपरस्टार्स हैं, वे तो आउटसाइडर ही हैं—चाहे अमिताभ बच्चन हों या शाहरुख ख़ान हों या फिर चाहे गोविन्दा हों। लेकिन उनकी जर्नी और लड़ाई लम्बी रही है। एक्सेप्टेंस के लिए यहाँ सेंध मारने की सख्त जरूरत है। और यह वही आदमी कर सकता है जिसको कम्प्लीट अंडरस्टैंडिंग हो कि वह सामने वाला आपका दुश्मन नहीं है। वह सिर्फ आपसे डर महसूस न करे, ऐसा कुछ आपको करना है। कुत्ता भी आपको तभी काटता है जब उसको आपसे डर लगता है। आपको डराने के लिए नहीं काटता है। तो ये चीजें जब हमारी समझ में आ जाएँगी न, तो बहुत आसानी से आप कहीं भी जाकर कुछ भी कर सकते हैं। क्योंकि वहाँ कोई ऐसी लॉबी नहीं है। एक साइकिल है।

आप देखें, जिसका बाप बहुत सक्सेसफुल है, उसका बेटा उतना सक्सेसफुल नहीं हो पाता। राकेश रोशन बहुत सक्सेसफुल एक्टर नहीं थे, रितिक रोशन हैं। और राकेश रोशन जब रितिक रोशन को लांच करने की कोशिश कर रहे थे तो उनको इतना सपोर्ट नहीं मिल रहा था, क्योंकि किसी का विश्वास उसमें उतना नहीं था जितना कि लोगों को अभिषेक बच्चन में था। जब विधुविनोद चोपड़ा रितिक रोशन को 'कहो ना प्यार है' के पहले 'मिशन कश्मीर' में लेकर जा रहे थे तो उन्होंने भी राकेश रोशन को बोला कि मैं तेरे बेटे को स्टार बनाऊँगा, कैमरा फ्री में दे, जबकि चार बड़े डायरेक्टर्स आपस में लड़ रहे थे अमिताभ बच्चन के बेटे को लांच करने के लिए।

बाद में चीजें पलट गईं। अजय देवगन वीरू देवगन का बेटा था। सारी इंडस्ट्री हँस रही थी कि इसकी शक्ल तो देखो, कहाँ से आ गया ? तो वह लॉबी नहीं हो सकती क्योंकि लॉबी थी तो अंगेस्ट थी, जब वह आए थे।

लॉबी सिर्फ सक्सेस और फैलियोर की है। जो सक्सेफुल लोग हैं, उनकी लॉबी है और जो फेल्ड लोग हैं, उनकी लॉबी है। आमिर ख़ान किनके बेटे हैं ? ताहिर हुसैन के बेटे हैं। नासिर हुसैन के बेटे नहीं हैं। सक्सेसफुल भाई के बेटे नहीं हैं। तो यह जो है न, एक साइकिल है जो सबके साथ है। कहीं-न-कहीं जो असफल बाप का बेटा होता है, वह भी बाप को देखा होता है तो कुछ सीख के आगे चलता है। यह एक ह्यूमन नेचर है। हर जगह चलता है। हम लोग जब बाहर से देखते हैं तो सबकुछ मान लेते हैं। अगर हमने अपने-आपको यह बोल दिया कि यार, वहाँ जाकर क्या फायदा होगा, जब तक आप किसी के बच्चे नहीं हो, तो यह हमारे लिए आसान है अपने-आपको सन्तुष्ट करना। ऐसा बोलकर हम अपना मन बहलाते हैं, जबकि ऐसा है नहीं, ऐसा बिल्कुल नहीं है।

मैं देखता हूँ बहुत सारे ऐसे लोगों को, चाहे वो करण जौहर हों। आज इतने वे सक्सेसफुल हैं लेकिन उनके पिताजी इतने सक्सेसफुल नहीं थे। वह रिस्पेक्टेड रहे हैं लेकिन उनकी फ़िल्में फ्लॉप हो जाती थीं। लोग जो हैं, सिर्फ आज को देखते हैं। मैंने सबके साथ काम किया हुआ है, सबसे लड़ाइयाँ की हुई हैं और सबसे दोस्ती की और सब दोस्त हैं। तो मुझे मालूम है कि ऐसा है नहीं लेकिन बाहर से देखने पर लगता है ऐसा।

लॉबी वे लोग बनाते हैं जिनका सर्वाइवल उनके ऊपर डिपेंड करता है। मेरा हमेशा से मानना है कि इस इंडस्ट्री के जो डाइनासोर हैं, वे ट्रेड वाले हैं, जो कि न तो फ़िल्म बनाते हैं, न उनके खुद के थिएटर हैं, जहाँ फ़िल्म लगाते हैं और न ही उनके पैसे लगते हैं। उनका सर्वाइवल जो है, वे मिडिलमैन हैं। आप पूरी दुनिया में देखें—चाहे पॉलिटिक्स हो, चाहे वे कहीं भी हों, जो मिडिलमैन हैं, प्रॉब्लम वही है। उनका सर्वाइवल जो है, वह उस चीज पर डिपेंड करता है कि ये लड़ते रहें। वह उधर लॉबी है, यह इधर, क्योंकि एडवाइज के लिए सब मिडिलमैन के पास आते हैं। तो यह सारी प्रॉब्लम जो है, वे मिडिलमैन हैं। वे हर जगह हैं। अगर आप सही में देखें तो ये ट्रेड के वे लोग हैं जो एक्चुअली में कुछ नहीं करते हैं। वह प्रॉब्लम एरिया है। उनका सर्वाइवल इस बात पर डिपेंड करता है कि वे प्रेडिक्ट करते हैं कि यह पिक्चर कितना बिजनेस करेगी।

अजय ब्रह्मात्मज : पिछले दशकों में देखें बॉलिवुड को तो जो कैमरे के सामने काम

करते हैं, उनमें हिन्दी प्रदेशों के हीरो और एक्टर बहुत कम आए। यह हीरो मैटेरियल क्या होता है, जो नॉर्थ में पैदा नहीं होता है?

अनुराग कश्यप : नहीं, पहले होता था पैदा। हम लोग बहुत वेस्टर्नाइज हो गए हैं। कहीं-न-कहीं इतना इंफ्लुयेंस आ गया है। हमारे नॉर्थ की एक बहुत बड़ी दिक्कत है और जो एक बहुत बड़ा फर्क है, वह मैं मानता हूँ—समझ और एजुकेशन का फर्क है। वह फर्क इसलिए है क्योंकि इतने अच्छे एक्टर्स देखे हैं मैंने जिनका कुछ होता नहीं है। क्योंकि उनका आइडिया ऑफ एक्टिंग यह हो जाता है कि अरे, मैं अमिताभ बच्चन का डायलॉग बोलकर दिखाता हूँ। उनकी अपनी इंडिविजुवलिटी खो जाती है—अमिताभ बच्चन, शाहरुख ख़ान और सलमान ख़ान बनने में। स्टार वह बन सकता है जिसकी अपनी इंडुविजुवलिटी हो, जिसके अन्दर किसी और की झलक न हो।

तो जब नॉर्थ इंडियन उधर जाता है तो ज्यादातर वह झलक लेकर जाता है। और दूसरा जो है, हम लोग अपने अन्दर एक हीन भावना ले लेते हैं। वह हमारी खुद की हीन भावना है। जब हम इस प्रदेश से उस प्रदेश में जाते हैं तो हमारे अन्दर की हीन भावना हमारे अन्दर के स्टार मैटेरियल को मार देती है। क्योंकि जैसे गोरी चमड़ी वाले को देखकर हम लोग अलग तरह से बात करते हैं, उसी तरह से हम अलग तरह से बात करते हैं जब हम अंग्रेजी बात करने वाले को देखते हैं। तो ऐसी इंडस्ट्री में जाते हैं हम, जो हमको उतना आउटसाइडर नहीं बनाती है जितना हम खुद को आउटसाइडर बना लेते हैं। चूँकि हम खुद को आउटसाइडर बना लेते हैं, हम अन्दर घुस नहीं पाते हैं। वह हमारे अन्दर की प्रॉब्लम है। ऐसा है नहीं, हम प्रोजेक्ट करते हैं। हम अपने-आपको छोड़ देते हैं।

मैं एक बहुत बढ़िया उदाहरण दूँगा। हमारे एक सबसे प्रिय अभिनेता मनोज जी बहुत अच्छे एक्टर हैं लेकिन एक बहुत ही छोटी-सी चीज है और मजाक में कही गई थी कि अभी देखो, 'सत्या' आने के बाद तुम जहाँ भी जाते हो, लोग भीखू महात्रे बोलते हैं। तुम इतने अच्छे एक्टर हो, तुम स्टार नहीं बन सकते। और इसमें एक बहुत बड़ा सच है। सलमान ख़ान कुछ भी करेगा, वह सलमान ख़ान रहेगा। एक्टर नहीं बन पाएगा। और यह यहाँ पर ही नहीं, बाहर भी है। वहाँ टॉम क्रूज स्टार है, वहाँ डिनेरो स्टार नहीं है। वहाँ पचीनो स्टार नहीं है, वे कैरेक्टर बन जाते हैं। आपके अन्दर की जर्नी है, अगर आपको स्टार बनना है तो फिर कुछ है आपके अन्दर की क्वालिटी, कुछ लक है, जो लोगों को पसन्द आएगा। शाहरुख ख़ान ने हाथ हवा में फैलाए तो लोगों को पसन्द आया। वह शाहरुख ख़ान बन गया। जब भी वह एक्टर बनने की कोशिश करेगा, लोग उसको रिजेक्ट कर देंगे।

जब 'बॉम्बे वैल्वेट' का हम लोगों का मार्केट रिसर्च आया कि यह फ़िल्म क्यों फेल हुई, तो उसमें 80 परसेंट रीजन मालूम है क्या था? रणवीर की शक्ल लोगों को पसन्द नहीं आई, नया हेयरस्टाइल पसन्द नहीं आया। सो वे चाहते ही नहीं कि वह लवरबॉय के अलावा कुछ और बने। अगर स्टार बनना है तो स्टार अपने-आप बनता है, एक्टर आप होते हो और जाकर बनते हो। आमिर ख़ान की इमेज क्या है कि इस बार देखते हैं, उसका लुक क्या है। उसने बहुत इंटेलीजेंटली अपनी इमेज बनाई है। वह भी समझ गया इस बात को और वह भी छुपा के रखता है। मुझे नहीं लगता कि कोई भी आदमी यह सोच कर जाता होगा कि मैं स्टार नहीं बनूँगा और कोई भी आदमी यह बात जानता है कि वह स्टार बन जाएगा। यह हो जाता है कई बार। अगर आप स्टार बन गए तो आपको मालूम है कि उसके बाद ज़िन्दगीभर आपको वही करते रहना है। कोई सक्सेसफुल डायरेक्टर होता है, जैसे अब रोहित शेट्टी कल को जा करके एक संजीदा सी गम्भीर फ़िल्म बना देगा तो लोग बोलेंगे कि पागल हो गया है। या करण जौहर ने जा करके एक छोटी सी फ़िल्म बनाई तो लोग कहेंगे, अनुराग कश्यप की कम्पनी में खत्म हो गया। यदि आप कुछ नया करोगे तो लोग एक्सेप्ट नहीं करते हैं, रिजेक्ट कर देते हैं।

अजय ब्रह्मात्मज : आपकी फ़िल्मों में आपने जैसे नवाज़ को हीरो बनाया, मनोज को हीरो बनाया, इनको कहा जाता है कि ये भी हीरो मैटेरियल नहीं थे?

अनुराग कश्यप : अगर आप मेरा इंटेन्शन देखो, जब मैं 'गैंग्स ऑफ़ वासेपुर' बनाने आया था, हम लोग मजे कर रहे थे रोज-रोज। हम लोगों का कहना था कि इतनी कम लागत है, मस्ती करते हैं। हम लोग खेल रहे थे, हर चीज का मजाक उड़ा रहे थे। कैरेक्टर क्या है, यह बहुत फ़िल्में देखता है और अभी अमिताभ बच्चन बनना चाहता है। तो हम लोग डॉयलॉगबाजी में भी मजे कर रहे थे। हम लोगों ने यह कभी नहीं सोचा था कि इस लेवल पर लोगों को पसन्द आ जाएँगे और ये हीरो बन जाएँगे। मुझे मालूम था कि ये सब फ्रीडम मुझे स्टार्स के साथ नहीं मिलेगी। अगर मनोज की जगह अजय देवगन होते तो मैं सड़क पर उनके साथ शूट नहीं कर सकता था। वे बाल नहीं मुड़वाते, उनके साथ ये सारी चीजें नहीं होतीं। या कोई और होता तो उसके साथ हम इतना खेल नहीं सकते थे। तो यह फ्रीडम उनसे मिली और फ्रीडम मिली तो उनके साथ हम लोग खेले। हमने नहीं सोचा था कि इतना बड़ा स्टार बन जाएँगे। हमें मालूम है कि वे सब अच्छे एक्टर हैं और उनका कॅरियर अच्छा होगा। लेकिन आज नवाजुद्दीन जिस लेवल पर सक्सेसफुल है, हमने भी नहीं सोचा था।

अजय ब्रह्मात्मज : अधिकांश लोगों का यह मानना है कि रणवीर कपूर को लेने की वजह से आपकी फ़िल्म फ्लॉप हुई?

अनुराग कश्यप : मुझे बहुत लोगों ने यह बात पूछी भी है, मगर उन लोगों को यह नहीं मालूम कि अगर मैं रणवीर कपूर को नहीं लेता तो 'बॉम्बे वैल्वेट' जिस तरह बनाना चाहता था, उस तरह नहीं बना पाता। मार्केट भी आपका ऐसा है कि आपके साथ कौन है, उसके बेसेस पर पैसा देता है। यह एक पीडियोडिक फ़िल्म थी और बॉम्बे क्रिएट करने के लिए मुझे बहुत पैसों की जरूरत थी। हमारा अपना शहर वैसा रहता नहीं है। हमारे यहाँ इतना डेवलपमेंट होता है कि सब खत्म हो जाता है। अगर यह फ़िल्म यूरोप में होती और बॉम्बे में बेस्ड न होकर इटली या रोम में बेस्ड होती, जहाँ पर लोग अपने आर्किटेक्चर को मेंटेन करते हैं, सेम पिक्चर हिन्दी से सस्ती होती। हमारा जो खर्चा हुआ है, वह सिर्फ बॉम्बे क्रिएट करने में हुआ है। और वह हम लोगों को मिलता नहीं अगर हमारी फ़िल्म में रणवीर कपूर नहीं होता। रणवीर कपूर ने सेट पर आकर वह नहीं किया जो दूसरी फ़िल्मों में करता रहा है, तो उससे मुझे फायदा ही हुआ है, नुकसान उसको हुआ है। तो मैं कभी इस बात को नहीं मानूँगा, चाहे लोग जितना बोलें, नुकसान हुआ है तो उसका हुआ है। क्रेडिब्लिटी, मार्केट उसका गिरा है। हमारी इंडस्ट्री ऐसी है कि वह हीरो को ब्लेम करती है, जबकि मेरा मानना है कि जब पिक्चर नहीं चलती है तो गलती सिर्फ डायरेक्टर की होती है। जब पिक्चर चलती है तो क्रेडिट सबका है, गलती सिर्फ डायरेक्टर की है क्योंकि उसने वहाँ-वहाँ पर ना नहीं बोला जहाँ पर उसे बोलना चाहिए था।

अजय ब्रह्मात्मज : क्या फ़िल्म का न चल पाना एक डायरेक्टर के लिए निगेटिव होता है?

अनुराग कश्यप : निगेटिव होता भी है और नहीं भी होता है। यह डिपेंड करता है कि किस स्टेज पर जाकर आपने कैसी फ़िल्म बनाई। कई लोगों के लिए निगेटिव हो जाती हैं चीजें और कई लोगों के लिए नहीं होतीं। भाग्यवश मैंने यह प्रयोग इतने लेटर स्टेज में किया कि इतने सारे काम कर चुका हूँ कि लोग बॉडी ऑफ वर्क देखकर जज करते हैं और लिटरली इस बार ऐसा हुआ कि लोगों ने बोला कि चलो, इसको माफ कर देते हैं। जिसको पसन्द आई, ठीक है। जिसको पसन्द नहीं आई, उसने माफ कर दिया—चलो, इसकी अगली फ़िल्म देखते हैं। तो यह एडवांटेड मुझे मिला, जो कई लोगों को नहीं मिलता।

अजय ब्रह्मात्मज : अनुराग, बहुत-बहुत धन्यवाद! आखिरी बात यह कि इस 'जागरण फ़िल्म फेस्टिवल' के बारे में आपकी क्या राय होगी और इस तरह की बातचीत और ऐसा इंटरएक्शन कितना लाभप्रद है ओडियंस के लिए और आपके लिए?

अनुराग कश्यप : मेरे खयाल से ये सब चीजें बहुत लाभप्रद हैं लेकिन इसको और गम्भीरता से किया जाना चाहिए। कहने का मतलब यह है कि जो फ़िल्म है, उसके लिए हॉल छोटा हो, वह चलेगा, लेकिन यह लगातार होता रहे और एक माहौल हो। जैसे जब एक इवेंट होता है तो वहाँ माहौल है लेकिन जब खत्म होता है तो बाहर माहौल नहीं है। वह सिनेमा का माहौल हो। मतलब, ऐसा टाइम अच्छा है। आप जिस तरह का सिनेमा दिखाना चाहते हो, आप उस तरह की फ़िल्म की डीवीडी बाहर बेचें। लोगों को प्रोत्साहित करें कि इस तरह फ़िल्म देखें। सिनेमा के ऊपर किताबें होनी चाहिए। इस तरह का इंटरएक्शन होना चाहिए कि कोई आदमी आए और बातचीत हो। इस तरह के इंटरएक्शन छोटे-छोटे हों मगर बहुत सारे हों। इसके लिए एक फेस्टिवल कमेटी होनी चाहिए जिसको बाहर जाकर फेस्टिवल देखना चाहिए। और कमेटी सरकारी नहीं। मैं तो सख्त खिलाफ हूँ सरकारी कमेटी के। कमेटी वह हो जो यहाँ के इंथुजियास्टिक लोगों की हो। जो लोकल हों। यहाँ के तीन-चार लोगों को आप एक बार टिकट दीजिए और भेज दीजिए कि जाकर तुम फेस्टिवल देखकर आओ कि क्या होता है वहाँ पर और किस तरह की फ़िल्में होती हैं। एक ट्रिप में कितने लोगों के दिमाग खुल जाते हैं। मैं तो हमेशा सबको लेकर जाता हूँ और उसकी वजह से हमारे यहाँ इतनी अच्छी फ़िल्में बन जाती हैं। मैंने नीरज गेहवान के साथ भी वही किया था, वासन बाला के साथ भी वही किया था। फेस्टिवल में जाकर कहता हूँ कि देखो, यहाँ आना है तुमको और ऐसी फ़िल्में करनी हैं। और उसके बाद आदमी वापस आकर जुट जाता है काम में। तो बहुत जरूरी है ऐसा करना।

मधुर भंडारकर

निर्देशक, निर्माता, पटकथा लेखक एवं फ़िल्म सम्पादक । फ़िल्म 'ट्रैफिक सिग्नल' के लिए सर्वश्रेष्ठ निर्देशक का 'राष्ट्रीय फ़िल्म पुरस्कार' तथा 'पेज 3' के लिए सर्वश्रेष्ठ फ़िल्म का 'राष्ट्रीय फ़िल्म पुरस्कार' प्राप्त। अन्य चर्चित फ़िल्में—'चाँदनी बार', 'फैशन'।

बातचीत

मधुर भंडारकर | अजय ब्रह्मात्मज

अजय ब्रह्मात्मज : पटना की यात्रा का अनुभव कैसा रहा? ऐसी क्या खास बात थी जो आप पटना आना चाहते थे?

मधुर भंडारकर : नमस्कार। काफी सालों से मेरी इच्छा थी कि पटना आना है मगर समय ही नहीं मिला। जैसाकि मैंने कल भी बताया था कि हम प्रोमोशन के लिए काफी जगहों पर जाते हैं लेकिन पटना आने का चान्स ही नहीं मिला। जब आपने पिछले महीने मुझे पटना आने का न्यौता दिया तो मैंने इसे स्वीकार किया। यहाँ का जायका काफी अच्छा लगा। मैं यहाँ पर पटना साहिब भी गया रात को, काफी अच्छा लगा मुझे वहाँ जाकर। मेरे खयाल से पटना को एक्सप्लोर करने के लिए मुझे दो-तीन दिन यहाँ ठहरना पड़ेगा। अभी तक जितना मैंने देखा, यहाँ के लोग बहुत अच्छे हैं। अतिथि-सत्कार काफी सराहनीय रहा। हर तरह के सिनेमा देखने वाले फैन्स मिले।

अजय ब्रह्मात्मज : आपके कॅरियर में एक बड़ा चेंज 'चाँदनी बार' के बाद से आया, तो 'चाँदनी बार' का फैसला क्यों और कैसे लिया गया?

मधुर भंडारकर : 'चाँदनी बार' से पहले मैंने एक फ़िल्म बनाई थी 'त्रिशक्ति', जिसमें अरशद वारसी, मिलिन्द गुनाजी, शरद कपूर थे और वह 1997 में शुरू हुई थी और 1999 में आई थी, तो दो-ढाई साल लग गए उसको बनने में क्योंकि उसका फाइनेंस जुटाना मुश्किल था। उसके एक्टर्स बॉक्स ऑफिस पर कोई बहुत ज्यादा सफल नहीं थे, तो वह पिक्चर बहुत ज्यादा चली भी नहीं। उस वक्त पर जो एक ट्रेंड था कि कॉमर्शियल सिनेमा चाहिए, मसाला सिनेमा चाहिए, कव्वाली चाहिए, आइटम नंबर चाहिए तो उस हिसाब से मैंने बनाया, क्योंकि मुझे लोगों ने कहा था कि अगर आपको फ़िल्म इंडस्ट्री में सर्वाइव करना है तो आपको ऐसी मसाला फ़िल्में बनानी पड़ेंगी, इसलिए पहले आप खुद को स्थापित करें, उसके बाद अपनी रुचि की फ़िल्म बनाएँ। जब मैं किसी को स्क्रिप्ट सुनाता था तो लोग कहते थे कि यार,

तुम्हारा श्याम बेनेगल, गोविन्द निहलानी टाइप सब्जेक्ट है। यह मैसेज फ़िल्म है।

उस वक्त मोबाइल भी आ गया था और मुझे एक प्रोड्यूसर ने मैसेज भेजकर कहा कि अगर मुझे लोगों को मैसेज ही देना है तो फिर मैं एसएमएस करूँ, फ़िल्म नहीं बनाऊँ। लोग मजाक उड़ाते हुए कहते थे कि हमको मैसेज ओरियंटेड सिनेमा नहीं चाहिए, कॉमर्शियल सिनेमा चाहिए, जिसके अन्दर आर्थिक लाभ हो और लोगों के लिए भरपूर मनोरंजन हो।

'त्रिशक्ति' मैंने उसी हिसाब से बनाई, क्योंकि बॉलिवुड में ब्रेक मिलना बहुत जरूरी है। 99 प्रतिशत लोगों को ब्रेक नहीं मिलता, चाहे वह एक्टर हो, डायरेक्टर हो, कैमरामैन हो, राइटर हो या किसी भी क्षेत्र में आना चाह रहा हो। इसमें सफलता का अनुपात करीब एक प्रतिशत है।

हम उन लोगों को हमेशा देखते हैं जो सफल हैं, चाहे वे किसी भी क्षेत्र में हों, खासकर बॉलिवुड के सफल लोगों को। 99 प्रतिशत जो लोग आते हैं, चले जाते हैं, कुछ नहीं बन पाते हैं। वे कहाँ गए, यह हम कभी देखने या जानने की कोशिश भी नहीं करते। हम हमेशा जो प्रेरणा लेते हैं, उन एक प्रतिशत सफल लोगों से लेते हैं।

जब पहली पिक्चर फ्लॉप हो गई तो इंडस्ट्री ने कहा कि इस बंदे का तो कॅरियर ही खत्म हो गया। लेकिन मैं हताश नहीं हुआ। एक दिन मेरा दोस्त मुझे एक 'बार' में ले गया और वहीं पर मुझे 'चाँदनी बार' का आइडिया आया। मैंने सोचा कि यह फ़िल्म मुझे बनानी चाहिए। लेकिन मेरे दोस्त ने मुझे कहा कि तू पागल हो गया है। पहली पिक्चर तेरी फ्लॉप हो गई, अब तू क्या यह पिक्चर बनाएगा? लेकिन मैंने वह कॉन्सेप्ट रेडी किया, उसके ऊपर रिसर्च किया, तकरीबन 50-60 बार 'बार' में जाकर मैं बैठा, लोगों से बातचीत की। मेरे पास इतने पैसे नहीं थे कि मैं 'बार' में जाकर पीता। कुछ दोस्त थे जिनके पास पैसे थे तो उनके साथ चला जाता था और रिसर्च करता था। तकरीबन 6 महीने के बाद जब स्क्रिप्ट तैयार हुई, तो मैंने प्रोड्यूसर आर. मोहन साहब को कॉन्सेप्ट सुनाया। उनको बहुत अच्छा लगा और उसके बाद हमने तब्बू जी को सुनाया, उनको भी अच्छा लगा कॉन्सेप्ट, और वह पिक्चर करने के लिए तैयार हो गईं।

'चाँदनी बार' का जो जन्म हुआ, वह अपने-आपमें बड़ा ऐतिहासिक है। वह फ़िल्म मेरे लिए और पूरी टीम के लिए कॅरियर का एक बहुत चेंजओवर था, क्योंकि जिस मधुर भंडारकर के बारे में लोगों ने कभी चर्चा भी नहीं की और उसकी पहली फ़िल्म के बारे में समीक्षकों ने भी लिखा नहीं, वह 'चाँदनी बार' लोगों के दिल में इस तरह घर कर गई कि लोग कहने लगे अरे, यह व्यक्ति कौन है? और ओवर नाइट

जिसको हम स्टारडम कहते हैं या पॉपुलेरिटी या फिर उस पिक्चर की स्वीकार्यता—वह इतनी बढ़ गई कि कई लोगों ने 'चाँदनी बार' देखने के बाद डीवीडी या सीडी ढूँढ़कर 'त्रिशक्ति' भी देखी।

मुझे एक इंसीडेंट याद है जब थिएटर में हमने बार बालाओं के लिए एक शो रखा था। मैं बाहर खड़ा था तो साथ में जर्नलिस्ट थे, समीक्षक थे, बार बालाएँ थीं, तो मैं सबको बोल रहा था कि इस फ़िल्म का डायरेक्टर मैं हूँ। लेकिन पिक्चर खत्म होने के बाद जैसे मेरे साथ जलवा हो गया। वह दृश्य मेरे लिए अद्‌भुत था। सब लोगों ने मुझे घेर लिया। मेरा इंटरव्यू लेने के लिए लाइन लग गई। तो मैं यह कहना चाहूँगा कि तीन घंटे में आपकी पूरी किस्मत बदल जाती है। इसी को बॉलिवुड कहते हैं हम। फिर मैंने कभी पलटकर पीछे नहीं देखा। 'चाँदनी बार' से जो शुरुआत हुई है—'सत्ता', 'पेज थ्री', 'कॉर्पोरेट', 'फैशन', 'हीरोइन' और 'ट्रैफिक सिग्नल' —सारी फ़िल्में लोगों ने पसन्द कीं। कोई कम चली, काई ज्यादा चली, लेकिन मैंने हमेशा फ़िल्में रियलिटिस्क बनाई हैं।

अजय ब्रह्मात्मज : जो यूथ इस लाइन में अपना कॅरियर बनाना चाहते हैं, अपने इस अनुभव से उनको आप क्या कहना चाहेंगे?

मधुर भंडारकर : पहले संघर्ष करना सीखिए क्योंकि वह बहुत जरूरी है। अगर आप मुम्बई में आकर सोचेंगे कि ओवरनाइट आप स्टार बन जाएँगे या राइटर बन जाएँगे या डायरेक्टर बन जाएँगे या एक्टर बन जाएँगे, तो ऐसा नहीं है। मुम्बई में बहुत पापड़ बेलने पड़ते हैं। बहुत मुश्किलें आती हैं, लेकिन आप डटे रहिए, मजबूत बने रहिए, लेकिन इसके साथ एक वैकल्पिक स्किल होना चाहिए। आप सिर्फ फ़िल्म लाइन पर निर्भर नहीं रह सकते कि मैं जाते ही धूम मचा दूँगा। एकदम से सफल हो जाऊँगा। बॉलिवुड में लोगों से मिलना ही बहुत मुश्किल है। मेहनत हर कोई करता है। मेरे से भी ज्यादा कई लोग हैं जो मेहनत करते हैं, लेकिन जब यहाँ आते हैं तो गुमनामी के अँधेरे में खो जाते हैं। युवा पीढ़ी को मैं यही कहूँगा कि आप हमेशा वैकल्पिक कॅरियर लेकर चलिए।

मैंने तो ज्यादा पढ़ाई भी नहीं की थी, न मेरे पास कोई स्किल था। मैं हमेशा सोचता था कि पिताजी का कोई छोटा-मोटा बिजनेस भी होता तो मैं वहाँ जाकर बैठ जाता। मैं फ़िल्म लाइन में नहीं आता। क्योंकि जिस प्रकार से मुश्किलें आईं, कठिनाइयाँ आईं, तो हर इंसान को एक डेडलाइन निश्चित कर लेनी चाहिए कि मैं तीन साल इंडस्ट्री को दूँगा—चाहे वह किसी भी फील्ड में हो। उसके बाद अगर मुझे सफलता नहीं मिली तो मेरे पास कम से कम यह ऑप्शन तो है कि चलो, कोई नहीं, अब

इसी काम में अपना कॅरियर बनाते हैं। यह आज की युवा पीढ़ी के लिए बहुत जरूरी है। सिर्फ फ़िल्म इंडस्ट्री पर आप निर्भर नहीं रह सकते। यदि काम न मिला तो फ्रस्ट्रेशन आ जाता है कि देखो, पहले यह मेरे साथ था, आज मॉडल बन गया! या ये एक्ट्रेस बन गई! वह राइटर बन गया! तो वह फ्रस्ट्रेशन आपको जीने नहीं देगा। फिर उसके बाद हो सकता है कि आप बुरे रास्ते पर चले जाएँ। आप ऐसी चीजें करना शुरू कर देंगे जो आपने सोचा भी नहीं था। क्योंकि यह लाइन जो है, ग्लैमर की लाइन है। पब्लिक ह्यूमिलिएशन जो होता है, वह इस फील्ड में होता है। यहाँ हर कोई आपको ओपिनियन देगा कि यार, ये फ़िल्म तूने बराबर नहीं बनाई, इसमें तूने एक्टिंग अच्छी नहीं की। तो हम लोग पब्लिक डोमेन में होते हैं और ह्यूमिलिएशन भी पब्लिक डोमेन में ही होता है। मेरे खयाल से युवा पीढ़ी को इसके लिए तैयार होकर आना चाहिए। और जब आपको लगा कि यार, मैं इसमें सफल नहीं हूँगा तो आपको थोड़ा-सा प्रैक्टिकल होना चाहिए। क्योंकि इंडस्ट्री में मेहनत के साथ-साथ किस्मत भी बहुत जरूरी होती है। किसी-किसी को एक-दो हफ्ते में सफलता मिल जाती है और किसी-किसी को पन्द्रह-बीस साल में भी नहीं मिल पाती।

अजय ब्रह्मात्मज : 'चाँदनी बार' के बाद अब आपकी 'कैलेंडर' गर्ल्स आ रही है। हमेशा आपने औरतों को फ़िल्म के केन्द्र में रखा और उनके पॉइंट ऑफ़ व्यू से बातों को रखना जारी किया, क्योंकि आप मिडिल क्लास में पले-बढ़े हैं तो पूरा एटिट्यूड वही है। तो क्या वास्तव में ऐसा है या आपकी रिसर्च से वैसी चीजें निकलकर आती हैं?

मधुर भंडारकर : मैं मध्यवर्ग से आया हुआ हूँ। मैंने बचपन में बहुत संघर्ष देखा है। घर की खराब हालत के कारण मुझे पढ़ाई छोड़नी पड़ी। फिर मैं विडियो-कैसेट का व्यवसाय करने लग गया। मैं घर-घर जाकर विडियो-कैसेट पहुँचाता रहा था करीब पाँच साल, वह भी साइकिल से। मेरे ग्राहक इंडस्ट्री के लोग, बिजनेस मैन, समाज के हर तबके के लोग थे, तो वह जो अनुभव था न, कमाल का अनुभव था। मुझे हर प्रकार के लोगों का एक स्पेक्ट्रम मिला।

मेरे बारे में लोग कहते हैं कि मधुर अंदर से जर्नलिस्ट है, क्योंकि मैं इश्यू बेस्ड फ़िल्में बनाता हूँ। अगर मैं फ़िल्ममेकर नहीं बनता तो शायद फ़िल्मी जर्नलिस्ट होता, क्योंकि मुझे सिनेमा का नॉलेज अच्छा है। मैंने हर तरह का सिनेमा देखा है। रही बात महिला-केंद्रित फ़िल्में बनाने की, तो मुझे कई औरतों ने पूछा कि तुम हमारी साइकोलॉजी को इतनी अच्छी तरह कैसे समझते हो? मैं घर पर हमेशा अपनी माँ का लाडला रहा हूँ। मुझे हमेशा अपनी माँ के प्रति स्नेह रहा है। लेकिन साथ ही मैंने गुरुदत्त की कई फ़िल्में, जैसे 'साहेब बीवी गुलाम', 'प्यासा', 'कागज के फूल'

देखीं। मुझे उनकी फ़िल्मों में ऑन स्क्रीन केमेस्ट्री ने काफी प्रेरित किया। कमाल अमरोही जी की बात करें तो मुझे 'महल में मधुबाला' या 'पाकीजा' में मीना कुमारी जी का जो किरदार है, उससे मैं काफी प्रभावित हुआ; या 'गाइड' में वहीदा रहमान जी का जो रोल है, उससे मैं काफी प्रभावित रहा। विमल दा की फ़िल्मों में एक्ट्रेस का किरदार मुझे काफी दमदार लगता था। मेरे खयाल से 'चाँदनी बार' के बाद एक ऐसा मोड़ आ गया जब इस तरह का सिनेमा बनने लगा। हमारे देश में कई ऐसे-ऐसे सब्जेक्ट्स हैं जो वूमैन के पॉइंट ऑफ व्यू से कहना जरूरी है दर्शकों को और मुझे खुशी है कि आज इसका एक मार्केट बन गया है। एक्ट्रेसेज भी हैं जो चाहती हैं कि वे इस तरह का रोल करें। वे भी यह नहीं चाहतीं कि वे सिर्फ नाचें, गाएँ और उनका रोल उतने में ही सिमटकर रह जाए।

अजय ब्रह्मात्मज : आपने ऑन स्क्रीन नायिकाओं की बहुत सारी बातें कीं, ऑफ स्क्रीन कौन सी नायिका आई थी आपकी लाइफ में? मेरा कहने का मतलब है—औरतें, जिन्होंने आपको बहुत प्रेरित किया?

मधुर भंडारकर : मेरी माँ है, वाइफ है, मेरी बेटी है। इसके अलावा कई ऐसी हैं जिनसे मैं प्रभावित रहा हूँ। मर्लिन मुनरो मुझे काफी पसन्द रहीं। इंदिरा गांधी जी प्रभावशाली रही हैं। तो कई ऐसी महिलाएँ हैं, जिनका प्रभाव मेरे ऊपर रहा है।

अजय ब्रह्मात्मज : आप कॉन्टेंट पर ज्यादा फोकस करते हैं और कॉन्टेंट बहुत ही मजबूती और वास्तविक तरीके से पेश किया जाता है। आपकी फ़िल्में देखने में उतनी खूबसूरत भले ही न लगें लेकिन दिल को छू जाती हैं। क्या ट्रेनिंग जरूरी है?

मधुर भंडारकर : देखिए, इसमें दो अंतर है। जैसे संस्थान में आप जाते हैं या आज की तारीख में एक्टिंग कोर्स होता है या कुछ भी होता है, वह आपको एक मार्गदर्शन दे सकता है। उसके बाद आपको खुद का रास्ता चुनना पड़ता है। आप इंस्टीट्यूशन में जाते हैं, अच्छी बात है। कुछ न कुछ हुनर तो सीखकर ही आते हैं। उस हुनर को इस्तेमाल करने के लिए आपको अपना रंग लेना पड़ेगा इंडस्ट्री में। लेकिन यदि आप सोचेंगे कि मैंने ऐसा सीखा था तो मैं ऐसा ही करूँगा—ऐसा बिल्कुल नहीं होगा इंडस्ट्री में। हर किसी को साथ में लेकर आपको चलना पड़ता है इंडस्ट्री में।

अजय ब्रह्मात्मज : तब्बू से लेकर आपकी बाद की फ़िल्मों तक आपने बड़ी हीरोइनों के साथ काम किया है। अभी आपकी एक फ़िल्म आ रही है 'कैलेंडर गर्ल्स' जिसमें पाँच नई लड़कियाँ हैं। आखिर 'कैलेंडर गर्ल्स' है क्या, अगर आप थोड़ा सा बताना चाहें तो?

मधुर भंडारकर : देखिए, जब आप फ़िल्म बनाते हैं और इस तरह का जो कॉन्सेप्ट होता है, तो हर फ़िल्म की अपनी-अपनी एक माँग होती है स्टोरी को लेकर, उसके सब्जेक्ट को लेकर। अभी जैसे मैंने 'हीरोइन' बनाई, उसमें न्यू कमर लड़की जाएगी नहीं क्योंकि कहानी जो थी, वह सुपरस्टार की थी। आपको सुपरस्टार ही चाहिए उस फ़िल्म में, इसलिए करीना कपूर को लिया। 'पेज थ्री' की बात करूँ तो उसमें मैंने कोंकणा सेन शर्मा को लिया क्योंकि उसको कोई जानता नहीं था बॉलिवुड में। उसका किरदार एक जर्नलिस्ट का था जिसमें कोई बड़ी स्टार फिट नहीं हो सकती थी। 'कैलेंडर गर्ल्स' का जो थॉट है, वह प्लेटफॉर्म है न्यूकमर्स के लिए। क्योंकि कैलेंडर गर्ल जो भी रही है, वह हमेशा न्यू कमर ही रही, उसके बाद वह स्टार बनी या पॉपुलर हुई। इसलिए मैंने न्यू कमर्स के साथ ही फ़िल्म बनाई, जिसमें देश के कई हिस्सों से मुम्बई आकर लड़कियाँ अपनी जर्नी शुरू करती हैं और जब वे कैलेंडर गर्ल बन जाती हैं तो उसके बाद क्या होता है उनकी लाइफ में? जब मैं रिसर्च कर रहा था तो शॉक रह गया उसी को मैंने फ़िल्म के माध्यम से दिखाने की कोशिश की है। यह एक बहुत ही इमोशनल फ़िल्म है जो आपको अन्दर तक झकझोर कर रख देगी।

अजय ब्रह्मात्मज : जैसे कोई लेखक ऑटोबायोग्राफी लिखता है, क्या एक फ़िल्ममेकर अपनी ज़िन्दगी पर खुद ही फ़िल्म बना सकता है?

मधुर भंडारकर : हो सकता है। ऑटोबायोग्राफी बुक भी हो सकती है, फ़िल्म भी हो सकती है। फिलहाल मेरे पास तीन-चार ऐसे-ऐसे सब्जेक्ट्स हैं जिन पर मैं फ़िल्म बनाना चाहता हूँ और रहा बुक का सवाल तो मैं चाहता हूँ कि मेरी फ़िल्म की मेकिंग पर एक बुक लिखूँ।

अजय ब्रह्मात्मज : 'जागरण फ़िल्म फेस्टिवल' में आप आए, इस आयोजन को आप कैसे देखते हैं? इसके लिए आप क्या कहना चाहेंगे?

मधुर भंडारकर : मैं बहुत बधाई दूँगा 'जागरण' की पूरी टीम को, 'जागरण फ़िल्म फेस्टिवल' को। मेरे खयाल से इस तरह का आयोजन जो 16 शहरों में आप करते हैं, यह बहुत जरूरी है। एक फ़िल्ममेकर के रूप में मुझे लोगों से मिलने का मौका मिलता है। बहुत कुछ सीखने को मिलता है। लोगों की मानसिकता पता चलती है कि उन्हें क्या अच्छा लगता है। और मुझे जब भी 'जागरण फ़िल्म फेस्टिवल' में आने का मौका मिलेगा तो मैं जरूर आऊँगा।

हर्षवर्धन कुलकर्णी

फ़िल्म निर्देशक एवं पटकथा लेखक। चर्चित फ़िल्में—'हँसी तो फँसी' और 'हंटर'। साल 2010 में फ़िल्म 'लॉस्ट एंड फाउंड' के लिए सर्वश्रेष्ठ प्रोत्साहन देनेवाली फ़िल्म का 'राष्ट्रीय फ़िल्म पुरस्कार' प्राप्त।

बातचीत

हर्षवर्धन कुलकर्णी | अजय ब्रह्मात्मज

अजय ब्रह्मात्मज : देश के बहुत सारे युवाओं के मन में आकांक्षा रहती है कि वे भी फ़िल्म बनाएँ, फ़िल्म बनाने तक पहुँचें। आपके अनुभव से वे फायदा उठा सकते हैं, अगर आप शेयर कर सकें। आप अपने बारे में थोड़ा सा बताएँ, वो एफटीआईआई तक पहुँचने का सफ़र कैसे हुआ ?

हर्षवर्धन कुलकर्णी : एक्चुअली जब मेरी स्कूलिंग पूरी हुई तो उस समय इंजीनियरिंग का एक क्रेज था, तो इंजीनियरिंग भी कर ली मैंने। जब इंजीनियरिंग मैं कर रहा था तो उस समय थिएटर में भी इंट्रस्टेड था। थोड़ा-बहुत लिखता भी था। डायरेक्ट भी कर लेता था। क्योंकि मैंने इंजीनियरिंग पूना से की है तो एफटीआईआई जो है, वह बहुत पास में था। मुझे दो-तीन लोगों ने कहा था कि सीधा जम्प मत करो फ़िल्म इंडस्ट्री में। एक्सपिरियंस ले लो कि एक्चुअली मजा आता है कि नहीं काम करने में। क्योंकि बहुत लोग बोलते थे कि फ़िल्म शूटिंग जो होती है, बहुत ही बोरिंग होती है और इतना मजा नहीं आता है। तो जैसे ही मैंने इंजीनियरिंग खत्म की, मुझे रिलायंस में नौकरी मिल गई थी, पर मैंने किसी से कहा नहीं, ट्राई तो करनी है, नहीं तो हर बार हम रिगरेट करते रहते हैं कि यार, करना चाहिए था। तो उस समय बोम्बे में मैंने 'आहट' सीरियल के डायरेक्टर बीपी जी को असिस्ट किया था, तो शूटिंग के पहले दिन से ही मुझे कभी बोरिंग सा फील नहीं हुआ। एक तो बीपी जी ऐसे टास्क मास्टर थे कि बैठने तक नहीं देते थे। बारह-चौदह घंटे हम खड़े-खड़े काम कर रहे हैं और असिस्टेंट का जॉब बहुत मुश्किल होता है। लेकिन मुझे मजा आया। तभी बीपी जी ने भी इंकरेज किया कि एफटीआईआई ज्वाइन कर लीजिए।

अजय ब्रह्मात्मज : कुछ लोग मानते हैं और इंडस्ट्री में भी बहुत लोग कहते हैं कि प्रोपर ट्रेनिंग बहुत जरूरी नहीं है। अपने एक्सपिरियंस से आप यह बताना चाहेंगे कि जो नए बच्चे इस फील्ड में आना चाहते हैं, वे कौन सा रास्ता अख्तियार करें ? क्या वे किसी के असिस्टेंट बन जाएँ या वे प्रोपर ट्रेनिंग लें किसी भी संस्थान में जाकर ?

हर्षवर्धन कुलकर्णी : जिसका कोई ताल्लुक नहीं है फ़िल्मों के साथ। जैसे कोई कानपुर में हैं, लखनऊ में हैं, जिसका कोई वास्ता नहीं है किसी भी फ़िल्म वालों से तो ये एफटीआईआई ऐसी जगह है जो आपको एक एल्युमनाई का मेंबर बना देता है और आप जब इंटर करते हो इंडस्ट्री में तो आप एक कॉन्फिडेंस के साथ इंटर करते हो। आप अपने-आपको आउटसाइडर नहीं महसूस करते, क्योंकि दो साल या तीन साल का ट्रेनिंग जो है, वह आपको रेडी किया रहता है, सो मुझे ऐसा लगता है कि दोनों तरीके बराबर रूप से महत्त्वपूर्ण हैं। अगर आपको सीधे असिस्ट करने का मौका मिल रहा है तो वह भी ठीक है, काम कर जाता है। बहुत सारे डायरेक्टर हैं, टेक्नीशियन हैं, जो एफटीआईआई से नहीं हैं लेकिन अच्छा काम कर रहे हैं। लेकिन 50 से 70 प्रतिशत एफटीआईआई से ही हैं। तो कहीं न कहीं एफटीआईआई का भी फायदा है। मेरे लिए तो मैं मानता हूँ कि एफटीआईआई का खास फर्क पड़ा, क्योंकि मैंने इंजीनियरिंग की थी। जब मैं तीन साल एफटीआईआई में गया वो एजुकेशन के तीन साल ने मुझे इंजीनियरिंग के चार साल भुला दिए, तो मैं अपने-आपको एक्चुअली फ़िल्म वाला महसूस करने लगा। उस वक्त फ़िल्म देखने के लिए हमारे पास ज्यादा माध्यम नहीं होते थे। आज आप हर तरीके का सिनेमा इंटरनेट पर देख सकते हैं। फ़िल्म संस्थान एक ऐसी जगह है जहाँ पर हर रोज एक ऐसी फ़िल्म थिएटर में दिखाई जाती है जो इंटरनेशनल क्लासिक हैं। सिनेमा के मास्टरपीस हैं। फ़िल्म संस्थान में आप उठते-बैठते, खाते-पीते बस फ़िल्म ही सोचते हैं।

अजय ब्रह्मात्मज : अफसोस की बात है कि फ़िल्मों की दुनिया का सच्चा चेहरा बहुत कम बाहर आ पाता है। हालाँकि वह एक फील्ड है, एक कॅरियर है, बावजूद इसके जब लोग फ़िल्मों से जुड़ने की बात करते हैं तो यह समझा जाता है कि आप एक्टर बनना चाहते हैं, या कुछ यूँ कि आप पर्दे पर आना चाहते हैं जबकि फ़िल्मों का निर्माण अपने-आपमें बहुत सारी विधाओं से जुड़ा हुआ है, बहुत सारे टेकनिकल फील्ड से जुड़ा हुआ है, तो जो नए बच्चे हैं, अभी ग्रेजुएट हुए हैं, उनमें से बहुत कम लोग यह जानते हैं कि वहाँ एक्टिंग के अलावा और बहुत सारे फील्ड हो सकते हैं, उनके लिए आप थोड़ा गाइड कर सकते हैं?

हर्षवर्धन कुलकर्णी : फ़िल्म संस्थान में भी चार कोर्सेज होती हैं। एक जो एडिटिंग होती है, जो आप शूट करते हैं, उसमें कट नहीं होता। बहुत सारे टेक्स्ट होते हैं, बहुत सारे एंगल में शूट होता है। फाइनली एडिटिंग टेबल पर हम उन्हें जोड़ते हैं, एक रिदम फिक्स करते हैं, एक स्टोरी बनाते हैं, तो एडिटर का काम बहुत ही महत्त्वपूर्ण होता है। बहुत लोगों को मालूम ही नहीं कि एडिटर करता क्या है। एक और बहुत महत्त्वपूर्ण एसपेक्ट है जो कि स्टोरीटेलिंग को बहुत नजदीक से देखता है यानी

राइटिंग। फिर कैमरामैन तो आप सब जानते ही हैं, फोटोग्राफर है। फिर प्रोडक्शन है। अच्छे प्रोड्यूशर भी हम लोग ढूँढ़ते रहते हैं। वह भी थोड़े क्रिएटिव होने चाहिए। वह ऐसा नहीं है कि बस, आपको कुछ कुछ जुगाड़ करके दे रहा है। जो क्रिएटिवली सोचता है, वही अच्छा प्रोडक्शन पर्सन कहलाता है। और फिर मेकअप है, हेयर है, कॉस्ट्यूम है, बहुत कुछ है। सो फ़िल्म से जुड़ने के बहुत सारे स्ट्रीम हैं।

जब एफटीआईआई में गया था तो डायरेक्शन बैच को स्क्रेब किया गया था, तब बीपी जी ने ही मुझे एडवाइज दी थी कि आप एडिटिंग करो, क्योंकि एडिटिंग इज क्लोजर, इफ यू वांट टू डिरेक्ट ए फ़िल्म, आप एडिटिंग करो, डाइरेक्शन इजीयर टू डू दैट। इफ यू सी टुडे आल्सो, एग्जामपल दे रहा हूँ, आज की डेट में जितने भी सक्सेसफुल फ़िल्ममेकर हैं, चाहे वे हृषिकेश मुखर्जी हों, राजकुमार हिरानी हों, संजयलीला भंशाली हो, डेविड धवन हों, सभी पहले एडिटर ही थे। ऐसे बहुत लोग हैं जो एडिटिंग करने के बाद डाइरेक्शन की तरफ आए और उनका रुख आसान भी है। आप फ़िल्म को बहुत बारीकी से देखते हो, क्योंकि आप काट रहे हो, हर चीज को समझते हो।

और एफटीआईआई एक प्रिमियम संस्थान है जो सेंट्रल गवर्नमेंट पेडेड है, और वह इसलिए बनाया गया है कि चाहे आप भारत के किसी भी हिस्से से आएँ, आप वहाँ पढ़ सकते हैं। और वहाँ कॉमर्शियल फ़िल्में नहीं दिखाते हैं। आपको ऐसी कोई फ़िल्में नहीं दिखाते जिससे आपको पता चलता है कि इससे पैसे कमाए जाते हैं। आपको सिर्फ आर्टिस्टिक मीनिंग वाले, जिसे देखकर आप घर जाकर सोचते हो।

एसआरएफटीआईआई के नाम से एक कोलकाता में संस्थान है, वह भी बहुत अच्छी फ़िल्म इंस्टीट्यूट है। वहाँ से भी बहुत अच्छे-अच्छे फ़िल्ममेकर्स निकले हैं। फिर बहुत महँगे इंस्टीट्यूट हैं, जैसे विस्लिंग बूट्स, जो सुभाष घई साहब ने शुरू की है। वहाँ के पढ़ाने वाले भी सब एफटीआईआई के ही एक्स स्टूडेंट्स हैं। उसके अलावा बैंगलोर में एक इंस्टीट्यूट है जो गवर्नमेंट फंडेड है। बाकी प्राइवेट इंस्टीट्यूट के बारे में मुझे पता नहीं। फिर एक जामिया है, वहाँ से अच्छे-अच्छे टेक्नीशियन निकले हुए हैं।

और राइटिंग के लिए तो आपको किसी संस्थान में जाने की जरूरत ही नहीं है, वह तो फ़िल्म देख-देख कर समझने की जरूरत है। वह देख कर पता चल जाता है कि होता क्या है स्क्रीनप्ले। बहुत सारे ऐसे तरीके हैं। और आज की डेट में गूगल है। इंटरनेट आपको सबकुछ दिखा देता है।

अजय ब्रह्मात्मज : जब आप पढ़ते हैं तो आपको सिनेमा एज एन आर्ट फॉर्म पढ़ाया जाता है। लेकिन जब आप बॉम्बे फ़िल्म इंडस्ट्री में आते हैं तो आपको सिनेमा एज ए कॉमर्शियल वेंचर तैयार करना पड़ता है तो ये जो द्वंद्व मन में होता होगा या ट्रांसफॉर्मेशन जो होता है, उसको आपने अपने पर्सनल कॅरियर में कैसे रिजोल्व किया?

हर्षवर्धन कुलकर्णी : मुझे जो फ़िल्में पसन्द थीं और मैं जिस टाइप की फ़िल्में देखता था, मैं जिस टाइप की कहानियाँ बताना चाहता था, वह कहीं न कहीं एक मिडिल ऑफ द रोड वाली सिनेमा से मिलती हैं जो कम्प्लीटली आर्ट भी नहीं होती हैं, जैसा हृषिकेश मुखर्जी बनाते थे, बासु चटर्जी बनाते थे। एक चीज मैं बताना चाहूँगा कि हम बहुत प्योरली सोचते हैं, कॉमर्शियल एसपेक्ट को नहीं देखते हैं। उस तरीके से ही सीखते हैं। एक तो सिनिसिज्म आपके सामने आता है कि यार, ऐसे थोड़े ही होता है, अरे आइटम नं. डालना पड़ेगा, ये करना पड़ेगा, वो करना पड़ेगा, तो बहुत कुछ होता है जो सिनिसिज्म होता है, कि ये सब जो है वो मत करो, प्योर ही रहो। लेकिन आजकल उल्टा हो गया है। जितनी प्योर फ़िल्म बन रही हैं, वे चल रही हैं और जितनी फॉर्मूला फ़िल्में हैं, वे चल नहीं पा रही हैं।

संघर्ष तो करना पड़ता है लेकिन एक्चुअली शायद लोगों का भी टेस्ट जो है, चेंज होता जा रहा है। क्योंकि डिस्ट्रीब्यूशन के कारण आज उन तक फ़िल्में पहुँच रही हैं। और इसमें फेस्टिवल का भी अहम योगदान है, जिसके कारण आज के ऑडियंस एक अलग तरह की सिनेमा के बारे में अवैयर हैं। जैसे सत्यजीत रे जो बनाते थे, कोई यह नहीं कह सकता कि मुझे समझ में नहीं आई यह फ़िल्म।

अजय ब्रह्मात्मज : अभी आप जैसे आए और आपके साथ जो नई प्रतिभाएँ आई हैं उनकी फ़िल्में पसन्द की जा रही हैं। मैं यह जानना चाहूँगा कि जो हिन्दी का इंडिपेंडेंट सिनेमा है, उसके प्रोसपेक्ट कितने बड़े हैं? इनके प्रति इंडस्ट्री का रूझान कितना ज्यादा है? क्योंकि एक हौवा बना दिया गया है कॉमर्शियल सिनेमा का, कि यह नहीं होगा तो फ़िल्म नहीं चलेगी और उसमें डिस्ट्रीब्यूशन, एक्जीबिशन, प्रोमोशन की प्रॉब्लम हैं। आप कैसे देख पा रहे हैं इन चीजों को, 'हंटर' के एक्सपिरियंस के बाद?

हर्षवर्धन कुलकर्णी : 1996-97 में जब हैदराबाद ब्लूज आई थी, तभी बोला गया था कि अच्छे दौर आ गए, अच्छे दिन आ गए हैं, और आज तक हम यही बोल रहे हैं कि अच्छे दिन आ गए या अच्छे दिन आने वाले हैं। लेकिन इतनी ज्यादा इंडिपेंडेंट फ़िल्म ऐसे थ्राइव नहीं करती हैं। वह ऑडियंस की गलती नहीं, वह एक्चुअली

गलती है उनकी, जो बनाने वाले हैं, जो प्रोड्यूशर्स हैं और जो स्टूडियोज हैं। एक सिम्पल-सा एक्जाम्पल वह हमको देते हैं, कि देखो भई, एक फ़िल्म बनाने के लिए जितना टाइम एक 'हंटर' को बनाने के लिए और उसको प्रोमोट करने के लिए लगता है वह उतना ही है जितना एक सलमान ख़ान फ़िल्म को लगता है। सलमान ख़ान फ़िल्म जो है वो अगर 100 करोड़ की फ़िल्म है या 200 करोड़ की फ़िल्म है, और आपकी है 2 से 3 करोड़ की। वह जब कमाती है तो सीधा 200 करोड़ बना देती है। आपकी 6 से 7 करोड़ कमाती है। फाइनली जब हमको उस मेहनत का फल भी मिलता है तो 2 या 3 करोड़ और वहाँ पर पचास, सौ ऐसे ही ओवरफ्लो होता है, तो क्यों करें हम मेहनत? आप समझ रहे हैं न? इसीलिए उस इंडिपेंडेंट सिनेमा को स्टूडियो के बिना अपना वजूद बनाना पड़ता है। इसीलिए वह इंडिपेंडेंट है और हमेशा रहेगा, ऐसा मेरा मानना है। जैसे यूटीवी ने एक ब्रांच खोल दिया था जो इंडिपेंडेंट फ़िल्म ही बना रहा था, जो विकास बहल चला रहे थे। उनका अपना लॉजिक है, क्योंकि वे एमबीए हैं। वे बस यह देखते हैं कि कितना पैसा जा रहा है और कितना आ रहा है। वे यह नहीं देख रहे हैं कि इसकी लांजीविटी क्या है। आप अगर आज से 5 साल बाद, 10 साल बाद 'क्वीन' को याद रखोगे। उसने शायद 'किक' जितना पैसा नहीं बनाया है लेकिन 'किक' आप भूल जाओगे। 'किक' इतनी यादगार फ़िल्मों में से नहीं है पर 'क्वीन' जो है, उसका एक स्टाम्प है, उसकी एक लांजीविटी है। बहुत-से लोगों ने कहा कि 'जब वी मेट' एक बहुत ज्यादा कमाई वाली फ़िल्म नहीं थी लेकिन आज हम उसको कल्ट फ़िल्मों में से मानते हैं। 'अंदाज अपना-अपना।' कल्ट फ़िल्म, इस तरह का सिनेमा, जो आज भी जीवित है तो वह समझने वाली बात है। धंधा करने वालों को इसमें दिलचस्पी भी नहीं होती है। इसीलिए इंडिपेंडेंट फ़िल्म जो है, यहाँ-वहाँ से पैसे इकट्ठे करने के बाद बनाई जाती है। अगर इसमें पैसा कमाने की कोई क्षमता होती है तब वह डिस्ट्रीब्यूट करते हैं और इधर-उधर दिखाते हैं। यह कोई नकारात्मक बात नहीं है क्योंकि आज की तारीख में बहुत सस्ते में इंडिपेंडेंट फ़िल्म बना सकते हैं, टेक्नोलॉजी भी सस्ती है। आप जो बोलना चाहते हैं, कर सकते हैं। बिना एक्टर के भी बहुत सारे लोगों ने फ़िल्में बनाई हैं और कमाल की फ़िल्में बनी हैं तो अगर चाह है तो बनाओ। फिर देखते हैं, क्या होता है और क्या नहीं होता है!

अजय ब्रह्मात्मज : सिर्फ फ़िल्म बना लेना ही काफी नहीं है। जब तक वह ऑडियंस के पास जाती नहीं है, सारा मकसद फेल कर जाता है।

हर्षवर्धन कुलकर्णी : 'हंटर' के साथ भी यही हुआ। मैंने फ़िल्म 2012 में शूट की और फ़िल्म 2015 में यानी तीन साल बाद रिलीज हुई है। दो-ढाई साल लगे हैं

फ़िल्म रिलीज करने के लिए। सबसे ज्यादा मुश्किल तब आती है जब फ़िल्म में कोई स्टार नहीं हो। तब एक्चुअली समस्या यह होती है कि इस फ़िल्म को प्रोमोट कैसे करेंगे हम? इसीलिए उसे रिलीज करने के लिए बहुत मुश्किलें आती हैं। हम फ़िल्म बनाते हैं किसी और से पैसे लेके, फिर फेंटम जो प्रोडक्शन हाउस है—अनुराग कश्यप, विक्रमादित्य मोटवानी, विकास बहल की उनको जब फ़िल्म दिखाई तो उन्हें भी बहुत पसन्द आई। उन्होंने कहा कि वे इंट्रस्टेड हैं करने के लिए, लेकिन उनके पास भी पैसे नहीं हैं रिलीज करने के लिए। वह स्टूडियो नहीं है, वह प्रोडक्शन हाउस भी नहीं है। तो स्टूडियोज को दिखाना था हमें। हम लकी रहे क्योंकि हमें थोड़ा टाइम लगा मगर 'शिमारो' मिल गया, जिन्होंने इंट्रस्ट दिखाया और फ़िल्म रिलीज की।

जब मैं 'हंटर' बना रहा था, उस वक्त 'मानसून शूटआउट' नाम से एक फ़िल्म बनी थी जिसमें नवाजुद्दीन हैं। जो कान्स में दिखाई गई थी, वह आज तक भी रिलीज नहीं हुई। आपको मालूम है, 'विक्की डोनर' भी रिलीज नहीं हो पा रही थी। फिर उसमें जब जॉन अब्राहम एसोसिएट हुए तब जाकर ईरोज वालों ने फ़िल्म रिलीज की। और आजकल यदि फ़िल्मों से कोई बड़ा नाम न जुड़े तो बॉम्बे में प्रेस भी नहीं आता है।

मैंने 'हँसी तो फँसी' लिखी थी, जो फैन्टम ने ही प्रोड्यूस की थी, इसीलिए मैंने उन्हें एप्रोच किया और जैसे ही वे एसोसिएट हुए, उनके ऑडियंस भी फ़िल्म से जुड़ गए। और छोटी फ़िल्मों में रिलीज करने का जो बजट होता है, वह फ़िल्म मेकिंग से ज्यादा होता है। क्योंकि जो पी एंड ए यानी प्रिंट एंड एडवर्टाइजिंग का जो कोस्ट है, वह कौन देगा? इसीलिए स्टूडियो को ढूँढ़ा जाता है। 'कहानी' जैसी फ़िल्म भी बनने के ढाई साल बाद रिलीज हुई है। जब 'डर्टी पिक्चर' हिट हुई उसके बाद फिर 'कहानी' को रिलीज किया गया।

अजय ब्रह्मात्मज : अभी आपने दिल्ली में भी ऑडियंस रिस्पॉन्स देखा। थिएटर में आप जब फ़िल्में कॉमर्शियली रिलीज कर रहे होते हैं तो शायद इस प्रकार का रिस्पॉन्स आप गैदर नहीं कर पाते हैं। जो 'जागरण फ़िल्म फेस्टिवल' के जरिए आपको मौका मिला या जब आप अलग से जाकर ऑडियंस से मिलते हैं, आपकी फ़िल्म के लिए ऑडियंस से जो रिस्पॉन्स मिल रहा है—यह एक्सपिरियंस उसको आगे बढ़ाने में कितना मददगार हो सकता है?

हर्षवर्धन कुलकर्णी : एक्जुअली ऑडियंस का रिस्पॉन्स किसी भी फ़िल्म के लिए सबसे महत्त्वपूर्ण होता है। जब रिलीज हुई थी तो मैं जाकर थिएटर में देख रहा था।

लेकिन वह एक रेंडम सा रिस्पॉन्स है क्योंकि मैं उनसे जाकर बोल तो नहीं सकता, वह बहुत अजीब सा भी लगता है, लेकिन जब मैं 'जागरण फ़िल्म फेस्टिवल, दिल्ली' में गया, वहाँ पर ऑडियंस सीधा रिस्पॉन्ड करती है। जैसे कल लखनऊ में एक ऑडियंस ने बोला कि फ़िल्म थोड़ी लम्बी है। मैंने कहा, शायद दो-तीन महीने बाद मुझे ऐसा लगेगा। यही वे टिप्पणियाँ होती हैं जो ऑडियंस ऑब्जर्व करके आपको बता देती हैं। वे बहुत मायने रखती हैं।

अजय ब्रह्मात्मज : अमूमन यह माना जाता है कि एफटीआईआई के प्रत्येक स्टूडेंट्स पर 10 लाख रुपये खर्च होते हैं हर साल। यह बहुत हाईलाइट किया जा रहा है। और 10 लाख खर्च करने के बाद वे करते क्या हैं—ड्रग्ज लेते हैं, हड़ताल करते हैं और कोई काम नहीं करते हैं। तो स्टेट की प्रोपर्टी बर्बाद हो रही है, बहुत तेजी से इसको फैलाया जा रहा है और इसका प्राइवेटाइजेशन करा दिया जाए। दूसरी जो नियुक्तियाँ हुई हैं, उन नियुक्तियों को लेकर भी चर्चाएँ हैं कि निर्णय किस आधार पर लिये जा रहे हैं?

हर्षवर्धन कुलकर्णी : सबसे पहले अगर एफटीआईआई को प्राइवेट करते हैं तो वहाँ से जो फ़िल्ममेकर आए हैं, वे दूरदराज के गाँवों में से आए हैं। वे सिर्फ बम्बई, दिल्ली, चेन्नई, कोलकता जैसे बड़े-बड़े शहरों तक सिमटकर रह जाएँगे। कहानी बोलने वाले एक ही प्रकार के निकलेंगे। 'दम लगा के हई-सा' टाइप की फ़िल्में नहीं निकलेंगी या फिर अनुराग कश्यप जिस प्रकार की फ़िल्में बनाते हैं, उस प्रकार की फ़िल्में भी नहीं निकलेंगी। आप केवल शहरों में रहने वालों को ही प्रोत्साहित करोगे फ़िल्म स्कूल में जाने के लिए। जानु बरवा जैसे फ़िल्म मेकर बनेंगे ही नहीं। गिरीश कशवर्ली बनेंगे ही नहीं। राजकुमार हिरानी, जो नागपुर से आए हैं, जिनका फ़िल्मी दुनिया से कोई लेना-देना नहीं, वे कहाँ से बनेंगे?

अजय ब्रह्मात्मज : बहुत दिनों से आइडिया पल रहा है कि 'जागरण' भी फ़िल्म निर्माण में उतरे। एक बार निर्माण में उतरा था लेकिन हाथ जल गए थे। उसके बाद से दूसरी तैयारी करने में थोड़ा सा वक्त लग जाता है। 'जागरण' उतरे या न उतरे, उससे भी ज्यादा जरूरी यह है कि फ़िल्म इंडस्ट्री का विकेन्द्रीकरण होना चाहिए। जरूरी नहीं कि सारी फ़िल्में बम्बई में जाकर बनें। अगर अखिलेश जी कुछ सहयोग कर रहे हैं तो उनको इस दिशा में भी सहयोग करना चाहिए कि जो यूपी का टैलेंट है, हमारे पास कहानीकार हैं, हमारे पास एक्टर हैं, क्यों नहीं ऐसी फ़िल्म बनाई जाए जो सिर्फ यूपी के ऑडियंस को ध्यान में रखकर बनाई जाए? फ़िल्म अच्छी होगी तो आप यकीन करें, वह हर भाषा में डब होगी और हर भाषा में रिमेक होगी। अगर आप कानपुर की कहानी कहें और कानपुर की कहानी जब भी कही गई है, फ़िल्में

चली हैं। चाहे वह 'बंटी' या 'बबली' हो या फिर 'तनु वेड्स मनु' हो। जैसे ही आप रियल किरदार लेते हैं तो वे फ़िल्में लोगों को अपील भी करती हैं। मैं उम्मीद करता हूँ कि हर्षवर्धन जी का पत्नी प्रेम जागे, उत्तर भारत प्रेम जागे। आप 'जागरण फ़िल्म फेस्टिवल' में आए, इसके लिए आपको बहुत-बहुत धन्यवाद।

हर्षवर्धन कुलकर्णी : यह मेरा फर्स्ट टाइम एक्सपिरियंस था कानपुर शहर का, जो काफी अच्छा रहा। बहुत मजा आया। 'जागरण फ़िल्म फेस्टिवल' का जो पूरा कॉन्सेप्ट है, वह 17 शहरों में दिखाया जाएगा। यह बहुत यूनीक सा कॉन्सेप्ट है। मैं तो चाहता हूँ कि हर सिटी में जाकर ऑडियंस से मिलूँ।

पूजा भट्ट

अभिनेत्री, मॉडल (फ़ैशन मॉडल), निर्देशक, निर्माता। 17 साल की उम्र में फ़िल्म 'डैडी' से कैरियर की शुरुआत। इस फ़िल्म के लिए फ़िल्मफ़ेयर अवार्ड से सम्मानित। सामाजिक विषय पर बनी फ़िल्म 'तमन्ना' के लिए 'राष्ट्रीय फ़िल्म पुरस्कार' प्राप्त। 'ज़ख़्म' के लिए नर्गिस दत्त की याद में दिया जानेवाला राष्ट्रीय एकता पर बनी सर्वश्रेष्ठ फ़िल्म का सम्मान प्राप्त। चर्चित फ़िल्में—'डैडी', 'दिल है कि मानता नहीं', 'सड़क', 'जुनून', 'ज़ख़्म', 'बार्डर'।

बातचीत

पूजा भट्ट | अजय ब्रह्मात्मज

अजय ब्रह्मात्मज : फ़िल्मी हस्तियों को थोड़ा-सा निगेटिव और एक प्रश्नचिन्ह लगाकर देखा जाता है। मेरा पहला प्रश्न आपसे यही है कि ऐसे सवालों से आप कैसे डील करती हैं?

पूजा भट्ट : अजय जी! अगर मैं अपने 26 साल के कैरियर को देखूँ तो मीडिया और जनता मेरे प्रति बहुत उदार रही है। मुझे लगता है कि यदि आप दुनिया को सच्चाई से देखेंगे और उसी सच्चाई के साथ जिएँगे तो लोग भी आपके प्रति सच्चे ही रहते हैं। इसी प्रकार मैंने अपनी ज़िन्दगी जी है। मेरे सामने एक शख्स थे महेश भट्ट, जिन्होंने अपनी ज़िन्दगी एक खुली किताब की तरह जी है। यह जरूरी नहीं कि आप अपने माँ-बाप की तरह ही बनेंगे। एक ही घर में बहुत सारे भाई-बहन हैं तो सभी एक दूसरे से काफी अलग होते हैं। मुकेश भट्ट और महेश भट्ट को ही आप देख लीजिए। दोनों के माँ-बाप एक ही हैं मगर दोनों में जमीन-आसमान का फर्क है। तो यहाँ पर बैठा हर शख्स, हो सकता है मुझे अलग-अलग नजरिए से देख रहा हो। मुझे लगता है, एक औरत होने के बावजूद मैंने अपनी ज़िन्दगी पूरी आजादी के साथ जी है। जब मैं इंडस्ट्री में आई थी तो मेरे पैरेंट्स मुझे बहुत फ्रीडम देते थे। मैं कुछ गलत करूँ तो वे मुझे करेक्ट भी करते थे। एक पैरेंट्स होने के नाते अगर आप अपने बच्चों को यह नहीं बोल पाएँगे कि आपके दिल में क्या है, आपके जहन में क्या है, तो फिर आप किसको बोलेंगे? मैं करीब 19-20 साल की उम्र में इंडस्ट्री में आई थी और मेरी अपनी एक ओपिनियन होती थी और लोग कहते थे कि इंडस्ट्री को ऐसी लेडीज पंसद नहीं जो हर बात पर अपनी राय रखे। तो मैं कहती थी कि जो बात मैं अपने पैरेंट्स से बोल सकती हूँ, वह दुनिया से क्यों न बोलूँ? हाँ, मगर कभी-कभी लगता था कि यह सवाल मुझसे क्यों पूछा जा रहा है? कभी-कभी गुस्सा भी आता था।

अजय ब्रह्मात्मज : आजकल 'सेल्फी विथ डॉटर' का एक ट्रेंड चल रहा है। यदि

आपकी लाइफ को पीछे मुड़कर देखा जाए तो पूजा भट्ट और महेश भट्ट का 'सेल्फी विथ डॉटर' बहुत पहले से चल रहा है—भले ही वह सेल्फी का जमाना न रहा हो, लेकिन उन्होंने आपको कंधे पर नहीं बिठाया, हाथ पकड़कर चलना सिखाया और फिर इंडिपेंडेंटली चलने के लिए हाथ ही छोड़ दिया, नहीं?

पूजा भट्ट : मुझे याद है, मेरी उम्र करीब 6 साल की रही होगी, तब भट्ट साहब ने मुझे एक साइकिल लाकर दी थी तब मुझे साइकिल चलानी नहीं आती थी, तो मेरे चाचा मुकेश भट्ट के घर पर जाकर वे मुझे साइकिल चलाना सिखाते थे। मेरे पीछे-पीछे भागते थे। मुझे लगता है कि यह एक बाप और बेटी के बीच के रिश्तों को परिभाषित करने के लिए काफी है। मुझे हमेशा लगता है कि मुझे उनकी जरूरत है। वह हमेशा कहते हैं कि तुम मुझसे बेहतर हो। और अब मुझे लगता है कि कहीं न कहीं उन्होंने मेरी परवाह करनी छोड़ दी है। जब मैं गिरती हूँ, मैं खुद अपने-आपको उठाती हूँ। अपने निर्णय खुद लेती हूँ।

अजय ब्रह्मात्मज : आपकी पहली फ़िल्म 'डैडी' थी और आपको 'आशिकी' ऑफर हुई थी, लेकिन आपने मना कर दिया, क्यों?

पूजा भट्ट : मुझे एक्टर बनने की कोई इच्छा नहीं थी। जब मैं बड़ी हो रही थी, उस वक्त शबाना, स्मिता, संजय दत्त—ये सभी हमारे घर आते-जाते थे। और वह दौर ऐसा था कि लोग एक साथ जमीन पर बैठकर एक दूसरे से झगड़ते भी थे, एक दूसरे को प्यार भी देते थे, एक दूसरे की स्क्रिप्ट पढ़ते थे। अगर उसमें कोई सुधार की गुंजाइश हो, तो सुझाव भी देते थे। उन दिनों चर्चा यह नहीं होती थी कि किसने नई कार खरीदी, किसने नया बँगला खरीदा। उन दिनों स्पिरिचुअलिटी, डेथ, लाइफ—इन सब विषयों पर चर्चा होती थी। ये सारी चीजें देखते और सुनते हुए मैं बड़ी हुई। जब मुझे भट्ट साहब ने 'डैडी' ऑफर की तो मैंने कहा कि मैं यह नहीं कर सकती। उन्होंने मुझे 24 घंटे सोचने के लिए दिये। जब मैंने कोई जवाब नहीं दिया तो वे बोले—ठीक है, फिर राजेश खन्ना साहब की बेटी है ट्विंकल, मैं उसे ले लूँगा इस फ़िल्म में। तब मैंने कहा कि रुको। चलो, ठीक है, मैं यह फ़िल्म करूँगी। तो मैंने 'डैडी' की। फिर मुकेश भट्ट साहब मेरे घर पर 'आशिकी' का ऑफर लेकर आए। उन्होंने मुझे पैसों की गड्डी दी और कहा कि ये लो 'आशिकी' का साइनिंग अमाउंट। मैंने कहा कि मैं 'आशिकी' नहीं कर रही हूँ, तो भट्ट साहब नाराज हो गए। बोले कि यह लड़की पागल हो गई है, 'आशिकी' को ना बोल रही है। गाने उसके सुपरहिट हो चुके हैं, तो पता नहीं, उस वक्त मेरे दिमाग में क्या चल रहा था, जो मैंने मना किया?

अजय ब्रह्मात्मज : जब आप बड़ी हो रही थीं, भट्ट साहब की ज़िन्दगी में कई सारी प्राब्लम चल रही थीं। क्योंकि भट्ट साहब की लाइफ एक खुली किताब की तरह रही है इसलिए मैं उनके बारे में सबकुछ जानता हूँ। उनकी फ़िल्में फ्लॉप हो रही थीं, बैंक में पैसा नहीं था, एल्कोहॉलिक हो गए थे। एक बेचैन पिता के परिवार में जहाँ कुछ भी ठीक नहीं चल रहा हो, उस वक्त के उन लम्हों को क्या आप शेयर करना चाहेंगी?

पूजा भट्ट : जब मैं स्कूल में थी, उस दौरान 'स्टारडस्ट' मैगजीन आती थी और जब भी मेरे पिता या माँ के बारे में कुछ छपता था तो लोग मुझसे कहते थे कि यह क्या है? तुम्हारे पापा क्या कर रहे हैं? तुम्हारी माँ क्या कर रही है? उस समय मेरा मन होता था कि उसकी आँखों में देखूँ और कहूँ—यस, पत्रकारों से पहले मुझे इस बात की जानकारी है।

जब मेरे पापा ने फिर से शादी करने का निर्णय लिया तो सबसे पहले उन्होंने यह बात मुझे बताई। उस वक्त मुझे लगा कि मेरे पिता को एक ऐसे शख्स की जरूरत है जो उनके अधूरेपन को पूरा कर सके। वैसे भी बच्चे होने का यह मतलब नहीं है कि हम हमेशा अपने माँ-बाप से कुछ न कुछ लेते रहें। हमें भी उन्हें कुछ देना चाहिए। क्योंकि जब वे अपनी लाइफ के बुरे दौर से गुजर रहे हों तो उस वक्त बच्चों को पैरेंट्स बनना चाहिए। लोग मुझसे पूछते हैं कि एक टूटे हुए परिवार से आने के बाद आपको कैसा लगता है? मेरा परिवार टूटा नहीं है, थोड़ा और बड़ा हो गया है। मेरे पिता उस फेज से बाहर निकल चुके हैं। मैं शाहीन और आलिया से प्यार करती हूँ और उनके लिए कुछ भी कर सकती हूँ।

मैंने अपने पिता के बेस्ट और वर्स्ट फेज को देखा है। एक बार हमारे बैंक अकाउंट में सिर्फ 425 रुपये थे और 300 रुपये निकालने थे क्योंकि डॉक्टर का बिल भरना था, जो 200 रुपये का था और 100 रुपये एक्स्ट्रा थे। बैंक से पैसे निकालने के बाद पापा ने मुझे पैसे दिये और कहा, इसे तुम रखो। उस वक्त मुझे ऐसा महसूस हुआ, जैसे मैं दुनिया की सबसे अमीर व्यक्ति हूँ। क्योंकि मेरे पिता ने मुझ पर उस वक्त भरोसा दिखाया जब हमारे पास पैसे नहीं थे। यदि मुझसे वे पैसे खो जाते तो हम डॉक्टर का बिल भी नहीं भर पाते। इन्हीं सब चीजों ने, मैं आज जो कुछ भी हूँ, मुझे बनाया है और लाइफ में एक-एक पैसे को रिस्पेक्ट करना सिखाया है।

अजय ब्रह्मात्मज : आपने एक्टिंग करना क्यों छोड़ दिया है?

पूजा भट्ट : एक्चुअली एक्टिंग छोड़ने से मैं इंडस्ट्री के और ज्यादा करीब आ गई। जब मैं फ़िल्ममेकिंग में घुसी तो मुझे महसूस हुआ कि यह प्रोसेस ज्यादा दिलचस्प

है। और मैं कुछ ऐसा करना चाहती थी जो मुझे सैटिसफाइ करे, और एक्टिंग से वो मुझे नहीं मिल रहा था। तो जब मैंने 'तमन्ना' बनाई थी तो मुझे रियलाइज हुआ कि एक्टर बहुत-सी चीजों को एक ही प्रसपेक्टिव से देखता है, जबकि डाइरेक्टर सेम चीज को कई सारे नजरियों से देखता है। एक्टर को सिर्फ अपनी एक्टिंग को देखना होता है जबकि फ़िल्ममेकर को कास्ट्यूम से लेकर आर्ट डाअरेक्शन, प्रोडक्शन से लेकर निर्देशन—इन सारी चीजों के साथ डील करना पड़ता है। मैं इंटेलेक्चुअली और इमोशनली ग्रूम होना चाहती थी, और भट्ट साहब ने मुझे ऐसी फ़िल्में दीं। मिथुन दा, संजू, आमीर और नसीर साहब से मुझे बहुत कुछ सीखने को मिला।

अजय ब्रह्मात्मज : एक वक्त था जब आप मुकेश भट्ट के साथ काम कर रही थीं, फिर उसके बाद एक समय आया जब आप उनसे अलग हो गईं। उस वक्त क्या माहौल था जब आपने ऐसा तय किया?

पूजा भट्ट : मैं मुकेश जी के साथ काम कर रही थी। उन्होंने मुझे सबकुछ सिखाया। उन्होंने कहा कि फ़िल्म पैसों से नहीं, लोगों से बनती है। 'दुश्मन', 'तमन्ना', 'ज़ख़्म'—मैं इस प्रकार की फ़िल्में बनाना चाहती थी और खुद की काबिलीयत को परखना चाहती थी।

अजय ब्रह्मात्मज : श्याम बेनेगल ने कहा था कि अगर आप भगवान पर यकीन करते हैं तो धरती का ईश्वर जो होता है, वह निर्देशक ही होता है, क्योंकि वह क्रिएट करता है, अपनी एक दुनिया क्रिएट करता है, दो घंटे की फ़िल्म में। क्या वास्तव में ईश्वर जैसी फीलिंग होती है?

पूजा भट्ट : जी, बिलकुल नहीं, आपको प्रेशर कुकर जैसी फीलिंग होगी। मुकेश भट्ट जी ने मुझे कहा था कि प्रोड्यूसर बनने से पहले थोड़ा सोच लो, क्योंकि प्रोड्यूसर शादी में उस आइसक्रीम वाले की तरह होता है जिसको लोग आइसक्रीम खाने के बाद भी गाली देते हैं। और डायरेक्शन में यदि आपके पास सैट पर मौजूद लोगों के साथ लगातार लड़ने की काबिलीयत नहीं है तो आप डायरेक्टर नहीं बन सकते हैं, क्योंकि सैट पर हर कोई अपने माइंडसेट के साथ आता है। कॉरियोग्राफर के दिमाग में कुछ होता है, एक्टर के दिमाग में कुछ होता है, आर्ट डायरेक्टर के दिमाग में कुछ होता है, कॉस्ट्यूम डिजाइनर के दिमाग में कुछ होता है, यदि आप सबकी सुनकर चलेंगे तो कभी भी फ़िल्म नहीं बना पाएँगे। डायरेक्टर को थोड़ा- बहुत डिक्टेटर की तरह होना चाहिए। फ़िल्ममेकिंग इज नॉट ए डेमोक्रेटिक जॉब। सबके दिमाग में अपनी सोच को फीड करना और उनसे वह करवाना, जो आप चाहते हैं, बहुत मुश्किल और थकाऊ काम है। आपको सबको सिंक करके चलना होता है। चीजें

जैसी चल रही हैं, उसको वैसे ही चलने दें तो यह एक्टिंग है और उन चीजों पर अपना नियंत्रण रखना ही डायरेक्शन है।

अजय ब्रह्मात्मज : जब आप फ़िल्में बनाती हैं, शूट करती हैं, आपकी फ़िल्मों के लोकेशन बहुत यूनीक होते हैं—चाहे वे 'पाप' के हों या फिर उसके बाद की फ़िल्मों के हों। पांडिचेरी को आपने एक्सप्लोर किया। इन सब चीजों पर इतना ध्यान क्यों?

पूजा भट्ट : क्योंकि मेरा मानना है कि हर मूवी आपको एक नई दुनिया में लेकर जाए—फिर चाहे वह असम हो या पांडिचेरी। जब मैंने पांडिचेरी जाने का प्लान किया तो उसके बारे में कोई नहीं जानता था। लोग ऑस्ट्रेलिया जाते हैं, यूके जाते हैं लेकिन अपने घर को एक्सप्लोर नहीं करना चाहते। यही तो ट्रैजिडी है। इंडिया में इतने खूबसूरत लोकेशन हैं कि हमें कहीं जाने की जरूरत ही नहीं। और दूसरी बात, लो बजट फ़िल्मों में आप कहीं बाहर जाकर शूट भी नहीं कर सकते हैं। जब पैसे नहीं होते हैं तो आप ज्यादा क्रिएटिवली सोचने लगते हैं कि काम भी हो जाए और ज्यादा खर्चा भी न हो। इसलिए पांडिचेरी स्क्रीन पर उतरा, लाहोल स्पीति स्क्रीन पर उतरा। श्रीलंका में जाकर शूट किया। मैं प्रोडक्शन डिजाइनर भी हूँ। और जब लोग मुझसे पूछेंगे कि आपमें सबसे बेस्ट क्या है—एक्टर, डायरेक्टर, प्रोड्यूसर या फिर प्रोडक्शन डिजाइनर, तो मेरा जवाब प्रोडक्शन डिजाइनर ही होगा, क्योंकि यह मेरे अंदर बहुत नेचुरली आता है।

अजय ब्रह्मात्मज : क्या आप भट्ट साहब के ऊपर फ़िल्म बनाना चाहेंगी?

पूजा भट्ट : भट्ट साहब के ऊपर मैं डॉक्यूमेंट्री बनाना चाहूँगी।

अजय ब्रह्मात्मज : आपकी फ़िल्मों का कॉन्टेंट बहुत मजबूत होता है लेकिन उनको एक्सप्रेस करने के लिए सेक्स और बोल्ड सीन के माध्यम से आप एक्सप्रेस करती हैं, ऐसा क्यों?

पूजा भट्ट : मेरी पहली फ़िल्म थी 'तमन्ना', उसके बाद मैंने 'दुश्मन' बनाई, उसके बाद 'ज़ख़्म' और 'सुर' बनाई, फिर, 'जिस्म' बनाई। उसके बाद 'रोग' भी बनाई थी, 'धोखा' भी बनाई थी, फिर 'जिस्म-2' बनाई। किसी को बीच की फ़िल्म याद ही नहीं है, सबको विपाशा बासु याद है! यह मेरी फ़िल्मों के बारे में कम और आपके बारे में ज्यादा कहता है।

सुधीर मिश्रा

फ़िल्म निर्देशक एवं पटकथा लेखक। फ्रांस के संस्कृति मंत्रालय द्वारा कला और साहित्य के क्षेत्र में मिलनेवाले सर्वश्रेष्ठ सम्मान से सम्मानित। निर्देशक कुन्दन शाह की मशहूर फ़िल्म 'जाने भी दो यारो' से बतौर सहायक निर्देशक फ़िल्मी कैरियर की शुरुआत। 'ये वो मंज़िल तो नहीं' पहली फ़िल्म। इस फ़िल्म के लिए 'निर्देशक की पहली फ़िल्म' कैटगरी का 'राष्ट्रीय फ़िल्म पुरस्कार' प्राप्त। 'मैं ज़िंदा हूँ' के लिए सामाजिक विषय पर बनी सर्वश्रेष्ठ फ़िल्म का 'राष्ट्रीय फ़िल्म पुरस्कार'। 'धारावी' के लिए सर्वश्रेष्ठ फ़िल्म का 'राष्ट्रीय फ़िल्म पुरस्कार'। अन्य चर्चित फ़िल्में—'इस रात की सुबह नहीं', 'चमेली', 'हज़ारों ख्वाहिशें ऐसी', 'खोया खोया चाँद'।

बातचीत

सुधीर मिश्रा | मयंक शेखर

मयंक शेखर : 'लखनऊ बॉय' होना आपके लिए कितना मायने रखता है?

सुधीर मिश्रा : यदि आपने मेरी फ़िल्में देखी हों तो मुझे कुछ ज्यादा कहने की जरूरत नहीं है। मेरा परिवार यहीं है। मैंने अपना बचपन इसी शहर में बिताया है। यदि मुझे किसी शहर से जोड़ा जाए तो फिर मैं लखनऊ से जुड़ना पसन्द करूँगा। मैंने अपनी पहली और आखिरी फ़िल्म की शूटिंग लखनऊ में ही की। मैं यहाँ आता रहता हूँ। मेरे बहुत से रिश्तेदार इसी शहर में रहते हैं।

मयंक शेखर : आपकी परवरिश में लखनऊ का कितना योगदान है, फिर चाहे वह एक फ़िल्ममेकर के रूप में हो, एक कलाकार के रूप में हो या फिर एक इंसान के रूप में हो?

सुधीर मिश्रा : सबसे पहले तो लखनऊ के बारे में बहुत-सी धारणाएँ हैं, जैसे कि लखनऊ में बहुत कम लोग 'पहले आप' कहते हैं। क्या कहते हैं वो, मैं इस वक्त बोल नहीं सकता, पर जो लखनवी हैं, समझ जाएँगे। हर आदमी का अपना लखनऊ होता है। और मेरे लखनऊ में मेरे पापा एक मैथेमिटिशियन थे, जो उस वक्त एक फ़िल्म सोसाइटी चलाते थे। मुझे लखनऊ एक ऐसे शहर के रूप में याद है जहाँ आप बहुत तमीज से किसी को कुछ भी कह सकते थे। और एक बहुत ही खुला-सा माहौल था। यहाँ कुछ भी कहा जा सकता था। किसी भी चीज को चुनौती दी जा सकती थी। हम जब बड़े हुए थे तो हमें हिन्दू-मुसलमान में फर्क पता नहीं था। जब मैं दूसरे शहर में गया तो एकदम से मुझे इस बात का अहसास हुआ कि बात करते वक्त बहुत सावधानी बरतनी जरूरी है। लेकिन लखनऊ में हिन्दू-मुस्लिम कैसे बात करते हैं, उसके लिए कोई सावधानी बरतने की जरूरत नहीं। अगर लखनऊ के दो लड़के बॉम्बे के किसी सड़क पर बात कर रहे हों तो बवाल हो जाए। इतने खुले हुए हैं एक दूसरे के साथ कि कोई फर्क ही नहीं है। यह सब मुझे याद है। इसके अलावा

आइडिया ऑफ पोएट्री यहीं से मिला, क्योंकि यहाँ हर परिस्थिति के लिए एक शेर होता था और बातें भी कुछ ऐसी ही होती थीं।

मयंक शेखर : यह शहर काफी मजबूती के साथ आर्ट क्षेत्र से जुड़ा हुआ है। ऐसा क्या था जिसने आपको एक लेखक एवं कलाकार के रूप में प्रेरित किया? इस शहर के जो लेखक थे, जिनसे आप शायद मिले हों या फिर जिनको आपने पढ़ा हो?

सुधीर मिश्रा : लखनऊ में मेरे खयाल से सिर्फ लखनऊ वालों को ही नहीं पढ़ते थे। जैसे मीर लखनऊ से ही थे लेकिन ग़ालिब को भी उतना ही पढ़ते थे; या हर तरह की शायरी जो खासतौर से लखनऊ की हो, ऐसा जरूरी नहीं था। आप प्रेमचंद को भी पढ़ते थे। एक माहौल था पढ़ाई-लिखाई का। बातचीत होती थी। पॉलिटिक्स पर बहस होती थी। मुझे अभी भी याद है, जब अपने फादर के साथ मैं बैठा हूँ कॉफी हाउस में। पता नहीं, क्या बोले जा रहे हैं वो। बहस चलती रहती थी रात के दो बजे तक। म्यूजिक पर बहुत ध्यान था। यहाँ पर म्यूजिक का एक बहुत बड़ा संस्थान भी है। मेरी रिश्तेदार थीं सुशीला मिश्रा, वह एक म्यूजिकोलोजिस्ट थी। महफिल एवं क्लासिकल संगीत का मुझ पर बहुत असर है। और ये चीजें आपको मेरी फ़िल्मों में भी देखने को मिलेंगी। बहुत लोगों ने आलोचना की है फ़िल्म 'हजारों ख्वाहिशें ऐसी' का और बहुत लोगों ने तारीफ भी की है। आज भी मैं कहीं जाता हूँ तो आठ- दस लोग ऐसे मिल ही जाते हैं जो कहते हैं कि उन्हें फ़िल्म 'हजारों ख्वाहिशें ऐसी' बहुत अच्छी लगी। मगर किसी ने यह नहीं पूछा कि इस फ़िल्म का नाम 'हजारों ख्वाहिशें ऐसी' क्यों रखा और ग़ालिब का इमरजेंसी से क्या लेना-देना!

मयंक शेखर : आप एक राइटर, डायरेक्टर हैं। आपने शायद ही ऐसी कोई फ़िल्म डायरेक्ट की हो, जिसे आपने खुद न लिखी हो?

सुधीर मिश्रा : एक बुरी-सी फ़िल्म बनाई थी 'कलकता महल'। वह किसी और की कहानी थी, वर्क भी नहीं की उसने शायद। ज्यादातर, मैं दखल बहुत देता हूँ कहानी में, चाहे किसी और के साथ भी लिख रहा हूँ। मैं खुद को एक असफल उपन्यासकार मानता हूँ, क्योंकि राइटिंग जो है, वह काफी लोनली पेशा है और फ़िल्ममेकिंग इसके एकदम विपरीत है। जब मैं यंग था तो खुद को राइटर के रूप में देखता था, फ़िल्ममेकर नहीं समझता था। इसीलिए मेरी फ़िल्मों में उपन्यासकारों का अच्छा खासा प्रभाव रहता है।

मयंक शेखर : आज की जेनरेशन में यह जो लिटरेचर का प्रभाव कम हुआ है,

आपको लगता है कि क्या इससे फ़िल्ममेकर को फायदा हुआ है, क्योंकि आजकल लिटरेचर से ही फ़िल्में बनती हैं?

सुधीर मिश्रा : भाषा से जो एम्फेसिस जा रहा है, जुबान से, उससे नुकसान बहुत बड़ा है। क्योंकि अगर सिर्फ कहानियाँ सुननी हैं और लफ़्ज गायब हो जाएँ जुबान से तो फिर बारीकियाँ, वह फर्क गायब हो जाता है। आपके पास शब्द ही नहीं हैं खुद को एक्सप्रेस करने के लिए। आजकल सबकुछ या तो कूल है या फिर ऑसम है। इसके अलावा कुछ नहीं है। इससे सबकुछ प्रभावित हो रहा है, फिर चाहे वह हमारी ज़िन्दगी हो, राजनीति हो या फिर कुछ और हो। भाषा बहुत सिमटकर रह गई है और लाइफ का जो आइडिया है, वह बहुत बेसिक हो गया है, जो कि बहुत खतरनाक है। यह एक बहुत बड़ी समस्या है। भाषा है ही नहीं, क्योंकि कोई पढ़ना ही नहीं चाहता। अगर कोई पढ़ेगा ही नहीं, उसकी ज़िन्दगी से बारीकियाँ जाएँगी तो वह सिनेमा भी खराब ही देखेगा।

मयंक शेखर : अगर आपकी फ़िल्मों की बात करें, तो फिर 'जाने भी दो यारो' में मैं एक बात जानना चाहूँगा कि ''थोड़ा खाओ, थोड़ा फेंको'' किसने लिखा था?

सुधीर मिश्रा : तीन-चार लोग साथ में लिख रहे थे। पहली बात तो यह है कि कुंदनशाह अपनी पहली फ़िल्म बना रहे थे। मैं कुंदन के पीछे एक फ्लैट में रहता था। कुंदन को उसकी बीवी ने कहा हुआ था कि तुमने अगर जल्दी से फ़िल्म नहीं बनाई तो तुमको लंदन ले जाऊँगी और तुमसे बेकरी में काम करवाऊँगी। वह घबराया हुआ था बहुत। जब आप लिखते हैं तो लिखने में समस्या यह है कि आप कुछ कर नहीं रहे होते हैं। आप हवा में देख रहे होते हैं। घर वाले कहते हैं कि कुछ नहीं कर रहा है तो सब्जी खरीद ले आ यार। बड़ा मुश्किल है लिखना। जब अटक रहे हैं तो फिर तीन-चार दिन तक अटक गए, जो बाद में बहुत सरल लगता है। लिखना एक बहुत ही पेचीदा मामला है। कुंदन जो है, मेरे घर में भाग के आ जाता था। तो फिर हम लोग साथ लिखने लगे। हम लोग थिएटर से आए हुए थे लेकिन हमारा आइडिया ऑफ कॉमेडी डिफरेंट था। केवल कुंदन को नॉनसेंस का ग्रेस पता था। जो उसकी बारीकियाँ थीं। जब भी मैं 'जानो भी दो यारो' फ़िल्म देखता हूँ तो सोचने लगता हूँ कि कुंदन क्या करना चाह रहा था और फिर क्या फ़िल्म बनी। क्योंकि मैं दिल्ली से आया हुआ था और उस जमाने में कास्टिंग डायरेक्टर नहीं होते थे, इसीलिए उस फ़िल्म में दिल्ली का एक गैंग-सा आ गया था। सतीश शाह सिर्फ एक ऐसे व्यक्ति थे जो पूना फ़िल्म स्कूल से एक्टिंग ग्रेजुएट थे। नसीर और ओमपुरी दोनों एनएसडी से थे।

मयंक शेखर : कैरियर के शुरुआत के दौर में तो 'जाने भी दो यारो', 'मोहन जोशी

हाजिर हो' या विधु विनोद चोपड़ा को आप असिस्ट करते थे। लोगों को लगता कि आप भी एफटीआईआई से हो? आप इस ग्रुप में कैसे आए?

सुधीर मिश्रा : दिल्ली में मैं एक फ़िल्म कर रहा था साइकोलॉजी के बारे में, तो एक सीनियर थे हमारे विनोद दुआ। वह उस जमाने में ऑरिजिनल टीवी स्टार थे। वह हर रोज 'युग मंच', जो कि काफी लोकप्रिय था, संचालन करते थे। वह हमारे बीच में एक स्टार थे। एक दिन उन्होंने मुझे बुलाया और कहा कि मुझे कपिल देव का और एक कोई लड़का है जिसकी फ़िल्म ऑस्कर में जा रही है, उसका इंटरव्यू करना है। मुझे फ़िल्म के बारे में कुछ पता नहीं है, तू आकर उसका इंटरव्यू कर दे। फिर उन्होंने मुझे बूम माइक होल्ड करना सिखाया। यह जो भी हो रहा था, वह अकस्मात् था। फिर मेरे एक बड़े भाई थे सुधांशु मिश्रा, जो एफटीआईआई में पढ़ाई करते थे। मैं उनके साथ रहता था हॉस्टल में, तो वहाँ का एक जो माहौल था, फ़िल्म के बारे में बहस होती थी और उस ग्रुप में मैं ही एक ऐसा था जिसे हिन्दी आती थी, तो डॉयलॉग वगैरह इससे करवा लो। पॉलिटिक्स के बारे में इससे पूछ लो। हम छोटे शहरों में रहने वाले इन सब चीजों को बहुत अच्छे से समझते हैं। जब मैं बम्बई गया तो आधे से ज्यादा इंडस्ट्री तो मुझे पूरी तरह से इल्लिटरेट लगी। मुझे उनके साथ बहस करने में बहुत मुश्किल आती थी और वे मुझे फ्रॉड कहते थे कि शायरी-वायरी की बात करता है! अभी इंडस्ट्री में बहुत बदलाव आया है। अभी बहुत सारे नए लोग आए हैं। अन्यथा 10-15 आर्ट फ़िल्म टाइप, जो कि संक्रामक के रूप में देखा जाता था। फ्लॉप फ़िल्म बनाते थे। 'जाने भी दो यारो' दिल्ली में 55 हफ्ते तक चली और किसी ने भी उसके बारे में नहीं लिखा। उसके बाद कुंदन को काफी समय तक फ़िल्म बनाने का मौका नहीं मिला। उसने अगली फ़िल्म 1992 में बनाई। आठ साल लग गए उसको अपनी दूसरी फ़िल्म बनाने में। इंडस्ट्री हमारे इतने खिलाफ थी।

मयंक शेखर : 'जाने भी दो यारो' में ऐसा क्या था कि यह फ़िल्म रिलीज हुई थी करीब 1983 या 84 में, लेकिन 30 साल बाद आज भी लोग उसे देख रहे हैं और कई लोग तो करीब 50 बार इसे देख चुके हैं?

सुधीर मिश्रा : मुझे लगता है कि यह फ़िल्म वास्तविक मुद्दों पर आधारित थी। और एक कॉमेडी फ़िल्म में जो होना चाहिए, इस फ़िल्म में वह सबकुछ था। मुझे लगता है कि 'जाने भी दो यारो' से यदि कोई सबसे अधिक प्रेरित हुआ है तो वह है राजकुमार हिरानी।

मयंक शेखर : क्या पहली 'ये वो मंजिल तो नहीं' फ़िल्म बनाने में आपको मुश्किल नहीं हुई? वह अस्सी का दशक था, टेलीविजन आ चुका था। आर्ट फ़िल्म और

मेनस्ट्रीम सिनेमा के बीच बहुत बड़ा गैप था। आपके लिए पहली फ़िल्म पाना कितना आसान था?

सुधीर मिश्रा : बहुत मुश्किल नहीं था, क्योंकि मैंने स्क्रिप्ट लिखी। उस दौरान जो इंडस्ट्री में सीनियर थे, वे काफी अच्छे और ग्रेसफुल लोग थे। हृषिकेश मुखर्जी एनएफडीसी के चेयरमैन थे। बासु भट्टाचार्य, अरविन्दन—ये महान हस्तियाँ प्रतिभा को बेहद महत्त्व देते थे। मैं किसी को जानता नहीं था लेकिन मैंने बहुत से लोगों को असिस्ट किया था। उस दौरान फ़िल्म रिलीज करना बहुत मुश्किल काम था। आजकल तो फ़िल्में रिलीज करना बहुत आसान है। बहुत सारे लोगों ने 'ये वो मंजिल तो नहीं' दूरदर्शन और विडियो पर देखी।

मयंक शेखर : जब आपकी फ़िल्म दूरदर्शन पर देखी जाती थी या विडियो में देखी जाती थी तो इसका आपके कॅरियर पर कैसा प्रभाव रहा?

सुधीर मिश्रा : मैं कभी-कभी सोचता हूँ कि तब मैं क्यों गया था बम्बई? क्या सोचकर गया था? न टेलीविजन था, न एड फ़िल्म करना चाह रहा था, न कोई कॉमर्शियल सिनेमा करना चाह रहा था। उस लड़के के बारे में सोचता हूँ पीछे देखकर तो मुझे लगता है कि वह पागल ही था क्योंकि उसकी कोई प्रैक्टिकल वजह थी ही नहीं। उस दौरान एक सेंस था कि दुनिया छोटी हो रही है और आप कुछ महत्त्वपूर्ण काम कर रहे हैं फ़िल्में बनाकर।

मयंक शेखर : 'ये वो मंजिल तो नहीं' फ़िल्म एक तरह से सिक्वल लगती है 'हजारों ख्वाहिशें ऐसी' की। कैरेक्टर भी कुछ ऐसे ही हैं। जब आप 'हजारों ख्वाहिशें ऐसी' सोच रहे थे तो क्या वह फ़िल्म आपके दिमाग में थी?

सुधीर मिश्रा : कोई जानबूझकर तो नहीं किया। मगर जब मैं यह फ़िल्म लिख रहा था तो मुझे ऐसी फीलिंग तो आई। लेकिन 'ये वो मंजिल तो नहीं' एक नौजवान लड़के का काम था, जो कि नाराज था, जबकि 'हजारों ख्वाहिशें ऐसी' एक ऐसे आदमी का काम है जिसने अपनी पत्नी को खो दिया।

मयंक शेखर : जैसे जोसेफ हैदर का नाम लेते हैं तो "कैश 22' याद आता है। मुझे लगता है कि जब सुधीर मिश्रा का नाम लिया जाता है तो पहली सोच जो मेरे दिमाग में आती है, वह है 'हजारों ख्वाहिशें ऐसी'। आप इससे कितना सहमत हैं? क्या आप इस फ़िल्म को अब तक का अपना सबसे बेहतरीन काम मानते हैं?

सुधीर मिश्रा : मुझे नहीं पता, क्योंकि मुझे 'धारावी' पसन्द है। मुझे 'हजारों...' के लिए भी पसन्द है और 'खोया-खोया चाँद' भी। कोई कहता है 'इस रात की सुबह

नहीं' भी। वैसे भी मुझे लगता है कि हर फ़िल्ममेकर सिर्फ तीन या चार फ़िल्मों के लिए जाना जाएगा। गुरुदत्त चार फ़िल्मों के लिए, राजकपूर दो या चार फ़िल्मों के लिए। यदि लोग 'हजारों...' के लिए याद रखना चाहते हैं तो यह उनकी पसन्द है।

मयंक शेखर : कहीं इसका कारण यह तो नहीं कि इस देश में पॉलिटिकल फ़िल्में नहीं बनती हैं?

सुधीर मिश्रा : हाँ, वह तो है, लेकिन जब आप ऐसी फ़िल्में कर रहे होते हैं तो आपको ऐसी कहानी कहनी होती है जो सिर्फ उस वक्त के राजनीतिक हालात के अलावा और भी बहुत कुछ बयाँ कर जाए और उससे युवा भी खुद को जोड़ सकें। यदि इस तरह की फ़िल्म काम करती है तो उसका एक बड़ा कारण यह भी होता है कि आपकी कास्टिंग अच्छी थी, आपका सब्जेक्ट-चुनाव सही था, आपका मूड अच्छा रहा शूटिंग के दौरान। जब ये सारी चीजें एक साथ होती हैं तब जाकर एक ग्रेट फ़िल्म बनती है। और मुझे लगता है कि 'हजारों ख्वाहिशें ऐसी' में ये सारी चीजें बहुत खूबसूरती से हुई हैं।

मयंक शेखर : इसका क्या कारण है कि पॉलिटिकल कॉमेंट्री हमारे यहाँ हर रोज मीडिया में होती है, अखबारों में होती है, किताबों में होती है, लेकिन बम्बई में फ़िल्म बनती है तो पॉलिटिकल कॉमेंट्री उसमें नहीं होती है। क्या इसके पीछे सेंसर बोर्ड है या सोसाइटी है जिसमें हम रहते हैं?

सुधीर मिश्रा : मुझे लगता है कि ये सभी कहीं न कहीं इसके कारण हैं। प्रोडक्शन सिस्टम डरा हुआ होता है, कहीं बैन हो जाएगी तो पैसे फँस जाएँगे। वैसे भी फ़िल्म बैन करना बहुत आसान होता है। सिर्फ 500 लोग पूरे देश में थिएटर में जाकर पत्थर फेंकना शुरू कर दें, फ़िल्म बैन हो जाती है। 'धारावी' के साथ भी यही हुआ। 1991 में यह बम्बई में 6 सिनेमाघरों में रिलीज हुई और शिवसेना ने इसे चलने नहीं दिया, क्योंकि 'धारावी' कोई अच्छे गरीब आदमी और बुरे अमीर आदमी वाली फ़िल्म नहीं थी। फ़िल्म बैन करना बहुत आसान है। कोई भी थिएटर मालिक यह नहीं चाहता कि कुछ लोग आकर उसके थिएटर में तोड़-फोड़ करें। एक बार सेंसर सर्टिफिकेट मिल जाए फ़िल्म को, तो यह जरूरी नहीं है कि आप मेरी फ़िल्म से सहमत हों, हालाँकि आप मेरी फ़िल्म से नफरत कर सकते हैं, आप मेरी फ़िल्म के खिलाफ लिख सकते हैं। आप थिएटर से 40 फीट दूर रहकर लोगों से यह कह सकते हैं कि फ़िल्म देखने मत जाओ। आप टीवी में इंटरव्यू दे सकते हैं उसके खिलाफ। आप सिर्फ बैन न करें और लोगों को आने से न रोकें, जो देखना चाहते हैं।

यह मैच्योरिटी हिन्दुस्तान में कम है। लोग एक सामंती विचारधारा में जी रहे हैं

जिसका उद्देश्य है कि या तो आप हमारे साथ हो या फिर हमारे खिलाफ हो। यह बहुत भयानक है जिसे हम सँभाल नहीं सकते हैं। जो गली का हर बच्चा जानता है, आप उस पर फ़िल्म बनाकर क्या करोगे? समस्या वहाँ है, आपको रिस्क लेना होगा। और आप रिस्क तभी ले सकते हैं जब आपकी फ़िल्म छोटे बजट की हो। जैसे ही आपकी फ़िल्म का बजट बड़ा हुआ, रिस्क कोई नहीं लेता।

उस वक्त प्रोडक्शन सिस्टम, लोग और मनीमैन सही मायनों में इंडस्ट्री का हिस्सा नहीं थे। 38 प्रतिशत ब्याज पर पैसे लेकर आप फ़िल्म बनाते थे। अगर आपने फ़िल्म बनाई ऐसी, जो बैन हो गई तो जिससे पैसे लिये थे, उसकी बंदूक आपके शरीर के किसी अंग से लगी होगी। वह भी तो सारा डर है न! जिस तरह से फ़िल्म चल रही थी, जिस तरीके के पैसे थे, जिस तरह के लोग प्रोड्यूसर थे, उनके दिमाग में था कि पॉलिटिक्स ड्राई सब्जेक्ट है, रोमांस के बारे में बात करो। रस होना चाहिए फ़िल्म में। रस का मतलब वही है कि 'आज रपट गए तो...' थोड़ा-सा, लेकिन अब बदल रहा है। पचास के दशक में बदला था, आज बदल रहा है। आज ऐसे डायरेक्टर हैं जो राजनीतिक फ़िल्म तो नहीं बना रहे हैं लेकिन उनकी फ़िल्मों में कुछ राजनीतिक टिप्पणी तो है। 'बदलापुर' देखिए तो कुछ कॉमेंट्री है, 'टीपू' देखिए तो एक सेंसिविटी है।

मयंक शेखर : 'स्लमडॉग मिलेनियर' की बातें हो रही हैं, कभी आपको यह महसूस हुआ कि असली स्लमडॉग 'धारावी' थी? यदि आपका बजट बड़ा होता तो आप इस फ़िल्म को वह मुकाम दिला पाते?

सुधीर मिश्रा : बहुत ज्यादे पैसे होना भी एक दबाव है। लेकिन उन दिनों 'धारावी' 25 लाख में बनाई गई थी। यदि हमारे पास 25 लाख और होते, तो फिर 50 लाख में शायद कुछ और बेहतर बनती।

मयंक शेखर : अगर 'धारावी' ऑरिजिनल 'स्लमडॉग मिलेनियर' है, तो 'इस रात की सुबह नहीं', ऑरिजिनल 'सत्या' है! कहीं आपको ऐसा महसूस हुआ कि अगर इसे भी कुछ और तरीके से बनाते तो ज्यादा चलती?

सुधीर मिश्रा : 'इस रात की सुबह नहीं' नॉर्थ इंडिया में चली थी। बम्बई में चली नहीं, यह कहना गलत है बल्कि राजश्री ने अपने कुछ अकाउंट एडजस्ट करने के लिए चलाया ही 11 बजे वाले शो में। कभी कभी आप उसमें फँस जाते हो कि एक तो आप फ़िल्म रिलीज कर रहे हो और मिनरवा में 11 बजे चला रहे हो जहाँ कोई जाता नहीं है। वह थोड़ी-सी समस्या हो गई उसके साथ। लेकिन हाँ, मैंने 'सत्या' से दो साल पहले उसे बनाई थी और उसमें से कई एक्टर 'सत्या' में गए थे और

मार्केट ठीक से नहीं हुई थी। उसका म्यूजिक भी ठीक-ठाक चला था। मुझे बहुत मजा आया था इसे बनाने में। और अंडरवर्ल्ड को लेकर यह पहला थ्रिलर था। मैं इसका रीमेक बनाने जा रहा हूँ। जिस तरीके से मैंने बनाया, मुझे संतुष्टि नहीं मिली।

मयंक शेखर : आप दिल्ली में थे, फिर बम्बई आए। अभी आप शो बिजनेस में हैं। क्या आपका आइडिया ऑफ द वर्ल्ड बदला है या आप अभी भी लेफ्टिस्ट हैं ?

सुधीर मिश्रा : ट्विटर पर लोग मुझे बहुत अधिक गाली देते हैं। कहते हैं कि तुम्हारी सोच तो कॉमरेड जैसी है। मैं कोई लेफ्ट पार्टी का कार्ड होल्डर नहीं हूँ। हमारा काम एक आर्टिस्ट के तौर पर क्या सही है और क्या गलत है, यह बताना नहीं है। हमारा काम है—जो हो रहा है, उसे सेंसिबल तरीके से दिखाना। यदि आप मानते हैं कि मैं अभी भी आइडिया ऑफ इगैलिटेरिनिज्म पर बिलीव करता हूँ तो मेरा जवाब है, हाँ। लेकिन मैं किसी पार्टी का कार्ड होल्डिंग मेंबर नहीं हूँ। इसके विपरीत मुझे लगता है कि अधिकतर राजनीतिक दल बहुत सीधे-सादे हैं और सत्ता बहुत विनाशकारी होती है। मेरी अगली फ़िल्म भी इसी पर आधारित है : 'पावर इज अ ड्रग'। हर कोई आइडियलिज्म से शुरू करता है और अंत कुछ और ही होता है।

मयंक शेखर : जब आप इगैलिटेरिनिज्म पर बिलीव करते हैं और आप फ़िल्म इंडस्ट्री या कोई भी इंडस्ट्री का हिस्सा हैं तो आपको पता है कि बराबर कोई नहीं है। हर जगह हाइरार्की है। क्या यह आपको परेशान करता है कि आपकी फ़िल्म को भी वही लोग फंड करते हैं जो मेनस्ट्रीम सिनेमा को फंड करते हैं ?

सुधीर मिश्रा : हाँ, यह करता है मगर च्वाइस क्या है ? च्वाइस यह है कि या तो मैं फ़िल्म बनाऊँ या फिर नहीं बनाऊँ। मेरा फंक्शन क्या है ? कहानी कहना, अपने समय को लेकर फ़िल्में बनाना और यही मैं करता हूँ। मैं एक आर्टिस्ट के रूप में किसी एक व्यक्ति से नहीं जुड़ सकता।

मयंक शेखर : एक डॉक्यूमेंट्री में कुछ फ़िल्मों के नाम लिये गए हैं, जैसे—'कलकत्ता मेल', 'चमेली' और 'ये साली ज़िन्दगी', जिसमें आपने कहा है कि ये सारी फ़िल्में आपने बनाईं—टू स्टे अफ्लोट। इसका क्या मतलब हुआ ?

सुधीर मिश्रा : देखिए, आपके पास ज़िन्दगी में कितनी कहानियाँ हैं ? तो हो सकता है कि आपके पास दस ही कहानियाँ थीं। लेकिन आपको क्या पता कि कौन सी कहानी थी ? तो बनाते-बनाते कुछ फ़िल्म समझ में आती है कि यार, यह कोई बहुत ही क्लासिक नहीं होने वाली। फिर भी अब आपने बना ली है। पैसे ले लिये हैं। एक्टर्स को कास्ट कर दिया है। किसी नौजवान अभिनेता-अभिनेत्री का दिल टूट

जाएगा अगर आपने फ़िल्म नहीं बनाई, तो आप सबसे सम्भव तरीके से फ़िल्म बनाते हैं। 'ये साली ज़िन्दगी' मैंने बनाई क्योंकि मैं एक पॉपुलर फ़िल्म बनाना चाहता था। 'चमेली' मैंने कुछ विशेष परिस्थितियों में बनाई। 'कलकत्ता मेल' मैंने बनाई क्योंकि मेरे पार्टनर ने कहा कि तुम घूमने के लिए फेस्टिवल में जा रहे हो, यदि फ़िल्म नहीं बनाई तो मेरे घर से निकल जाओ। तो मुझे कुछ करना था और उस समय मेरे पास जो कहानी उपलब्ध थी, मैंने उसी पर बनाई।

कभी-कभी इंडस्ट्री में बने रहने के लिए फ़िल्में बनानी पड़ती हैं, ताकि लोग आपको याद रखें कि यह अभी भी फ़िल्में बना रहा है। यह एक तरीके का रियाज होता है। आर्थिक और रचनात्मक तौर पर। यदि मैं एक फ़िल्ममेकर हूँ तो मेरी आलोचना मेरी फ़िल्मों के माध्यम से होनी चाहिए। मैं खाली बैठकर बात नहीं कर सकता कि यार, यह तो वाहयात फ़िल्म है, क्योंकि कुछ न करने से कुछ करना बेहतर होता है। कुछ करने से आपको कुछ न कुछ तो मिलेगा ही।

मयंक शेखर : आपने कहा है कि एक फ़िल्म आप अपने लिए बनाते हैं और दूसरी फ़िल्म अपने भाई के लिए बनाते हैं। इससे आपका क्या मतलब है?

सुधीर मिश्रा : मेरे भाई मुझसे बहुत बात करते थे। वह कई पहलुओं में मुझसे बेहतर थे। मेरा संगीत का सेंस उनसे ही आया है। मैं कोई राइटर टाइप था और वह एक थिंकर टाइप जिसको फ़िल्में बनाना सिखाया गया था। वह पहले शख्स थे जिन्होंने अनुराग कश्यप को चांस दिया। कभी-कभी मुझे ऐसा लगता था कि वह मुझसे फ़िल्में बनवाना चाहते हैं। यदि उन्होंने 'इस रात की सुबह' बनाई होती तो वह मुझसे बेहतर बनाते।

मयंक शेखर : आपने कहीं कहा है कि आपको डायरेक्टर बनने के लिए क्लेवर होने की जरूरत है। 'क्लेवर' से आपका मतलब क्या है?

सुधीर मिश्रा : देखिए, बहुत सारे लोग हैं, जिनके पास टैलेंट होता है। कभी- कभी आप उससे निराश हो जाते हैं। निराश इसलिए होते हैं कि देखो यार—यह तो बड़ी-बड़ी बातें करता था, अभी इस मंत्री की चमचागीरी कर रहा है; या फलाने प्रोड्यूसर के आगे-पीछे घूम रहा है, तो आप उसको कभी-कभी जज करते हो। वर्स्ट थिंग इन लाइफ इज टू मीट योर हीरोज, क्योंकि मैं अपनी फ़िल्मों जितना अच्छा थोड़े न हूँ। यदि आप 'हजारों ख्वाहिशें ऐसी' देखकर मेरे बारे में एक विचार बनाएँगे और यथार्थ में मिलेंगे तो मैं तो निराश ही करूँगा। यह सच है, इसमें कोई सन्देह नहीं है। लेकिन आपको अपने टैलेंट को प्रोटेक्ट करना आना चाहिए, तो क्लेवरनेस वह होती है। क्योंकि यदि आप भगवान में विश्वास करते हैं तो टैलेंट आपको भगवान

से मिला है और यदि नहीं करते हैं तो नेचर से मिला है। आपको इसे वैसे ही प्रोटेक्ट करना होता है, जैसे आप अपने बच्चे को करते हैं। इसीलिए जो चालाक होते हैं, वे कामयाब होते हैं, क्योंकि वे प्रोटेक्ट करते हैं।

ग़ालिब साहब अपना पेंशन बढ़ाने के लिए कलकत्ता तक गए थे गवर्नर जनरल के पास। उन्होंने जीवित होने का महत्त्व समझा था। अगर ग़ालिब ही नहीं होते तो शायरी नहीं होती। तो थोड़ा समझदारी या समझबूझ वह जो है न यथार्थ में जीना आना चाहिए, जब मैं बम्बई गया था, बहुत सारे लोग थे, जो मुझसे ज्याद टैलेंटेड थे, लेकिन बहुत सेंसिटिव थे, इसीलिए वे टिक नहीं पाए। आप एक फ़िल्म डायरेक्टर बनना चाहते हैं, एक आर्टिस्ट बनना चाहते हैं तो आपको इंसल्ट झेलना पड़ेगा। आप स्टूडियो में जाएँगे और पच्चीस साल का लड़का या लड़की आपको बताएगी कि सिनेमा क्या होता है। आपको सुनना पड़ता है। यही दुनिया की हकीकत है। यदि आपमें भावनात्मक इंटेलीजेन्स नहीं है और यदि आप रिजेक्शन नहीं झेल पाते हैं तो मेरा सुझाव है यह दुनिया आपके लिए नहीं है।

अभिषेक चौबे

निर्देशक, निर्माता एवं पटकथा लेखक। 2002 में विशाल भारद्वाज की पहली फ़िल्म 'मकड़ी' में सहायक निर्देशक एवं सह-लेखक के रूप में फ़िल्मों का सफ़र शुरू किया। साल 2010 में बतौर निर्देशक पहली फ़िल्म 'इश्क़िया' रीलिज़ हुई जो समीक्षकों तथा दर्शकों द्वारा बहुत सराही गई। अन्य चर्चित फ़िल्में—'डेढ़ इश्क़िया' और 'उड़ता पंजाब'।

बातचीत

अभिषेक चौबे | मयंक शेखर

मयंक शेखर : तिग्मांशु धूलिया ने एक बात कही कि जो लोग छोटे शहरों से होते हैं, उनके पास एक नेचुरल एडवांटेज यह होती है कि उनके पास बहुत सी ऐसी कहानियाँ होती हैं जो बड़े शहरों में रहनेवालों के पास नहीं होती हैं, क्योंकि बम्बई, दिल्ली जैसे शहरों में कॉन्फिलिक्ट्स खत्म हो गए हैं कहानियों के। जहाँ तक प्यार का कॉन्फिलिक्ट्स है, पैसे का कॉन्फिलिक्ट्स है, काफी क्लेरिटी है जो शायद छोटे शहरों में अब भी न हो। क्या आप इस बात से सहमत हैं?

अभिषेक चौबे : तब, जब आप बम्बई या दिल्ली जैसे शहरों में रहते हों और आप एक तबके के इंसान हों। यदि आप बम्बई के जुहू में रहते हों तो शायद मैं समझ सकता हूँ कि आप जियोग्राफिकली तो नहीं लेकिन सोशियली आप नॉर्थ अमेरिका या वेस्टर्न यूरोप में रहते हैं। हो सकता है, वहाँ पर लोगों की ज़िन्दगी में जेनविन कॉन्फिलिक्ट खत्म हो गया हो! लेकिन यदि आप धारावी से हो या फिर किसी चॉल से हो तो काफी सारे कॉन्फिलिक्ट्स हैं। रियलिटी की कोई कमी नहीं है। स्मॉल टाउन इंडिया से आने का एक एडवांटेज यह जरूर है कि हमारी कहानियाँ नहीं कही गई हैं, और यदि कही गई हैं तो फिर हमारा नजरिया नहीं बाहर आया है। हिन्दी सिनेमा जो 90 के दशक का था, वह अपने ही जोन में एग्जिस्ट करता था। उसमें एक्टर अपने ही अंदाज में आप करता था। वह लैंग्वेज नहीं थी जो सड़कों पर सुनने को मिलती है, तो हमारे लिए यह खुला हुआ मैदान था। हमारे पास यह एक एडवांटेज था कि हम कुछ ऐसे फ़िल्ममेकर्स थे जो इस तरह की कहानी कहने वाले पहले थे। लेकिन आने वाले 10 सालों में यह भी नहीं रहेगा क्योंकि तब तक स्मॉल टाउन इंडिया से ऐसे कई सारे फ़िल्ममेकर्स आ चुके होंगे और इस तरह की कई सारी कहानियाँ कही जा चुकी होंगी। एक तरीके से हम लोग बहुत ही खुशकिस्मत हैं लेकिन यह कितने दिन तक चलेगा, पता नहीं।

मयंक शेखर : तिग्मांशु ने एक बात और कही कि स्मॉल टाउन इंडिया का एक और एडवांटेज जो है, वह है भाषा। जो लोग बम्बई में काफी समय से बॉलिवुड में काम

करते थे, जिन्हें बॉलिवुड फैमिली कहा जाता था, वे लोग हिन्दी फ़िल्मों में काम तो जरूर करते थे लेकिन उनकी हिन्दी काफी कमजोर थी।

अभिषेक चौबे : बहुत ज्यादा कमजोर थी। इससे मुझे व्यक्तिगत रूप से बहुत ज्यादा परेशानी हुई। आपकी ज़िन्दगी इतनी बन्द है कि सिर्फ जुहू से बांद्रा तक ही सीमित है। आप एसी गाड़ी, अपने एसी घर और अपने फर्स्ट क्लास फ्लाइट से निकल नहीं रहे हैं, तो जो आम आदमी है, उसके साथ आपका कोई रिलेशनशिप नहीं है। अब ऐसी चीजें जमशेदपुर और रांची में भी होने लगी हैं। आपको ऐसे लोग मिलेंगे जो वेस्टर्न स्टाइल की लाइफ जीते हैं। यह हर जगह हो रहा है। यदि एक आर्टिस्ट के रूप में आप लोगों से मिलना–जुलना बन्द कर देते हैं तो आप रियलिटी से दूर हो जाते हैं। ऐसी परिस्थिति में आप सिर्फ एक तबके के लिए ही फ़िल्म बना सकते हैं और एक तबके को ही दिखा सकते हैं। ऐसी फ़िल्मों से मुझे कोई व्यक्तिगत तौर पर समस्या नहीं है लेकिन कितना दिखाएँगे, यही बात है।

मयंक शेखर : मैंने भाषा की बात इसलिए की क्योंकि बहुत लोग हैं जो मुम्बई में हिन्दी में लिखते ही नहीं हैं। क्या आप हिन्दी में लिखते हैं?

अभिषेक चौबे : हमारा जो इंस्ट्रक्शन होता है, वह अंग्रेजी में होता है। डायलॉग सारे हिन्दी में होते हैं।

मयंक शेखर : तो क्या आप डायलॉग हिन्दी में लिखते हैं?

अभिषेक चौबे : जी।

मयंक शेखर : जब आपने 'ओमकारा' में काम किया तो बहुत लोगों का ऐसा मानना था, विशेषत: अर्बन इंडिया का, कि यार, समझ में नहीं आता कि बोल क्या रहे हैं? क्या भाषा को लेकर इस प्रकार का प्रयोग जान–बूझकर किया गया था?

अभिषेक चौबे : हाँ। क्योंकि यह एक 'दो और लो' वाला प्रोसेस है। 'ओमकारा' में जिस प्रकार की भाषा का इस्तेमाल हुआ था, वह मेरे लिए फ़िल्म के प्रति मेरी ईमानदारी का मामला था। क्योंकि अगर मेरा सीन है कि मैं पंजाब के किसी शहर में हूँ और वहाँ पर दो पुलिस ऑफिसर ट्रैफिक मैंनेज कर रहे हैं जोकि सरदार हैं, अब वे कैसे हिन्दी में बात करेंगे, आप बताइए मुझे? तो वहाँ पर मेरी ईमानदारी आ जाती है बीच में कि यार, यह मैं कर नहीं सकता। अब मैं तरीके ढूंढ़ता हूँ कि यार, ऐसी भाषा में बात की जाए कि पंजाबियों को भी बुरा न लगे और गैर–पंजाबियों को भी समझ में आ जाए। 'ओमकारा' के बारे में चक्कर यह था कि इस तरह का प्रयोग पहला या दूसरा रहा होगा, जिसने काफी सारे फ़िल्ममेकर्स के लिए रास्ता खोल दिया था कि वे जिस क्षेत्र की फ़िल्म बना रहे हैं, वहाँ की बोली को दर्शाएँ। कहीं न कहीं

फ़िल्ममेकर को तो यह करना पड़ेगा कि यार, जो सड़क की सच्चाई है, वह निकलकर आ जाए और लोगों को भी समझ में आ जाए। एक संतुलन तो बनाना ही पड़ेगा। और हमारी फ़िल्म इस ओर बढ़ रही है जो कि मेरे हिसाब से काफी बढ़िया है।

मयंक शेखर : जब आपने 'डेढ़ इश्किया' बनाई और जब लोगों ने देखा तो क्या उन्होंने आपको फीडबैक दिया कि यार, लैंग्वेज थोड़ा-सा टफ है, इसको थोड़ा-सा सबटाइटल किया जाए ? क्या आप इससे सहमत थे कि अपने देश की भाषा का ही सबटाइटल करना पड़ रहा है ?

अभिषेक चौबे : अपना देश पॉलिटिकली एक देश है लेकिन इसमें बहुत सारी भाषाएँ बोली जाती हैं, तो एक फ़िल्ममेकर के रूप में मेरी यह जिम्मेदारी बनती है कि मैं हर प्रकार के दर्शकों का खयाल रखूँ।

मयंक शेखर : स्क्रीन राइटिंग अन्य प्रकार की राइटिंग से किस प्रकार भिन्न है ?

अभिषेक चौबे : स्क्रीन राइटिंग का जो सबसे बड़ा स्ट्रेस होता है, वह सत्य पर होता है। और दो-ढाई घंटे में आप बहुत सारी कहानियाँ नहीं कह सकते, आपको एक ही कहानी कहनी होती है। फिर उसे सिनेमा में कैसे कन्वर्ट किया जाए, इसी के लिए स्क्रीन राइटिंग होती है।

मयंक शेखर : जब आप फ़िल्म देखते हैं एक निर्देशक के रूप में, खासकर विशाल भारद्वाज की तो आप एक आलोचक के रूप में कितना देखते हैं ?

अभिषेक चौबे : देखिए, मैंने उनके लिए पाँच फ़िल्में लिखी हैं, जिनमें से 'ओमकारा' का क्रेडिट तो समरसैट को देता हूँ। 'कमीने' और 'मटरू...' में ऐसा था। एक राइटर के रूप में विशाल भारद्वाज बहुत अनुशासित हैं लेकिन एक निर्देशक के रूप में वह बहुत इंस्टिक्टिव हैं। जिसमें उनको मजा आता था, वह उसे कर देते थे। एक राइटर के रूप में मेरा उनसे जो झगड़ा रहता था, वह इसी बात पर रहता था कि हम कहीं और जा रहे हैं और आपको वापस आना होगा।

मयंक शेखर : अगर हम 'ओमकारा' की बात करें तो उस फ़िल्म को यदि आप डायरेक्ट कर रहे होते और उसमें आपको कुछ बदलाव करना होता तो आप क्या बदलते ?

अभिषेक चौबे : मैं उस फ़िल्म में 'ओमकारा' की जो फीलिंग है उसको काफी ऊपर लेकर आऊँगा। दूसरी जो चीज है, वह 'ओमकारा' की लैंग्वेज है। इस फ़िल्म में वह थोड़ा सोफिस्टिकेटेड है तो मैं उसको थोड़ा लाउड करूँगा।

मयंक शेखर : 90 के दशक में आप हिन्दू कॉलेज, दिल्ली गए। उस दौर में ऐसा क्या हुआ कि बहुत सारे युवा अपने पैरेंट्स को कहने लगे कि हम मुम्बई जा रहे हैं और

फ़िल्म मेकर्स बनना चाहते हैं? ऐसा क्या हुआ कि उन्होंने 'सत्या' देखी और हर कोई रामगोपाल वर्मा बनने दिल्ली से मुम्बई आ गए?

अभिषेक चौबे : अब तो यह और भी बढ़ गया है। अब जो युवा आ रहे हैं मुम्बई में फ़िल्म बनाने, वे इन फ़िल्मों की वजह से आ रहे हैं। क्योंकि उनको एक अनुराग कश्यप दिख गया, जो गोरखपुर से है। उनको एक विशाल भारद्वाज दिख गया, जो मेरठ से है, तो उनको प्रेरणा मिलती है कि अब यह मुमकिन है। जब छोटे शहरों से आए हुए लोग फ़िल्म बना रहे हैं और वे सफल हैं, तो पैरेन्ट्स को भी यह हौसला मिलता है कि यह एक सफल पेशा है। मुश्किल तो उन लोगों के लिए था जो सबसे पहले आए, क्योंकि तब मुम्बई में संघर्ष की एक कहानी बनती थी। लोग आते हैं, प्रोड्यूसर उनको भगा देता है। स्टूडियो के गार्ड अंदर घुसने नहीं देते हैं। पैसे होते नहीं हैं तो फिर वे सड़कों पर सोते हैं। अब ऐसा नहीं होता है। लोग मिडिल क्लास से आते हैं। पैरेंट्स के सपोर्ट से आते हैं। मुझसे एक बैच पहले जो फ़िल्ममेकर्स आए होंगे, उनका समय काफी मुश्किल रहा होगा। केबल-टीवी के आने से क्या हुआ कि लोग विदेशी फ़िल्में देखने लगे जिसे देखकर बहुत लोगों को लगा कि वे भी फ़िल्में बना सकते हैं।

मयंक शेखर : जब आपने फ़िल्में बनानी शुरू कीं तो कहीं आपके दिमाग में यह था कि अब तक बॉलिवुड में जो होता आया है, उस प्रकार का सिनेमा नहीं बनाएँगे, कुछ हटकर फ़िल्मों को मनोरंजक बनाएँगे।

अभिषेक चौबे : जरूर। यदि आप 'मकबूल' देखें तो वह आम बॉलिवुड फ़िल्मों से ज्यादा हिन्दुस्तानी है। मुझे एक बात समझ में नहीं आती कि हम 1913 से फ़िल्में बना रहे हैं। इन 70-80 सालों में हमने किया क्या? हमने आज तक फ़िल्मों में इस स्पेस का इस्तेमाल क्यों नहीं किया? यह पूरा खाली मैदान पड़ा हुआ था और हमें उसको एक्सप्लोर करना था और इसे इंटरटेनिंग भी बनाना था क्योंकि जो फाइनेंस हमें मिल रहा था इन फ़िल्मों के लिए, वह मेनस्ट्रीम सोर्सेज से ही मिल रहा था। हमें फाइनेंस एनएफडीसी से नहीं मिल रहा था, क्योंकि एनएफडीसी का जो सिनेमा था, वह खत्म हो चुका था।

मयंक शेखर : आपकी आने वाली फ़िल्म 'उड़ता पंजाब' के बारे में कुछ बताइए?

अभिषेक चौबे : 'उड़ता पंजाब' में शाहिद कपूर, आलिया भट्ट, करीना कपूर और पंजाब के बहुत बड़े स्टार दिलजीत हैं। यह पंजाब में बढ़ते ड्रग कल्चर पर आधारित फ़िल्म है। इस फ़िल्म में एक सोशल एजेंडा है और पहली बार मैंने इस तरह की फ़िल्म बनाई है, जोकि एक सस्पेंस थ्रिलर इंटरटेनिंग फ़िल्म है।

सौरभ शुक्ला

फ़िल्म और टेलीविज़न कलाकार, थियेटर एक्टर, निर्देशक एवं पटकथा लेखक। शेखर कपूर की फ़िल्म 'बैंडिट क्वीन' से फ़िल्मों में ब्रेक। अनुराग कश्यप के साथ मिलकर फ़िल्म 'सत्या' की कहानी लिखी। फ़िल्म 'जॉली एलएलबी' के लिए 'राष्ट्रीय फ़िल्म पुरस्कार' से सम्मानित। चर्चित फ़िल्में—'बैंडिट क्वीन', 'इस रात की सुबह नहीं', 'ज़ख़्म', 'ताल', 'हे राम', 'रघु रोमियो', 'हज़ारों ख़्वाहिशें ऐसी', 'युवा', 'लगे रहो मुन्ना भाई', 'लक बाई चांस', 'बर्फ़ी' आदि।

बातचीत

सौरभ शुक्ला | मयंक शेखर

मयंक शेखर : सौरभ पहली बार आए हैं इलाहाबाद शहर में। लेकिन जहाँ तक मुझे पता है, इनके पूर्वज उत्तर प्रदेश से ही हैं।

सौरभ शुक्ला : हाँ, मेरी पैदाइश जो है, वह गोरखपुर की है मगर मुझे याद नहीं है, क्योंकि जब मैं दो साल का था तब पिताजी का तबादला दिल्ली हो गया था और मैं पला-बढ़ा दिल्ली में हूँ। मेरा एजुकेशन वहीं पर हुआ। थिएटर भी मैंने वहीं शुरू किया। तो मुझे दिल्ली ज्यादा याद है। गोरखपुर से मेरा नाता यह है कि मैं वहाँ पैदा हुआ। लेकिन लखनऊ मेरा बहुत बार जाना हुआ क्योंकि लखनऊ हमारे पिताजी का शहर था। लखनऊ का खाना मुझे बहुत पसन्द है। मैं लखनऊ बहुत घूमा और यूपी की कई जगहों पर, जैसे मथुरा की तरफ काफी घूमा, बनारस की तरफ भी आया, शाहजहाँपुर और उस तरफ के जितने भी इलाके हैं, उधर मैं काफी घूमा हूँ।

मयंक शेखर : अगर हम उत्तर प्रदेश की बात करें सौरभ, तो सांस्कृतिक, आर्टिस्टिक तौर पर किस तरह का प्रभाव रहा है आपकी ज़िन्दगी में यहाँ के राइटर्स का, जिनको आपने पढ़ा हो?

सौरभ शुक्ला : जैसा कि उत्तर प्रदेश के बारे में यह बात सभी जानते हैं कि कल्चरली उत्तर प्रदेश जो है, हमेशा से बहुत ज्यादा धनी रहा है। बहुत ही पुराना इतिहास है। इस प्रदेश में बनारस है जोकि 5 हजार साल पुराना शहर है और फिर लखनऊ है। इलाहाबाद कल्चरली बहुत वाइब्रंट रहा है। यहाँ से बहुत बड़े-बड़े राइटर्स रहे हैं। जब मैं नाटकीय क्षेत्र में आया तो मैंने उन्हें पढ़ा, चाहे वे निराला हों, महाश्वेता देवी हों और एक समय था जब हर प्रधानमंत्री जो है, वह इलाहाबाद से ही ज्यादातर बना। और इत्तेफाकन ऐसा हुआ कि मैं कभी इस शहर में आया नहीं। लेकिन इस शहर के बारे में मैंने धर्मवीर भारती के जरिए जाना। उनका 'गुनाहों का देवता', मेरा पसन्दीदा उपन्यास था।

और दूसरा, मैं अपने परिवार के बारे में थोड़ा-सा बताना चाहूँगा। मेरे परिवार में ऐसा है कि मेरी माँ जो हैं, वह आसाम की हैं, बंगाली हैं। मेरे पिताजी लखनऊ से थे। हमारे यहाँ घर में जो खाना बनता था, वह बंगाली बनता था और भाषा जो बोली जाती थी, वह हिन्दी बोली जाती थी। तो हिन्दी का प्रभाव बहुत ज्यादा रहा मेरे कॅरियर में। हिन्दी मेरी मातृभाषा बनी, जिसकी वजह से मैंने हिन्दी साहित्य काफी पढ़ा। हिन्दी साहित्य में मूलत: जो काम हुआ है, वह उत्तर प्रदेश का ही काम रहा है। ज्यादातर जो मैंने पढ़ा। हालाँकि मध्यप्रदेश में भी बहुत काम हुआ, पंजाब में भी बहुत काम हुआ, लेकिन यहाँ से बहुत लोगों ने बहुत कुछ लिखा, तो एक प्रभाव वह तो है।

फिर जब मैंने थिएटर शुरू किया, तब मुझे यूपी घूमने का काफी मौका मिला। हालाँकि मैं पला-बढ़ा तो दिल्ली में ही था जो कि एक बड़ा शहर है, लेकिन जो कल्चरल प्रोग्राम छोटे शहरों में होता था, वह मुझे काफी आकर्षित करता था। परिवार की संरचना कैसी है, लोग कैसे बात करते हैं, कितना वक्त है लोगों के पास—जब आप घूमते हैं अलग-अलग शहर में तब आपको पता चलता है कि हर शहर का एक अंदाज है, उसका एक चरित्र है। अगर आप मुम्बई में कभी भी किसी से बात करेंगे तो आपको वह शहर तुरंत समझ में आएगा। जैसे मुम्बई में अगर आप ऑटो वाले के पास जाते हैं तो आप बोलते हैं—अंधेरी, तो वह ऐसे इशारा करता है, आप बैठते हैं और स्कूटर चल पड़ता है। यह उस शहर के बारे में बहुत कुछ कहता है। वह शहर बात नहीं करता है, काम करता है।

बनारस में आया था 'काशी का अस्सी' की शूटिंग करने के लिए। 'मोहल्ला अस्सी' के नाम से फ़िल्म बन रही थी, तो वहाँ मैंने एक अलग ही अंदाज देखा। वहाँ पर रिक्शेवाले को रोका, उसका हाल-चाल लिया, फिर बताया कि मुझे इस जगह जाना है अगर छोड़ सकते हो तो छोड़ दो। बात वही है, कहीं जाना है। मुम्बई में 'अँधेरी' बोलते हो तो ऑटो वाला या तो 'हाँ' बोलता है या फिर 'ना' बोलता है। यहाँ पर पूरी एक बातचीत होती है। तो यह उस शहर का अंदाज बताता है कि वहाँ की जो जीवनशैली है, बात करने का जो एक चाव है, तो मुझे बहुत ज्यादा फेसिनेट करता था और फिर धीरे-धीरे मेरी कई कहानियों में, मेरी कई फ़िल्मों में किस्सा जो है, वह आया।

मयंक शेखर : अभी आप अपने माता-पिता की बात कर रहे थे। आपकी माता आसामी हैं, आपके पिताजी उत्तर प्रदेश से हैं, लेकिन आपके माता-पिता दोनों ही संगीत से जुड़े हुए हैं। आपके पिताजी वोकलिस्ट हैं, आपकी माताजी तबलावादक हैं, लेकिन आपको संगीत में रुचि नहीं थी। क्या कारण रहा कि आप उस तरफ नहीं गए?

सौरभ शुक्ला : कहते हैं न कि जो चीज आपके पास ज्यादा होती है, आप उसकी कद्र नहीं करते हैं। आपको हमेशा पड़ोसी का गार्डन ज्यादा अच्छा लगता है। तो मेरे साथ भी ऐसा ही था। मैं गा सकता हूँ, म्यूजिक कम्पोज कर सकता हूँ। मैंने किया भी है। नाटकों में किया है। मैं गाने लिख भी सकता हूँ। जब अपनी कुछ फ़िल्मों में पैसे खत्म हो गए थे तब मैंने गाने भी लिखे थे। लेकिन यह सब काम जो मैं कर सकता हूँ, इसमें मैंने फॉर्मल ट्रेनिंग कभी नहीं ली। ऐसा इसलिए हुआ क्योंकि यह मुझे विरासत में मिली थी।

लेकिन मेरा रुझान रहा आर्ट की तरफ ही। तो फिर मैंने तय किया कि मैं अपनी एक अलग पहचान बनाऊँगा। फ़िल्मों की तरफ झुकाव हुआ और वह चलता रहा। जो अच्छी बात रही हमारे घर में, वह यह कि एक हफ्ते के अन्दर चार फ़िल्में देखने की बच्चों को छूट थी। हालाँकि आम तौर पर हिन्दुस्तानी परिवारों में बचपन में फ़िल्में नहीं देखने दी जाती, लेकिन हमारा परिवार कमाल का परिवार था। दो फ़िल्में पैरेंट्स देखते थे पूरी फैमिली के साथ और दो जो थीं, वह मेरा बड़ा भाई, जो दस साल मुझसे बड़ा है, देखता था और मैं उसकी पूँछ बनकर उसके पीछे चला जाता था। तो हर हफ्ते चार फ़िल्में देखना और हर प्रकार की फ़िल्में देखना हमारे घर की परम्परा बन गई थी। अंग्रेजी फ़िल्में भी देखते थे।

मयंक शेखर : पहले आप 'नेशनल स्कूल ऑफ ड्रामा, दिल्ली' में गए और उसके बाद नब्बे के शुरुआती दशक में आप मुम्बई आए। उस जमाने में ऐसा क्या हुआ कि इतने लोग दिल्ली से बम्बई आए फ़िल्मों में काम करने के लिए? ऐसा क्या माहौल था कि इतने लोग एक साथ आए और सभी फ़िल्मों में काम करने लगे?

सौरभ शुक्ला : मैं आपको एक छोटी-सी कहानी बताता हूँ। मेरे समय में अचानक दिल्ली के थिएटर में एक उठान आया था, जैसे हर क्षेत्र में एक गोल्डन एज आता है, वैसे ही। उस समय दिल्ली में, मैं 80 के दशक की बात कर रहा हूँ, पंकज कपूर साहब, नसीर साहब, अन्नू कपूर जी, नीना गुप्ता थिएटर कर रहे थे। उस दौरान बहुत सारे ऐसे लोग हुए जो थिएटर में बहुत कुछ करना चाहते थे। उनमें मेरा भी नाम था, मनोज वाजपेयी थे, आशीष विद्यार्थी थे, पीयूष मिश्रा थे, एनके थे, बहुत सारे लोग थे। अचानक गर्मजोशी से दिल्ली में थिएटर हुआ, तो यह लक इसलिए आया था क्योंकि जो 70 के दशक में थिएटर कर रहे थे, बहुत अच्छा थिएटर कर रहे थे, मुम्बई शिफ्ट हो गए थे। तब दिल्ली में एक तरह का खालीपन आ गया था। और उसके बाद हम लोगों का ग्रुप जो था, वह करना चाहता था। उस समय हम यह नहीं सोचते थे कि थिएटर करने से एकदम से फ़िल्म में काम मिल जाएगा। तब ऐसे अवसर मिलते भी नहीं थे। तो 'बैंडिट क्वीन' एक फ़िल्म थी, जो शूट हुई और उसमें

दिल्ली के ज्यादातर आर्टिस्ट थे। उनमें मनोज भी था, मैं भी था, सीमा भी थीं, निर्मल पांडे था। मनोज ने मुझसे बोला कि यार, अगर तुम मुम्बई जाने का प्लान बनाओ तो एक कमरा साथ में ले लिया जाएगा। मैंने कहा, ठीक है। तो कमरा ले लिया गया और एक चॉल में छोटे से कमरे में हम दो लोग रहने लगे। 6 महीने के अन्दर हालत यह थी कि उस एक कमरे में पाँच लोग रहते थे। उनके चार-पाँच दोस्त आकर और रह जाते थे वहाँ पर। तो जो शुरुआत हुई इस मूवमेंट की—पहले एक गया, फिर दूसरा और उसके बाद सारे आ गए।

मयंक शेखर : क्या 'बैंडिट क्वीन' एक यूनाइटिंग फैक्टर था सभी एक्टर्स के लिए एनएसडी में?

सौरभ शुक्ला : जी, बिलकुल। मुझे लगता है कि जितना मुम्बई में आज मूवमेंट देख रहे हैं, उसकी जो मूल शुरुआत थी, वह 'बैंडिट क्वीन' से हुई थी क्योंकि 'बैंडिट क्वीन' के बाद एक पूरा जत्था—चाहे वे एक्टर्स हों, डायरेक्टर्स हों, जो आर्ट में काम कर रहे थे, जो लिख रहे थे, ऐसे काफी लोग जो हैं, वे 'बैंडिट क्वीन' के जरिए ही मुम्बई शिफ्ट हुए। यह 92 के आस-पास की बात है।

मयंक शेखर : क्या यह एक संयोग ही था कि आप और मनोज वाजपेयी रूम मेट थे और आप दोनों ने एक फ़िल्म की साथ में जिसका नाम था 'सत्या', जिसे एक तरीके से टर्निंग प्वाइंट कहा जाता है हिन्दी सिनेमा के लिए? क्या यह संयोग था या फिर एक दूसरे को आपने रोल के लिए सिफारिश की थी?

सौरभ शुक्ला : आई थिंक, प्योर कोइंसीडेंस तो नहीं हो सकता, क्योंकि मेरा नाम सजेस्ट किया गया था। मनोज ने मेरा नाम सजेस्ट किया होगा। अनुराग कश्यप जो इस वक्त काफी सेलिब्रेटेड फ़िल्ममेकर हैं, वह उस वक्त असिस्टेंट थे रामू के, उन्होंने भी मेरा काम देखा हुआ था तो शायद मेरा नाम सजेस्ट किया होगा, जिस कारण मेरी एंट्री हुई। मैं आपको बताऊँ कि जब हम लोग बात करते हैं तो सजेस्ट आप करते ही हैं। और रामू को नए चेहरे चाहिए थे। मैं समझता हूँ, कहीं-न-कहीं हम सभी ने एक दूसरे को सजेस्ट किया था।

मयंक शेखर : क्या यह कहना गलत या सही होगा कि जब 'बैंडिट क्वीन' आई, उसके बाद रामगोपाल वर्मा स्वयं अपनी 'बैंडिट क्वीन' बनाना चाहते थे?

सौरभ शुक्ला : मेरे खयाल से नहीं। रामू को 'बैंडिट क्वीन' बहुत पसन्द थी लेकिन रामू जब 'सत्या' बना रहे थे तो उन्होंने यह बात कहीं थी कि वह 'बैंडिट क्वीन' का एक्सटेंशन नहीं बनाना चाहते हैं। दूसरी फ़िल्म का एक्सटेंशन बनाना चाहते हैं,

जिसका नाम था 'इस रात की सुबह नहीं', जो कि सुधीर मिश्रा के निर्देशन में बनी थी। उस फ़िल्म से वे काफी प्रेरित थे। वह फ़िल्म बहुत अच्छी बनी लेकिन बहुत छोटे लेवल पर रिलीज हुई इसीलिए बहुत कम लोगों ने देखी। लेकिन रामू ने देखी थी और रामू चाहते थे वैसा।

मयंक शेखर : 'इस रात की सुबह नहीं' के बारे में इंटरव्यू देते हुए आपने कहा था कि अगर इस फ़िल्म में आपको कास्ट नहीं किया गया होता तो आप ज़िन्दगी भर मोटे आदमी का ही रोल निभा रहे होते। ऐसा कहने के पीछे आपका क्या अभिप्राय है?

सौरभ शुक्ला : हमारे यहाँ जिसको टाइप कास्टिंग कहा जाता है, उसमें एक चीज बड़ी आसान होती है कि जो जैसा दिखता है, उसको वैसा ही पेश करो। तो क्या है कि एक मोटा आदमी जिसका चेहरा हँसमुख है और जो कॉमेडी कर सकता है, इस तरह का रोल अच्छा लगता है मेरे ऊपर, लेकिन चूँकि मैं थिएटर करके आया था और कॉम्प्लेक्स रोल किए थे मैंने, तो मुझे लगता था कि यह गलत होगा अगर मैंने इतना काम और इतनी मेहनत अपने ऊपर की है तो मैं सिर्फ एक इमेज बनकर रह जाऊँ।

इस सम्बन्ध में मैं आपको एक छोटी-सी बात बताता हूँ। इब्राहिम अलकाजी साहब को यहाँ सब जानते होंगे। वह भारतीय आधुनिक थिएटर के फादर हैं। एनएसडी की जो शुरुआत की गई है, वह सब इब्राहिम अलकाजी साहब ने की है। वह भारतीय थिएटर में एक लेजेंड हैं। अलकाजी साहब चौदह साल के बाद 1991 में वापस आए दिल्ली। चौदह साल का उन्होंने वनवास रखा था और थिएटर नहीं किया था। मैं बहुत उत्साहित था और उस साल मेरा चयन हुआ था एनएसडी क्लब में जो कि मेरे लिए एक अचीवमेंट था। उसके बाद जब रीडिंग शुरू हुई तो अलकाजी साहब मुझे रोल पढ़ने नहीं देते थे। 'जूलियस सीजर' के सारे रोल पढ़े जा रहे थे और मुझे रोल पढ़ने नहीं दिया जा रहा था। मैं बड़ा परेशान। दो-तीन दिन तक मेरी समझ में नहीं आया कि यह हो क्या रहा है। अगर एक्टर पढ़ेगा नहीं तो उसकी कास्टिंग नहीं होगी। अलकाजी साहब ने मुझे बुलाकर कहा, "देखो सौरभ, मैंने तुम्हें रोल नहीं दिया इसमें।" मैं तो आसमान से जमीन पर गिर गया क्योंकि मेरा तो एक ही सपना था कि अलकाजी साहब जब आएँगे तो मैं उनके अंडर में काम करूँगा। मैंने पूछा, "क्यों सर, मुझे क्यों रोल नहीं दिया आपने?" तो बोले, "क्योंकि तुम मोटे हो। रोमन मोटे नहीं होते।" मैंने कहा, "सर, ऐसा तो है नहीं, रोमन खाते बहुत थे। उसमें भी बहुत सारे मोटे रहे होंगे।" और दूसरी बात यह कि मोटे होने

से क्या फर्क पड़ता है! क्या मोटा आदमी ईर्ष्या नहीं करता? क्या मोटा आदमी प्यार नहीं करता? क्या मोटे आदमी को जलन नहीं होती? मैंने कहा, "ऐसा कौन सा इमोशन है, जो एक मोटा आदमी अपनी ज़िन्दगी में महसूस नहीं करता है?" खैर, यह एक डिफाइनिंग फैक्टर था मेरे अपने लिए भी। मुझे यह समझ में आ गया था कि अगर मुझे कुछ करना है, तो चाहे मेरा शरीर कैसा भी हो, लेकिन इमोशन तो वही सारे होंगे जो सबकी ज़िन्दगी में होते हैं।

तो मुम्बई में जब मैं आया, यह मेरे लिए बहुत बड़ी फाइट थी। यहाँ मुझे आते ही काम ऑफर होना शुरू हो गया था कि एक मोटा आदमी आया है, इसको ले लो, स्क्रीन भी भर जाएगी, लेकिन मैं इसको काफी अनदेखा कर रहा था। यकीन मानिए, एक नए शहर में जब आप संघर्ष कर रहे हों और आया हुआ काम मना कर दें तो बहुत डर लगता है, क्योंकि आपको लगता है कि इस ना से बहुत सारे लोग नाराज हो जाएँगे। लेकिन मैं फिर भी ना कर रहा था। इत्तेफाक से उस वक्त सुधीर मिश्रा, जो मेरे शुरू से ही बहुत अच्छे दोस्त हो गए थे, उन्होंने 'बैंडिट क्वीन' देखी थी, उन्होंने मुझे कास्ट किया 'इस रात की सुबह नहीं' में—एक ऐसे आदमी के किरदार के लिए, जो एक शूटर है। उसकी पत्नी का जिस रात खून हुआ है, उस रात को वह निकला है। लोगों को मारने के लिए।

यह एक बहुत ही डार्क कैरेक्टर था। जब मुझे इस रोल के लिए नोमिनेट किया गया, तो उस रोल ने मेरे प्रति लोगों का नजरिया ही बदल दिया। उसके बाद आज तक कभी भी लोगों ने मुझे टाइप्ड रोल के लिए कास्ट नहीं किया। बहुत कॉम्प्लेक्स रोल आए, बहुत अलग तरह के रोल आए, तो मुझे करने का मौका मिला। इसके लिए मैं उस फ़िल्म का बहुत शुक्रगुजार हूँ जिसकी वजह से वह नजरिया बदला।

मयंक शेखर : आप और अनुराग कश्यप ने 'सत्या' लिखी और आपने उसमें एक्ट भी किया है, आप लेखक कब बने?

सौरभ शुक्ला : मैं शुरू से ही लिखता रहा हूँ। जब मैं छठी में पढ़ता था तब से ही। क्योंकि लिखना ही एक ऐसी कला है जिसमें पूँजी की जरूरत नहीं होती। अगर आपके पास कोई आइडिया है तो आप लिख सकते हैं। जैसे एक फ़िल्ममेकर के साथ प्रोब्लम यह है कि अगर वह किसी फ़िल्म के बारे में सोचता है तो उसे फ़िल्म बनानी पड़ेगी। उसकी रचनात्मकता का जो साधन है, वह फ़िल्म बनाकर ही होगा। फ़िल्म बनाने के लिए उसे कैमरा चाहिए, कैमरामैन चाहिए, टेक्नीशियन चाहिए, स्टूडियो चाहिए, लेकिन लेखक जो होता है, वह एक कलम से सबकुछ रच सकता है।

तो लिखना मैं बचपन से करता था। थिएटर के दिनों में मैं प्ले लिखता था। मेरा एक प्ले 'नेशनल थिएटर फेस्टिवल' के लिए भी सलेक्ट हुआ था।

मैं जब मुम्बई आया तो सुधीर से मेरी मुलाकात हुई थी। पता नहीं, सुधीर को कैसे यह मालूम हो गया था कि मैं लिखता हूँ, तो वह चाहता था कि मैं उसके लिए फ़िल्म लिखूँ। और मैं उसके लिए लिख रहा था। मैंने एक सत्तर-बहत्तर एपिसोड की सीरीज लिखी जिसे अनुराग कश्यप ने देखा था। जब मुझे रामगोपाल वर्मा ने बुलाया था, उससे एक साल पहले से वह और अनुराग उस स्क्रिप्ट पर काम कर रहे थे। एक साल बाद जब वह फ़िल्म बनाने जा रहे थे तो उन्होंने कहा कि उन्हें फ़िल्म में एक दूसरा नजरिया चाहिए, जो कोई और लिखे। तो आई थिंक, अनुराग ने मेरा नाम सजेस्ट किया।

एक बात आपको बता दूँ कि मैं लिखने से भागता बहुत हूँ। जैसे ही अनुराग का मेरे पास फोन आया, मैं समझ गया कि मुझे लिखने के लिए बुलाया जा रहा है। मैंने पहली बात उससे यह कही कि देखो यार, एक्टिंग करनी है तो बताओ, लेकिन मैं लिखूँगा नहीं। अनुराग ने कहा, कोई बात नहीं, आप आकर मिल तो लीजिए। मैंने कहा, ठीक है, और मैं मिलने चला गया।

जब मैं रामगोपाल वर्मा से मिला, उन्होंने बैठाया और पहली बात जो उन्होंने कही, वह यह कि मैं चाहता हूँ कि तुम इस फ़िल्म में एक्ट करो, और आपका किरदार कल्लू मामा है। उसके बाद उन्होंने मुझे स्क्रिप्ट सुनाई। पूरी कहानी सुनने के बाद मैं फँस गया। मैंने सोचा, अगर लिखने से मना करता हूँ तो यह रोल भी चला जाएगा। मैंने कहा—चलो, लिख ही लेते हैं। और फिर मैंने और अनुराग ने वह स्क्रिप्ट लिखी।

मयंक शेखर : हाल ही में मैंने एक फ़िल्म वर्कशॉप के पार्ट के रूप में 'सत्या' को दून स्कूल में दिखाया। बच्चे जब वह फ़िल्म देखकर बाहर निकले तो सभी की जुबान पर कल्लू मामा का नाम था। अब आप बताइए, इस किरदार में ऐसी क्या खासियत है कि 2015 में भी यदि कोई बच्चा यह फ़िल्म देखता है तो उसको कल्लू मामा याद आता है, सत्या या भीखू म्हात्रे नहीं ?

सौरभ शुक्ला : मैं तो यह नहीं कह पाऊँगा कि ऐसा क्या है। वह तो किसी भी वजह से हो सकता है। लेकिन उस फ़िल्म को लेकर एक चीज का मुझे काफी प्राउड है। जब एक एक्टर लिखता है तो सबसे पहले ही उस पर यह लांछन लग सकता है कि यार, अपना रोल तो खुद ही लिख लिया इसने! यह मुझे मेरे परिवार ने एक चीज बचपन में ही मुझे दे दी कि कभी भी नाजायज फायदा उठाने की कोशिश मत

करो यह बेवकूफी वाली आइडियोलॉजी है। जो मिडिल क्लास की आइडियोलॉजी है, वह मेरे माता-पिता के जमाने में भी काफी प्रखर थी, वह मेरे काम आई।

तो अगर आप लोग अगली बार 'सत्या' देखेंगे तो एक चीज ध्यान से देखिएगा कि एक्चुअली में कल्लू मामा का किरदार आधी फ़िल्म के बाद आता है। उस किरदार को लिखने में मुझे बहुत झिझक होती थी। और मैं अपने सीन जो भी लिखता था तो कोशिश करता था कि वे फंशनल टाइप के हों। बस, आएँ और निकल जाएँ। कोई बहुत ज्यादा उसमें ताम-झाम न हो। अगर आप देखें तो कल्लू मामा बहुत ज्यादा कुछ करता नहीं है। उसका जो डिफाइनिंग मूवमेंट है, वह आइडिया रामू के पास पहले से ही था। जब भीखू म्हात्रे की मौत के बाद सत्या मिलने आता है कल्लू मामा से, तो मूले कहता है कि मार मामा और अगले शॉट में मूले मरा पड़ा है और सत्या बात कर रहा है मामा से। कल्लू मामा मूले को मारता है, न कि सत्या को। यह उस किरदार को परिभाषित करता है। दूसरी बात यह कि मैंने इस किरदार को बहुत ही सिम्पल तरीके से निभाया। कल्लू मामा फादर फिगर टाइप इंसान है जो काम तो अपराध का करता है, लेकिन आदमी भोला है।

मयंक शेखर : आप पले-बढ़े हैं दिल्ली में, और यह एक आइकॉनिक मुम्बई कैरेक्टर है। और यही नहीं, आपने बहुत सारे ऐसे कैरेक्टर प्ले किए हैं जोकि मुम्बई कैरेक्टर हैं। कितना मुश्किल था, कितना आसान था एक नए शहर को स्टडी करना, बहुत कम समय में?

सौरभ शुक्ला : मैं यहाँ पर एक बात कहना चाहूँगा कि यह एक बहुत बड़ा मिथ है कि लोगों को यह लगता है कि मैं अगर किसी शहर में बड़ा हुआ तो उस शहर को मैं ही बहुत अच्छे तरीके से जानता हूँ। यह सच नहीं है। मैं दो-तीन कैरेक्टर्स के बारे में आपको बताना चाहूँगा जिससे मेरा कोई परिचय नहीं है जिसमें कल्लू मामा का एक कैरेक्टर है, 'बर्फी' के इंस्पेक्टर का कैरेक्टर है। मैं बंगाली हूँ। मगर मैं बंगाली बोल नहीं सकता क्योंकि मेरी हिन्दी बहुत साफ है। तीसरा कैरेक्टर है 'जॉली एलएलबी' का जज। मैंने आज तक कोर्ट का दरवाजा नहीं देखा। एक बार कोर्ट गया हूँ मैं, जिसको महाडा कोर्ट कहते हैं। अपने घर का रजिस्ट्रेशन करवाने और दूसरी बार गया था अपनी शादी सर्टिफिकेट बनवाने। इसके अलावा मैंने कोई कोर्ट नहीं देखी आज तक।

और 'जॉली एलएलबी' के बारे में मुझे आज तक अपनी ज़िन्दगी का सबसे अच्छा जो कॉम्प्लीमेंट मिला, वह यह कि सौरभ ने इस किरदार को ऐसे निभाया है, जैसे वह 15 साल से उस कुर्सी के पीछे बैठा हो! जगह और उसका अंदाज ज्यादा

महत्त्वपूर्ण नहीं है। उस किरदार की सच्चाई क्या है, वह ज्यादा महत्त्वपूर्ण है।

तो 'सत्या' में भी हम किसी गैंगस्टर से कभी नहीं मिले। मनोज मेरे सामने कभी नहीं मिला। फिर कैसे हुआ? भाषा के तौर पर ऐसे हुआ कि 'सत्या' जो लिखी गई थी, वह बहुत ज्यादा इम्प्रोवाइज हुई। उसमें बहुत सारे मुम्बई के एक्टर्स थे जो हमारी हेल्प करते थे। हम लोग लाइन के पीछे लट्ठ लेकर नहीं पड़ जाते थे कि मैंने तो यही लाइन लिखी है तो यही बोलूँगा, ऐसा बिल्कुल भी नहीं था। लाइन एक गाइडलाइन थी। आप उसे कैसे कहते हैं, किन शब्दों में कहते हैं, यह आप पर निर्भर करता है। जैसे 'घोड़ा' शब्द इस्तेमाल हुआ था उस फ़िल्म में। अब यह आया कहाँ से? ये सारे शब्द फ़िल्म के दौरान इम्प्रोवाइज हुए थे जो उस दौरान आए। और जहाँ तक उन कैरेक्टर्स की साइकी समझने की बात है, इसके लिए लोगों ने मेरी हेल्प की।

मैं एक बात बताना चाहूँगा कि कल्लू मामा और जॉली एलएलबी का जज इतने फेमस कैसे हुए, मुझे नहीं समझ में आया। मुझे लोगों से पता चला कि यह तो बड़ी कमाल की परफॉर्मेंस है। मुझे लगता था कि यह तो टेबल के पीछे बैठकर निभाए जाने वाले कैरेक्टर हैं जो लोगों से बात करता है, उन्हें डाँट देता है। वह क्या बात है, क्या वजह है? फिर एक बार हमने बैठकर सोचा, जाने-अनजाने में यह बात हुई। एक कमाल की बात है 'जॉली एलएलबी' के जज में। वह कैरेक्टर आपको हमेशा कोर्ट में दिखाई पड़ता है। यह एक काफी ड्राइएस्ट कैरेक्टर है क्योंकि उसकी कोई लाइफ नहीं है। उसकी पर्सनल ज़िन्दगी है ही नहीं। और जब तक जातिय ज़िन्दगी नहीं होती तब तक कैरेक्टर ह्यूमन नहीं होता। तो जज त्रिपाठी इतना ह्यूमन कैसे हुआ? उसका एक कारण है कि ड्राइएस्ट पॉसिबल कैरेक्टर में भी आप उसका घर देख सकते हैं। आप उसकी फैमिली देख सकते हैं। आप जान सकते हैं कि उस आदमी का मेंटल स्टेट क्या है। और यह कैसे हुआ? जब हम लोगों ने शुरुआत की थी इस कैरेक्टर की तो मैंने कहा—यार, देखो कि त्रिपाठी है तो जज, लेकिन है तो हिन्दुस्तान का जज न और वह भी लोअर कोर्ट का। कितने पैसे मिलते होंगे इसको यार? यह तो है नहीं कि इसके पास मर्सडीज गाड़ी होगी। ऐसा इसको बँगला भी नहीं मिला होगा जहाँ पर इसके पास चार कुत्ते होंगे। तो कहाँ रहता होगा? वह शायद दिल्ली में जमुना पार के इलाके में, जहाँ जमीन सस्ती है, वहाँ रहता होगा। कोर्ट पहुँचने के लिए सुबह आठ-साढ़े आठ बजे निकलता होगा। रास्ते में आईटीओ का ब्रिज पड़ता है जो कि हमेशा जैम पैक्ड रहता है उस वक्त। वहाँ पर लोग आगे-पीछे गाड़ी चलाते होंगे। किसी को कोई मतलब ही नहीं कि गाड़ी में जज बैठा है। कोई गाली भी देकर जाता होगा। यह चिढ़ता भी होगा। चिढ़ कर फाइनली यह पहुँचता है। दिल्ली गरम जगह है। गर्मियों में गर्मी भी पड़ती है। कोई बिजली का

तार टूटा हुआ है, कभी पंखा नहीं है, कभी बिजली चली जाती है। ये सारी चीजें उसको इरीटेट कर रही हैं। उसके पास कम-से-कम 27 केस हैं जो एक दिन के अन्दर उसे हियरिंग करनी हैं। तो एक आदमी क्या चाहता होगा? वह चाहता होगा कि मैं जब कोर्ट में बैठकर शुरुआत करूँ तो एक चाय का कप मुझे मिल जाए। चाय पीऊँ और चाय पीने के बाद मैं शुरुआत अच्छी करूँ, बाकी देखी जाएगी। दो केस के बाद मैं फिर चिड़चिड़ा हो जाऊँगा। लेकिन प्रॉब्लम उसका यह है कि उसका एक असिस्टेंट है जो थोड़ा ज्यादा चालाक है। उसको यह मालूम है कि जज साहब को नौ बजे चाय चाहिए होती है, तो वह पौने नौ बजे चाय बनाकर पहले से थर्मस में रख लेता है। अब थर्मस में है छेद, जिस कारण चाय ठंडी हो जाती है। इसलिए उसकी पहली लाइन होती है कि अरे, यार सुबह-सुबह कम-से-कम ढंग से चाय तो पिला दिया करो। और यही चीज उसे ह्यूमन बना देती है।

मयंक शेखर : जो मैंने सुना है आपके बारे में कि जिस मूड से आप शूटिंग पर आते थे, जैसी आपकी दिनचर्या होती थी, या इरीटेटेड होते थे या खुश होते थे, उस दिन वही परफॉर्मेंस आप देते थे। क्या यह सच है?

सौरभ शुक्ला : हाँ यह सच है। एक एक्टर के रूप में हम हमेशा कैरेक्टर का बेस पकड़ते हैं और यह जानने की कोशिश करते हैं कि वह कैरेक्टर क्या सोच रहा होगा, क्या महसूस कर रहा होगा? जज त्रिपाठी में मैंने भी एक्सपेरिमेंट किया था। मेरा दस दिन का शूट था। और जब सुबह मैं घर से निकलता था तो मैंने यह डिसाइड किया कि जो सुबह-सुबह मेरे साथ होगा, मैं उसी मूड के साथ अपना किरदार निभाऊँगा। अगर रात को कहीं मैं डिनर पार्टी पर गया और सुबह मेरा पेट खराब हो गया और एसिडिटी हो गई तो मैं उस मूड को लेकर ही रोल प्ले करता था। इसका मतलब यह हुआ कि सुबह-सुबह हमारा मूड जैसा होता है, हमारा पूरा दिन भी वैसा ही गुजरता है। यह मेरे लिए एक बहुत ही अच्छा अवसर था कि उस इमोशन को महसूस करूँ और उसे अपने किरदार में लेकर आऊँ।

मयंक शेखर : यह एक नेशनल अवॉर्ड विनिंग परफॉर्मेंस था। लेकिन जो दूसरा कैरेक्टर आपने मेंसन किया है 'बर्फी' में इंस्पेक्टर दत्ता का, वह फ़िल्म कॉमर्शियली बहुत सफल भी रही। लेकिन मैंने आपके एक इंटरव्यू में पढ़ा जिसमें आपने कहा कि 'बर्फी' उसी तरह शूट हुई, जैसे 'बैंडिट क्वीन' शूट हुई। इससे आपका क्या मतलब है?

सौरभ शुक्ला : 'बर्फी' का प्रोसेस समझने के लिए हमें, 'बैंडिट क्वीन' का प्रोसेस समझना पड़ेगा। एक फ़िल्म का जो प्रोसेस होता है, वह यह है कि आपके पास

स्क्रिप्ट होती है, कैरेक्टर पहले से निर्धारित होते हैं, आपके संवाद लिखे हुए होते हैं और आपके रिहर्सल नॉर्मली हो चुके होते हैं। और तब आप इम्प्रोवाइज करते हैं। 'बैंडिट क्वीन' में शेखर ने किसी को स्क्रिप्ट नहीं दी। सिर्फ सीमा बिश्वास को छोड़कर किसी के पास भी 'बैंडिट क्वीन' की स्क्रिप्ट नहीं थी। कैरेक्टर्स उन्होंने बता दिया। जैसे मुझे बताया कि तुम फूलन के कजिन हो, लेकिन दिल ही दिल में तुम फूलन को चाहते हो। अब होता क्या था कि सीन जब शूट करने जाते थे तो बहुत बार वे हमें सीन नहीं बताते थे। मान लीजिए, कोई बातचीत शूट करनी है और उसका महत्त्वपूर्ण सीन है कि विक्रम मल्लाह के बारे में बात करनी है। तो शेखर यह कहता था—तुम वहाँ से आ रहे हो सौरभ, सीमा तुम्हारे साथ है। तुम बताओ, क्या करोगे? तो थोड़ा-बहुत जो भी मैं विक्रम मल्लाह के बारे में जानता था, वही बात करता था और सीमा उस पर प्रतिक्रिया देती थी। तो शेखर कहता था कि अच्छा यार, इसको रोक देते हैं। रिहर्सल नहीं करते हैं, इसको शूट करते हैं। तो यह बहुत रैन्डम और स्वाभाविक होता था कि आप बात कर रहे हो, उसमें फम्बल भी होता था, अटक भी जाते थे। तो यह जो प्रोसेस उस फ़िल्म में फॉलो हुआ, उसी के कारण उसमें छोटे-से-छोटा कैरेक्टर भी काफी उभरकर आया।

और 'बर्फी' में भी यही चीज हुई। अनुराग बासु के दिमाग में फ़िल्म की स्क्रिप्ट थी। और जब वह सुनाता था तो वह जानबूझकर इतनी टेढ़ी सुनाता था कि कहानी आप थोड़ी देर में भूल जाते थे कि है क्या। यह समझ में आ गया कि कैरेक्टर क्या है। मैं, रणवीर, प्रियंका, इलियाना—हम चारों ने अलग-अलग इंटरव्यू में यह बात बोली है कि हमें नहीं पता कि स्क्रिप्ट क्या थी। तो जब असिस्टेंट हमें आकर बोलता था कि सर, यह आपका सीन वहाँ से शुरू हो रहा है, जब आपने पिछली बार उसको वहाँ पकड़ा था तो वहाँ से निकलकर...तो मैं उससे बोलता था कि यार, ये सब मत बताओ, यह बताओ कि अभी वह क्या कर रहा है—हँस रहा है, नाराज है, क्या है सीन? बस, इतना बताओ और बाकी जो सीन में लिखा हुआ आया है हमारे सामने, हम वह परफॉर्म करेंगे। बाकी सारी चीजें हमने अनुराग पर छोड़ दीं कि कहानी तुम्हारी जिम्मेदारी है और एक्टिंग हमारी जिम्मेदारी है। और इस प्रकार वो फ़िल्म बनी। तो एक्चुअली जब ऑडियंस ने फ़िल्म देखी, एक्टर्स ने भी उसी वक्त फ़िल्म देखी।

मयंक शेखर : जब आपके आइकॉनिक परफॉर्मेंस की हम बात करते हैं तो मैं कल्लू मामा की बात करूँगा। इतना अच्छा परफॉर्मेंस देने के बाद भी छह-सात साल तक आपको कोई रोल ही नहीं मिला उसके बाद। इसके पीछे क्या कारण था?

सौरभ शुक्ला : 'सत्या' के बाद मुझे एक सज्जन मिले थे जो बेचारे अब रहे नहीं। वह मेरे सेक्रेटरी होने वाले थे। मेरा अब कोई सेक्रेटरी नहीं है, ड्राइवर नहीं है, मैं सारे काम खुद ही करता हूँ। उस समय मेरे जो सेक्रेटरी थे, उन्होंने कहा कि मैं साल में आपसे 900 दिन काम कराऊँगा, तो मैं थोड़ा हैरान हो गया। मैंने कहा—यार, साल में तो 365 दिन होते हैं, तुम 900 दिन काम कैसे करवाओगे? तो उसने बोला कि नहीं, दिन में आप 12 घंटे काम करेंगे और आपकी शिफ्ट होगी 4 घंटे की। तो मेरी समझ में आया कि यह आदमी मुझसे एक दिन के अन्दर तीन फ़िल्में करवाने वाला है, जोकि मेरे लिए बहुत मुश्किल था क्योंकि जो फ़िल्म मैं करूँगा, वह मैं ही तय करूँगा, कोई और तय नहीं करेगा। मेरी पत्नी ने भी कहा कि ऐसा करने की भी मत सोचना। हर बार आपके पास कल्लू मामा जैसा कैरेक्टर नहीं आता है। और ऐसा कभी नहीं हुआ मेरे साथ कि किसी ने बोला हो कि तुम बुरे एक्टर हो। सभी बोलते थे कि अच्छा एक्टर है लेकिन जब रोल लेकर आते थे तो बोलते थे कि सर, केमियो रोल है, एक सीन का रोल है। तो शुरू-शुरू में मैं करता था, फिर मुझे रियलाइज हुआ कि भाई, जो ये एक-एक, दो-दो दिन के रोल होते हैं, उनका प्रॉब्लम क्या होता है कि वे डायरेक्टर की नजर में तो बहुत अच्छे हैं लेकिन एक्टर को न उनमें पैसे मिलते हैं और न सन्तुष्टि मिलती है, तो मैं काफी उदास हो गया था। और मुझे यह लगता था कि यार, यह मेरे को ही लगता है कि मैं अच्छा एक्टर हूँ या किसी और को भी लगता है? क्योंकि कोई भी मुझे गम्भीर किरदार वाला रोल ऑफर नहीं कर रहा था। दुर्भाग्यवश सुधीर मिश्रा भी उस वक्त ज्यादा फ़िल्में नहीं बना रहे थे, क्योंकि सुधीर की फ़िल्मों में हमेशा मुझे बड़ा रोल मिलता था। तो छह साल का एक ऐसा वफा गया जब मैं रोज मेरे घर के ठीक ऊपर मेरा ऑफिस है, वहाँ चला जाता था और रोज सुबह कहता था कि नहीं, आज कुछ होगा। रोज शाम को नीचे अपने घर में यह सोचते हुए जाता था कि आज तो कुछ नहीं हुआ। उस वक्त राइटिंग के बल पर भी मैंने सर्वाइव किया। और लगभग चार-पाँच साल बाद मैंने निश्चय किया कि अब कोई जरूरत नहीं है एक्टिंग करने की। छोड़ो यार, बेकार है। कोई एक-दो सीन से ज्यादा रोल दे नहीं रहा है।

और उसी वक्त मुझे अनुराग बासु का फोन आया। उसने बोला कि सर, मैं एक फ़िल्म बना रहा हूँ 'बर्फी', आपके लिए एक रोल है और इसमें रणवीर और प्रियंका हैं। तो मैंने कहा—यार, यह तो बड़े स्टार की फ़िल्म है, फिर बोलेंगे कि एक सीन का रोल है, अच्छा सा केमियो है, कर लीजिए। मैंने अनुराग से फोन पर कहा—सुनो यार, कुछ करने को हो तो बुलाना, नहीं तो मत बुलाना। अनुराग बोला कि सर, अगर कुछ करने को नहीं होता तो मैं आपको क्यों बुलाता? और अनुराग ने अपना

वादा पूरा किया। उसने मुझे एक ऐसा रोल दिया जो उस फ़िल्म के मुख्य किरदार से किसी भी रूप में कम नहीं था।

रणवीर से मेरी मुलाकात हुई इस फ़िल्म के दौरान। वह एक बहुत ही होनहार लड़का है, इसलिए नहीं कि वह एक स्टार है। वह बहुत ही प्रतिभावान है, बहुत पढ़ा-लिखा लड़का है। तो मुझे उससे बात करने में बड़ा मजा आता था। 'बर्फी' के दौरान अगर नौ बजे की शिफ्ट होती थी तो मैं सात बजे सेट पर पहुँच जाता था। चलो, नाश्ता करेंगे, बात करेंगे और जब हमारा सीन आएगा नौ-साढ़े नौ बजे, तो करेंगे। उस रोल से मेरी वापसी भी हुई।

मयंक शेखर : एक तरफ आपकी बड़ी फ़िल्में हैं, जिस पर हम बात कर चुके हैं। 'पीके' भी उनमें से एक है। दूसरी तरफ वे फ़िल्में जिन्हें आपने और आपके दोस्तों ने डायरेक्ट की हैं, जो कि लो बजट फ़िल्में हैं, ब्लॉक बस्टर नहीं हैं। एक एक्टर के रूप में जब आप अप्रोच करते हैं कैरेक्टर की तरफ तो किस प्रकार से आप ट्रीट क़रते हैं ? यह फ़िल्म बड़ी है और यह फ़िल्म छोटी है, तो क्या इसका प्रभाव आपकी एक्टिंग स्किल पर भी पड़ता है ?

सौरभ शुक्ला : निःसंदेह हर आदमी सारी चीजें देखता है। आप पैसा भी देखते हैं, आप उसका फायदा भी देखते हैं। अच्छा, ठीक है, अगर यह फ़िल्म में मेरा रोल बड़ा नहीं है लेकिन यह एक ऐसा प्लेटफॉर्म है जो मेरे लिए काफी बड़ा साबित हो सकता है। इस तरह की कैल्कुलेशन होती है। लेकिन लार्जली आपका मन जब खुश होता है, वह तभी होता है जब आपको किरदार पसन्द आता है। बहुत कम मेरे साथ ऐसा हुआ, कि मैंने ज्यादा पैसों के लिए फ़िल्में की हों। बड़े प्लेटफॉर्म की फ़िल्में, जैसे 'पीके' मुझे मिली तो उसमें किरदार ज्यादा एक्साइटिंग था मेरे लिए। मैं सही तौर पर यह तो नहीं बता पाऊँगा कि किस फ़िल्म में मैंने क्या कैल्कुलेशन किया। बड़ी फ़िल्में और छोटी फ़िल्मों का पता मुझे तब चला जब लोगों ने कहा कि यह आपका चेक है, बाकी आइडिया वाइज मेरे लिए फ़िल्म बड़ी या छोटी नहीं होती। किरदार बड़े या छोटे होते हैं।

मयंक शेखर : जब आप परफॉर्मेंस अप्रोच करते हैं, जब सेट 10 टाइम्स साइज का होता है। सबकुछ 10 टाइम्स साइज का होता है, तो क्या किरदार की तरफ आपका अप्रोच एकदम वैसा ही रहता है ?

सौरभ शुक्ला : अगर आप मेरी सौ फ़िल्मों में देखेंगे तो शायद सिर्फ 10 फ़िल्मों में ही बड़े सेट मिलेंगे, बाकी 90 फ़िल्मों में छोटे सेट ही होंगे। यह फर्क जो आप

कह रहे हैं, यह एक्चुअली सेट से नहीं पड़ना चाहिए। लेकिन फर्क पड़ता है और वह क्यों पड़ता है क्योंकि जैसे थिएटर में जब आप इंटिमेट थिएटर करते हैं, जिसमें लोग काफी करीब बैठे होते हैं, इसी तरीके से फ़िल्मों में भी होता है। जब बहुत बड़ा सेट होता है तो डायरेक्टर भी चाहता है कि वे सारी चीजें दिखें। तो क्या होता है कि आप उसमें छोटा-सा पार्ट हो जाते हैं। अन्यथा जब चीजें छोटे लेवल पर होती हैं तो ज्यादा इंटीमेट हो जाती हैं। सो आई थिंक, वहाँ एक्टर का परफॉर्मेंस का फर्क पड़ जाता है। मुझे नहीं लगता कि मेरा कभी अप्रोच चेंज हुआ।

मयंक शेखर : एक तरफ होता है बॉलिवुड में बड़े बजट की फ़िल्म, दूसरी तरफ छोटे बजट की फ़िल्म और तीसरी तरफ एक फ़िल्म होती है जहाँ पर विनय पाठक होते हैं, रणवीर शौरी होते हैं, सौरभ शुक्ला होते हैं। कभी सौरभ शुक्ला डायरेक्टर हो सकते हैं उस फ़िल्म के या डायरेक्टर रजत कपूर होते हैं। यह आपकी थिएटर कम्पनी की तरह चलती है। इतनी सारी फ़िल्में आपने बनाई हैं एक-दूसरे के साथ मिलकर, ये सब कैसे हुआ ? मुझे लगता है, कम-से-कम दस-पन्द्रह फ़िल्में आप लोगों ने बनाई होंगी—एक एक्टर या डायरेक्टर के रूप में। मुझे जानना है कि यह कम्पनी कैसे बनी ? इसकी कहानी क्या है ?

सौरभ शुक्ला : कल मेरी फ़िल्म दिखाई जा रही है यहाँ पर 'पप्पू कान्ट डांस साला', तो जिसको हमारी गैंग से परिचित होना है, वे सारे-के-सारे हैं उसके अन्दर। आपको रजत कपूर भी मिलेगा, विनय पाठक भी मिलेगा, नेहा धूपिया भी मिल जाएँगी, सब लोग वही हैं। हम लोगों ने करीब 12 फ़िल्में एक साथ की हैं। एक फ़िल्म बनाने में बड़ी मुश्किल होती है। हम लोगों ने 12 फ़िल्में बना लीं एक-दूसरे की मदद करके। वह ऐसे हुआ जो मुझे लगता है कि हमें एक-दूसरे का काम बहुत पसन्द था और हम फ़िल्म बनाना चाहते थे। हम लोग एक-दूसरे को कहानी सुनाते थे और जब एक्टिंग की बात आई, जब मैंने पहली अपनी फ़िल्म बनाई थी जोकि एक टेलीविजन फ़िल्म थी, तो रजत ने उस फ़िल्म में एक्टिंग की, और रजत अभी फ़िल्म बनाने जा रहा था तो मैंने वह फ़िल्म लिखी और एक्टिंग भी की। यह बहुत जरूरी है कि आपके पास एक टीम हो, जो एक-दूसरे के प्रति समर्पित हो।

आर. बालकी

असल नाम आर. बालाकृष्णनन। फ़िल्म निर्देशक, निर्माता, पटकथा लेखक तथा विज्ञापन एजेंसी लोई लिन्टांस के भूतपूर्व समूह चेयरमेन। 23 साल की उम्र में मुद्रा नाम की एजेंसी के साथ विज्ञापन की दुनिया में क़दम। चर्चित फ़िल्में—'चीनी कम', 'पा', 'इंग्लिश विंग्लिश'।

बातचीत

आर. बालकी | मयंक शेखर

मयंक शेखर : आप हमेशा से फ़िल्मकार ही बनना चाहते थे। कॉलेज के बाद आपने फ़िल्म स्कूल में भी दाखिला लिया। फिर ऐसा क्या हुआ कि वह व्यक्ति जो हमेशा से फ़िल्म ही बनाना चाहता था, उसकी पहली फ़िल्म को रिलीज़ होने में इतना समय लगा? साल 2007 में जब आपकी पहली फ़िल्म रिलीज़ हुई तब आपकी उम्र क्या थी?

आर बालकी : मैं तब 42 का था।

मयंक शेखर : पहली फ़िल्म 42 की उम्र में, लेकिन वह भी तब जब आप शुरुआत से ही फ़िल्ममेकर बनना चाहते थे। बीच में ऐसा क्या हुआ?

आर. बालकी : अपनी पहली फ़िल्म बनाने से पहले मैंने लगभग 2000 फ़िल्मों में काम किया है। दरअसल, जब मैं फ़िल्म स्कूल गया तो मुझे मज़ा नहीं आया। वहाँ जिन लोगों ने मेरा इंटरव्यू लिया, वे मुझे अच्छे नहीं लगे। मैंने सोचा, 'यार, फ़िल्मों को लेकर मेरे मन में रोमांटिक आइडिया है और ये लोग मुझसे एकैडमिक सवाल पूछ रहे हैं, ऐसे में तो मेरा सारा प्यार ही मर जाएगा!'

मयंक शेखर : वह क्या था जो इंटरव्यू पैनल ने आपसे पूछा और जिससे आपकी सोच बिलकुल बदल गई?

आर. बालकी : उन्होंने कुछ ऐसा पूछा था कि 'आपको क्यों लगता है कि इस फ़िल्म को ब्लैक एंड वाइट में ही फ़िल्माना चाहिए?' मैंने कहा, 'मुझे ब्लैक एंड वाइट पसन्द है इसलिए।' और फिर वही बिना मतलब के सवाल और बातें, 'आप जो देखते हैं, वह आपके मन के भावों का उतार-चढ़ाव होता है।' उन्होंने कहा, 'हमें पता नहीं, ऐसे में तुम सिनेमा की पढ़ाई कैसे करोगे, क्योंकि यहाँ तो ज्यादातर चीजें आपके भीतर चलती हैं और फिर आप चीजों को उस नज़र से देखना-परखना शुरू करते हैं।' तो जो उत्साह था, वह ख़त्म हो गया।

उसके बाद मैं विज्ञापन की दुनिया में चला गया। मुझे वह पसन्द भी आया। क्लाइंट ढेर सारे पैसे लेकर आपके पास आता है और कहता है, 'मुझे कोई आइडिया दे दो'। मेरे लिए यह कहने का अच्छा मौका था कि 'देखो, मेरे लिए कितना अच्छा मौका है अपनी फ़िल्म बनाने का!' मुझे बस एक आइडिया ढूँढ़ना है और एक प्रॉब्लम, जो आइडिया से मैच करता हो। बस, मेरा काम हो गया! मुझे यह सब अच्छा लगने लगा। मैंने फ़ीचर फ़िल्म बनाई और बाद में रमेश सिप्पी जी से मिला और उनसे कहा कि 'आपकी वजह से मैं आज फ़िल्मों की दुनिया में हूँ।'

मयंक शेखर : मतलब थियेटर में बड़े पर्दे पर हीरो को देखकर आप ख़ुश हो गए और आपको फ़िल्म बनाने का ख़याल आया। जैसा ज्यादातर लड़के-लड़कियों के साथ होता है, आपके साथ भी कुछ ऐसा ही था... ?

आर. बालकी : नहीं, ऐसी बात नहीं थी। मैं कहानी कहने की कला से सचमुच बहुत प्रभावित होता हूँ। हाँ, यह भी सच है कि मुझे फ़िल्मों में स्टार हीरो बहुत पसन्द हैं, पर ऐसा भी नहीं है कि मैंने अगर उनके साथ काम नहीं किया तो मैं मर जाऊँगा। जैसे मैं अमिताभ बच्चन का बहुत बड़ा फैन हूँ। लेकिन ऐसा नहीं है कि मुझे उनके साथ काम न कर पाने का दुख है।

लेकिन जब मुझे अमिताभ बच्चन के साथ काम करने का मौका मिला तब एक बार फिर सिनेमा की असल ताकत ने मुझे हिलाकर रख दिया। दरअसल, पहले विज्ञापन की दुनिया में किसी स्टार को लेने का चलन बहुत ही कम था, आज के जैसा तो बिलकुल नहीं था। आपको ढूँढ़ने से भी वहाँ कोई सेलिब्रेटी दिखाई नहीं देता था। यहाँ तक कि जब अमिताभ बच्चन ने 'पारकर पेन' का विज्ञापन किया, तब शायद वे पहले स्टार थे जो किसी विज्ञापन में दिखाई दिए थे।

मयंक शेखर : क्या एक ऐड मैन होने के नाते आपको लगता है कि विज्ञापनों में सेलिब्रेटिज़ का इस्तेमाल जरूरी है, क्योंकि लोग उनके फैन हैं जो हर हाल में उस विज्ञापन को देखेंगे ही?

आर. बालकी : काश, ऐसा हो पाता! पर ऐसा है नहीं। आज बहुत सारे सेलिब्रेटिज़ विज्ञापनों में काम कर रहे हैं। वहाँ एक ऐसे आइडिया की जरूरत है जो उन प्रोडक्ट्स के बीच फर्क कर पाए जिनका विज्ञापन कोई सेलिब्रिटी आज, कल या परसों करेगा।

मयंक शेखर : ऐसा क्यों होता है? क्या यह विज्ञापन इंडस्ट्री का आलस है?

आर. बालकी : आलस नहीं, यहाँ बहुत बड़े स्तर पर बिज़नेस होता है। बहुत कुछ

दाँव पर लगा होता है। बहुत सारी चीजें देखनी पड़ती हैं। इज्जत दाँव पर लगी होती है।

मयंक शेखर : विज्ञापन में आप 30 सेकंड या एक मिनट में पूरी कहानी कहते हैं, जो किसी फ़िल्म के एक दृश्य के बराबर भी नहीं होता, लेकिन विज्ञापन पूरी कहानी कह जाता है। ऐसे में जब आप फ़ीचर फ़िल्म बनाते हैं तो वह इससे कैसे अलग है? क्या ऐसा नहीं लगता, जैसे फर्राटे मारते हुए कोई धावक लम्बी रेस में दौड़ रहा हो?

आर. बालकी : मेरा मानना है कि दोनों ही माध्यमों में एक ही चीज़ की सबसे ज्यादा जरूरत होती है। आप एक कहानी बुनते हैं। फ़ीचर फ़िल्म में एक बड़ी कहानी होती है जिसके अन्दर कई छोटी-छोटी कहानियाँ निकल आती हैं, वहीं विज्ञापन में ऐसा नहीं होता। आप एक विज्ञापन फ़िल्म की कहानी को किसी फ़ीचर फ़िल्म की कहानी में बदल सकते हैं। मुख्य कहानी को जारी रखते हुए आप उसमें और बहुत सारी छोटी-छोटी कहानियों को जोड़ सकते हैं। दरअसल, मेरे लिए यह किसी फ़िल्म के बहुत सारे दृश्यों को देखने जैसा है।

मयंक शेखर : क्या कोई ऐसी विज्ञापन फ़िल्म है जिसे आपने बनाई हो या कहीं देखी हो और बाद में आपको लगा कि इसपर फ़ीचर फ़िल्म बनाई जा सकती है?

आर. बालकी : मैं आपको अपना ख़ुद का एक उदाहरण बताता हूँ। जब हम किसी आइडिया पर विचार के स्तर पर काम करते हैं तब ऐसा बहुत बार लगता है कि इसमें कुछ बदल देने का माद्दा है। पहली बार जब जाति को लेकर एक विज्ञापन बना जिसमें व्यक्ति की पहचान उसके मोबाइल नम्बर से थी, किसी नाम से नहीं, किसी जाति से नहीं, किसी धर्म से नहीं। यह अपने-आपमें एक ज़बरदस्त विचार है। हर कोई बस अपने नम्बर से पहचाना जाएगा। मुझे लगता है, इस विज्ञापन पर कोई फ़ीचर फ़िल्म बनाएँ तो वह कमाल की होगी। कम-से-कम जाति की राजनीति को ख़त्म करने में महत्त्वपूर्ण भूमिका निभा सकती है। एक और उदाहरण, शिक्षा को लेकर हमारे यहाँ बहुत बहसें होती हैं। अलग-अलग तरह के शिक्षण संस्थान बनाने की बात होती है, लेकिन ऐसा क्यों नहीं हो सकता कि भिन्न प्रकार के विषयों के लिए एक ही इंस्टीट्यूट हो जहाँ हर किसी को एडमिशन मिले और कोई भी वहाँ पढ़ाई कर सकता हो? हमें अलग तरह के शिक्षण संस्थानों की जरूरत ही क्यों है? एक स्कूल 50-55 गाँव के लोगों को जोड़कर बच्चों को अच्छी शिक्षा दे। ऐसे ही कुछ विचार और खयाल हैं जो मेरे मन में हमेशा आते रहते हैं और मुझे लगता है कि इन पर फ़ीचर फ़िल्म बनाई जा सकती है। विज्ञापन में तो लोग ऐसा करने की सोचते हैं। यह एक बीज की तरह है जिसमें खिलकर पेड़ बनने की ताकत है।

मयंक शेखर : अगर शिक्षा की बात हो रही है, तो क्या आप पसन्द करेंगे माइका (एमआईसीए) के पहले बैच का विद्यार्थी होना या फिर जगह-जगह खुल रहे वैसे इंस्टीट्यूट में पढ़ना जहाँ बच्चों को कम्यूनिकेशन के नाम पर विज्ञापन की दुनिया में घुसने की ट्रेनिंग दी जाती है?

आर. बालकी : जब मैं 'मुद्रा' में था, उस वक़्त 'एमआईसीए' नाम की कोई चीज़ नहीं थी। हम 6 लोग थे जिन्हें एकसाथ, एक ही फ्लैट में रखा गया था। हमें महीने के 1000 रुपये मिलते थे। दरअसल यह एक तरह का शोध था जो 'मुद्रा' हमारे साथ कर रहा था, ताकि उसे यह समझने में मदद मिले कि क्रिएटिव लोगों को भी ट्रेनिंग देने की जरूरत है या नहीं। हमें विडियो लाइब्रेरी की मेम्बरशिप दी गई और 6 महीने में हमने 180 के आसपास फ़िल्में देखीं। यही हमारी ट्रेनिंग थी। मुझे याद नहीं कि इसके अलावा हमारी ट्रेनिंग में और कुछ भी था—बस, इतना था कि हमारा उत्साह बढ़ाने और दिमाग को और खोलने के लिए वे हमसे बहुत सारी बातें करते थे। इस ट्रेनिंग ने मेरी बहुत मदद की। मैंने संचार माध्यम में सम्प्रेषण की बहुत सारी टेक्निक्स वहीं से सीखीं। इसके बाद 'मुद्रा' को महसूस हुआ कि वह ख़ुद एक इंस्टीट्यूट बन सकता है। उसके करीब 7 या 8 साल बाद 'एमआईसीए' की स्थापना हुई।

मयंक शेखर : आपको लगता है कि ट्रेनिंग देकर लोगों को क्रिएटिविटी बनाया जा सकता है?

आर. बालकी : मेरे खयाल से ट्रेनिंग के द्वारा उनकी क्रिएटिविटी को और बढ़ाया जा सकता है। यह ऐसा है जहाँ क्रिएटिविटी को सँभालकर रखा जाता है, उस पर अपने विचार नहीं थोपे जाते, न ही उसे बदलने की कोशिश की जाती है। क्रिएटिव ट्रेनिंग दरअसल व्यक्ति के भीतर की प्रतिभा को बचाए रखने और निखारने के लिए होती है, उसे तराशकर ज्यादा से ज्यादा बाहर निकालने के लिए होती है, ताकि उसका सही इस्तेमाल हो सके। मेरी नज़र में तो क्रिएटिव ट्रेनिंग यही है। हाँ, ट्रेनिंग की अपनी विधाएँ होती हैं जिसे कैसे भी सिखाया जा सकता है, लेकिन उसके मूल में तो यही है।

मयंक शेखर : आप दो तरह के काम कर रहे हैं। एक तरफ़ आप भारत के सबसे बड़े विज्ञापन एजेंसियों में से एक के चेयरमैन हैं, वहीं दूसरी तरफ़ आप लेखक-निर्देशक हैं। देखा जाए तो लेखक होना नॉन-टेक्निकल जॉब है, जो यूँ ही कहीं फीट नहीं बैठता। एक नौकरी है जहाँ सुबह से शाम तक आपको अलग-अलग तरह के क्लाइंट से मिलना होता है, वहीं दूसरी तरफ, बैठकर फ़िल्म की कहानी लिखना,

जो दो घंटे की लम्बी कहानी भी हो सकती है। क्या आपको इन दोनों में कोई विरोधाभास दिखता है?

आर. बालकी : पिछले डेढ़-दो साल से मैं सिर्फ़ विज्ञापन बना रहा हूँ। यह जानकर आपको आश्चर्य होगा कि जब क्लाइंट हमारे पास आते हैं, वे आइडिया के स्तर पर बहुत साफ़ और सुलझे हुए होते हैं। कभी-कभी तो प्रोडक्ट को लेकर उनके आइडियाज़ हमसे भी ज्यादा रचनात्मक होते हैं। वे बहुत तैयारी के साथ हमारे पास आते हैं। उन्हें नए ट्रेंड्स, नए आइडियाज़ के बारे में सबकुछ पता होता है। उन्हें हर चीज़ की जानकारी होती है और उनमें कुछ अलग करने का दम भी दिखता है।

विज्ञापन की दुनिया में आप खुले, आज़ाद वातावरण में काम करते हैं। फर्क इतना है कि वहाँ हमेशा आपके पास एक समस्या होती है, जिसका आपको हल ढूँढ़ना है। यहाँ कोई इसका समाधान नहीं बताता। यह एक तरह का पज्जल खेलने जैसा है।

मयंक शेखर : हॉल में बैठकर फ़िल्म देखने और घर में बैठकर विज्ञापन देखने में बहुत अंतर होता है। क्या इस खेल का दायरा तब बढ़ जाता है जब सामने थियेटर का बड़ा पर्दा हो, और जिसे देखने के लिए हॉल में उमड़ पड़ते हों?

आर. बालकी : अगर आप आज के विज्ञापनों का बजट देखें तो आपको पता चलेगा कि सलमान ख़ान की किसी फ़िल्म के पूरे बजट से भी पाँच गुणा ज्यादा बजट विज्ञापनों का होता है। दरअसल, विज्ञापन की समय-सीमा छोटी होती है लेकिन इसमें बहुत बड़े स्तर पर पैसा दाँव पर लगा होता है। यह फ़ीचर फ़िल्म बनाने से ज्यादा बड़ी ज़िम्मेदारी वाला काम है। फ़ीचर फ़िल्म बनाना दरअसल मेहनत का काम है जिसमें बहुत सारे लोग लगे होते हैं। हमारे देश में कोई भी फ़िल्म छोटी फ़िल्म नहीं है, सभी बड़ी फ़िल्में हैं। छोटी फ़िल्म जैसा कुछ होता नहीं है। इसलिए फ़िल्म बनाने में ज्यादा मेहनत करनी पड़ती है।

मयंक शेखर : एक फ़िल्मकार के नाते जब आप विज्ञापन की दुनिया से फ़िल्मी दुनिया में आए तो निजी तौर पर किस तरह की परेशानी का सामना करना पड़ा?

आर. बालकी : लोग मानते हैं कि विज्ञापन बनाना क्या बहुत बड़ा विज्ञान है, या हम किसी टारगेट को ध्यान में रखकर विज्ञापन बनाते हैं...। और भी ऐसी बहुत सारी धारणाएँ हैं जो विज्ञापन बनाने को लेकर लोगों के मन में हैं। लेकिन ऐसा कुछ है नहीं। एक सामान्य व्यक्ति विज्ञापन की दुनिया के लिए बिलकुल फिट इंसान होता है, क्योंकि विज्ञापन बनाने के लिए चीजों को एक आम नागरिक की नज़र से देखना होता है। तभी लोगों का विश्वास उसके प्रति मजबूत होता है। जब तक मैं ख़ुद उससे

सहमत नहीं हूँ तब तक मैं किसी और के मन में उसके प्रति विश्वास नहीं जगा सकता। यहाँ काम करने के लिए कोई विशेष गुण नहीं चाहिए—जैसा मेरे अन्दर भी नहीं है, और अगर किसी में होता है तो वह आम इंसान की तरह नहीं सोच पाता। ऐसा व्यक्ति विज्ञापन नहीं बना सकता।

मयंक शेखर : क्या यह फ़िल्मों के लिए भी सही है?

आर. बालकी : फ़िल्म इससे थोड़ा अलग है। वहाँ बहुत वैराइटी होती है। हर किसी को उसके विचारों से मिलती फ़िल्म मिल जाएगी, क्योंकि यहाँ सबसे ज्यादा जरूरी है कि जिसका पैसा लगा है, उसे उसका पैसा वापस मिलना। जितना पैसा लगाया, उतना वापस आया तो वह एक सफल फ़िल्म है।

मयंक शेखर : आपकी पहली फ़िल्म के रिलीज़ होने से पहले आपके पास कई फ़िल्मों में काम करने का तर्जुबा रहा है, तो मुझे लगता है कि आपके पास एक लाइन में एक आइडिया होता है। आप उसे टेस्ट करते हैं और अगर वह आपको सही लगता है तो आप उसपर फ़िल्म लिखते हैं। अगर यह ठीक है तो 'चीनी कम' के पीछे एक लाइन का वह आइडिया क्या था?

आर. बालकी : 'चीनी' कम को मैंने 64:34:56 की तरह पेश किया है। एक 64 साल के व्यक्ति को एक 34 साल की महिला पसन्द आती है, जिसका एक 56 साल का बाप है। मैंने बिलकुल इसी टोन में अमित जी को यह कहानी बताई और अमित जी ने मेरी ओर देखा और कहा, 'क्या?' मैंने कहा, 'अगर आपको यह पसन्द आया तो मैं इस कहानी को पूरा लिखूँगा क्योंकि इसे लिखने में बहुत समय लगेगा।' उन्होंने तुरन्त कहा, 'हाँ, पसन्द है।' और फिर मैंने उसे लिखना शुरू किया।

दरअसल, मुझे लगता है कि मेरे लिए आइडिया इतना जरूरी इसलिए है कि आप डेढ़-दो साल किसी एक फ़िल्म पर काम करें, बिना इस बात की परवाह किए कि वह फ़िल्म चलेगी कि नहीं, तो इसके लिए आपको एक मज़बूत कारण चाहिए, एक मज़बूत प्रेरणा चाहिए। अगर आप यह सोचते रहें कि 'क्या मैं दो साल के अन्दर 150 करोड़ रुपये कमा पाऊँगा या नहीं?' तो इस बात से आपको कभी ताकत नहीं मिलेगी। क्योंकि हो सकता है, आप कमा भी लें और यह भी हो सकता है कि न भी कमा पाएँ। ऐसे में दो साल तक एक तरह की चीज़ सोचने के लिए, उसे पूरा करने के लिए अगर कोई चीज़ ताकत देती है तो वह आइडिया है, जिस पर आपको पूरा भरोसा होना चाहिए। मैं ख़ुद अपने-आपसे कहता हूँ, 'यह वह चीज़ है जो अब तक मैंने नहीं की है, मुझे इसे करना चाहिए।' यह सोच मेरे अन्दर उत्सुकता पैदा करती है और यही वह वजह है कि मैं अपनी फ़िल्मों

की कहानी ख़ुद लिखता हूँ, क्योंकि फ़िल्म में बहुत कुछ कहानी पर ही आधारित होता है।

मयंक शेखर : फ़िल्म 'पा' के पीछे का आइडिया ?

आर. बालकी : 'पा' तो बहुत आसान थी। एक दिन मैं अमित जी से मिलने गया था और अभिषेक भी मौजूद थे। हम बैठे हुए बातें कर रहे थे और बातचीत में अभिषेक बहुत समझदारी भरी बातें कर रहे थे जो उनकी पर्सनैलिटी से बिलकुल अलग था, वहीं अमित जी बच्चों जैसी बातें कर रहे थे जो उनके व्यक्तित्व के बिलकुल विपरीत था। मैं इन दोनों को देख रहा था। मैंने मन में सोचा, 'यह आदमी (अभिषेक बच्चन) इतनी समझदारी वाली बातें कर रहा है, और वो (अमिताभ बच्चन) जो समझदार है, लेकिन बहकी-बहकी बातें कर रहा है। क्यों न इसी पर एक फ़िल्म बनाई जाए?' पहले मैं इसे एक पूरी तरह काल्पनिक फ़िल्म बनाना चाहता था, लेकिन बाद में मुझे 'प्रोजेरिया' नाम की बीमारी के बारे में पता चला और ऐसे 'पा' बनी।

मयंक शेखर : 'शमिताभ' के पीछे कौन सा आइडिया था?

आर. बालकी : आप विश्वास नहीं करेंगे, मैं अमिताभ बच्चन जी के बर्थडे पार्टी में गया था। मेरे पास करने को कुछ नहीं था। पार्टी से वापस लौटते वक़्त मैं यूँही सोचता रहा। तभी ख़याल आया कि 'यह वह आदमी है जिसकी आवाज़ उसकी पहचान का अहम हिस्सा है। अगर यह आवाज़ उससे लेकर किसी और की पहचान के साथ मिला दिया जाए तो क्या होगा?' यहीं से इस फ़िल्म का आइडिया निकलकर आया और फिर मैंने अमित जी को इसके बारे में बताया।

मयंक शेखर : क्या यह सच है कि 'शमिताभ' शाहरुख ख़ान और अमिताभ बच्चन के लिए लिखी गई थी?

आर. बालकी : हाँ, शुरुआत में यह शाहरुख ख़ान और अमिताभ बच्चन को लेकर ही लिखी गई थी। दरअसल, जब एक फ़िल्म में दो बड़े स्टार होते हैं तो वह सिर्फ़ फ़िल्म नहीं होती, उसमें और भी बहुत कुछ होता है। और मुझे इस 'बहुत कुछ' को समझने में काफी लम्बा समय लगा। ऐसे भी दिन होते थे जब कहानी पर बातचीत करते हुए अमित जी कहते, 'यह मेरी फ़िल्म नहीं है।' शाहरुख ख़ान कहते, 'यह मेरी फ़िल्म नहीं है।' और आखिरकार कई महीनों की मेहनत के बाद कुछ चीज़ों को देखकर मुझे भी लगा कि इसमें दोनों सितारे एक साथ नहीं चमक सकते। मैं बहुत परेशान हो गया। मैं यह फ़िल्म बनाना ही नहीं चाहता था। फिर अन्दर से यह

आवाज़ आई कि क्यों मैं यही फ़िल्म बनाना चाहता था? मैंने सोचा, ज़िन्दगी में ऐसे मौके एक बार ही आते हैं फिर पता नहीं कभी मैं यह फ़िल्म बना पाऊँगा भी या नहीं। इस आवाज़ ने मेरे अन्दर खलबली मचा दी। मैं धनुष से मिला और फ़िल्म वापस पटरी पर आ गई। लेकिन हाँ, शुरुआत में इस आइडिया में एक सुपरस्टार की आवाज़ और दूसरे सुपरस्टार का चेहरा ही था।

मयंक शेखर : क्या इस फ़िल्म का आइडिया कुछ-कुछ वहाँ से निकला है जब मूक फ़िल्मों से बोलने वाली फ़िल्मों की ओर हम बढ़ रहे थे और जहाँ बिना अच्छा गायक हुए आप हीरो नहीं बन सकते थे? क्या इस फ़िल्म को सोचते हुए आप वहाँ तक गए?

आर. बालकी : इस फ़िल्म में उससे कहीं ज्यादा ड्रामा और संघर्ष है क्योंकि इसके किरदार ही ऐसे हैं। इसमें बहुत ज्यादा लड़ाई-झगड़े हैं जिसे मैंने बहुत ही हल्के और मज़ाकिए तरीके से लिखा है। बाद में एक्टर को ध्यान में रखकर लिखा गया है।

मयंक शेखर : यह बहुत मज़ेदार है कि आपके पूरे फ़िल्मी कॅरियर में अमिताभ बच्चन केन्द्रबिन्दु रहे हैं। क्या 'चीनी कम' में भी आपने उन्हें ध्यान में रखकर ही आइडिया तैयार किया था?

आर. बालकी : 'चीनी कम' के पीछे एक बहुत ही मज़ेदार किस्सा है। उससे पहले मैंने फ़िल्म बनाने के बारे में सोचा ही नहीं था। मैंने 'देव' नाम की एक फ़िल्म देखी जिसमें ओम पुरी और अमित जी ने साथ काम किया है। फ़िल्म देखने के कुछ 2-3 हफ़्ते पहले ही मैं अमित जी के साथ एक विज्ञापन में काम कर चुका था। इस वजह से उन्हें थोड़ा-बहुत जानने-समझने भी लगा था। तो फ़िल्म देखने के बाद मैंने उन्हें एक मैसेज किया, 'आपको पता है कि आप कौन हैं?' और ऐसा ही कुछ और भी लिखा था। वह भी रात के दो बजे। अमित जी देर रात आए मैसेज से बहुत ज्यादा घबरा जाते हैं क्योंकि उन्हें समझ नहीं आता कि वह क्या करें। तो सुबह करीब पाँच बजे अमित जी की तरफ़ से मैसेज रिप्लाई आता है, 'हम्म्म्'। मैं जहाँ था, वहीं रुक गया। मुझे बहुत अच्छा लग रहा था। अमिताभ बच्चन आपको मैसेज कर रहे हैं! दरअसल, एक बार आप उनके साथ काम कर लें तो फिर कुछ और सोच पाना बड़ा मुश्किल होता है। भाग्यवश कुछ ऐसा होता रहा है कि मैं जिस भी आइडिया को लेकर उनके पास गया, उन्हें वह आइडिया पसन्द आया।

मयंक शेखर : अच्छा, तो आपके दिमाग में एक आइडिया आता है, आप हीरो को बताते हैं, वह 'हाँ' कहता है और डेढ़-दो या ढाई साल में आप उसके साथ फ़िल्म पूरी कर लेते हैं। लेकिन जब आप अपने को लेखक-डायरेक्टर और प्रोड्यूसर के

रूप में तुलना करते हैं तो आपको नहीं लगता कि आप ख़ुद की भावनाओं को सामने नहीं आने देते और आइडिया पर ज्यादा विश्वास करते हैं? हालाँकि आपने 'इंग्लिश-विंग्लिश' प्रोड्यूस की है, वह फ़िल्म ख़ुद की भावनाओं को बहुत ही ख़ूबसूरत तरीके से पेश करती है, जो आपकी फ़िल्मों से बिलकुल अलग है।

आर. बालकी : ऐसा है नहीं। दरअसल, 'पा' बनाते वक़्त मेरे अन्दर भी यह सवाल आया था। मुझे लगता है कि जब एक आइडिया के अन्दर आपकी ख़ुद की अभिव्यक्ति मिली होती है तो वहाँ आपको आइडिया ही सामने दिखाई देगा। लेकिन कभी ख़ुद का मन उस स्पेशल आइडिया से अलग होकर सोचता है, तब आपको आत्माभिव्यक्ति ही प्रमुख्ता से दिखाई देती है। लेकिन इसका यह मतलब नहीं होता कि वहाँ आइडिया होता ही नहीं। आइडिया वहाँ भी होता है लेकिन किसी और रूप में, किसी और तरीके से दिखाई देता है। मैंने जितनी फ़िल्में की हैं, उनमें भावनाओं की परत आइडिया के साथ गुँथी हुई होती है। फ़िलहाल मैं जिस फ़िल्म पर काम कर रहा हूँ, उसमें भावनाएँ आइडिया से ऊपर हैं।

मयंक शेखर : इसमें वह 'एक लाइन' का आइडिया नहीं है?

आर. बालकी : इसमें जो आइडिया है, वह मानवीय भावनाओं से भरा हुआ है। अब तक मैंने जितने आइडियाज़ पर काम किया है, उससे अलग।

मयंक शेखर : अच्छा तो अब तक आपने तीन फ़िल्में बनाई हैं । चौथी फ़िल्म पर काम कर रहे हैं। कहना न होगा कि अब आप फ़िल्म इंडस्ट्री का हिस्सा बन चुके हैं जहाँ लगातार नई तरह का मौलिक सिनेमा निकलकर आता रहता है। आपको लगता है कि इस मामले में आप लक्की हैं कि आपके पास एक अच्छी तन्ख्वाह वाली नौकरी है, और आप वे सारी चीज़ें कर सकते हैं जो आप करना चाहते हैं?

आर. बालकी : वैसे ऐसा कभी सोचा नहीं कि मैं बहुत लक्की हूँ, लेकिन अब अगर आप कह रहे हैं तो हाँ, यह सच हो सकता है । लेकिन जब मैं फ़िल्में बना रहा होता हूँ तो मैं सैलरी नहीं लेता। वैसे भी, मैं इसलिए लक्की नहीं हूँ कि मेरे पास एक अच्छी सैलरी वाली नौकरी है, मैं इसलिए लक्की हूँ कि मैंने रात के 2.45 बजे अमिताभ बच्चन जी को वह मैसेज भेजा!

मयंक शेखर : विज्ञापन की दुनिया में आप लोगों ने अपने लिए एक नियम बनाया है कि आपके काम को कोई दूसरा जज नहीं कर सकता। ज़ाहिर है कि अलग-अलग तरह की समस्याओं का अलग-अलग समाधान होता है। इस तर्ज़ पर आप

फ़िल्मों को लेकर क्या सोचते हैं? हर फ़िल्म के अपने कारण होते हैं, ऐसे में यह कौन तय करेगा कि कौन-सी फ़िल्म अच्छी है, कौन-सी बुरी?

आर. बालकी : दरअसल आप और हम यह तय कर भी नहीं सकते। किसी 'अवार्ड शो' में भी हम अपनी मर्ज़ी से अपनी फ़िल्मों को नहीं चुन सकते, वे चुनते हैं। आप उन्हें यह नहीं कह सकते कि ' यार, तुमने मेरी फ़िल्म इसमें क्यों शामिल की?' वैसे भी अवार्ड शो के विजेताओं की अपनी क्रेडिबिलिटी होती है। आज अवार्ड शो टीवी पर आने वाले 4 घंटे का प्रोग्राम बनकर रह गए हैं। आप यह कैसे कहते हैं, 'मुझे इस अवार्ड शो का हिस्सा बनना है?' यह इस बात पर निर्भर करता है कि 'मुझे उसकी तरह जीत कर दिखाना है, मुझे इस तरह की फ़िल्म करनी है।' दरअसल, आप यह कहकर फ़िल्म कभी नहीं बनाते कि 'मुझे ऐसी ही फ़िल्म बनानी है।' आप हमेशा यही सोचते हैं कि 'मैं कोशिश करूँगा कि ऐसी फ़िल्म कभी न बनाऊँ।'

मयंक शेखर : आप फ़िल्में किसके लिए बनाते हैं?

आर. बालकी : जाहिर है, जागरूक दर्शकों के लिए, लेकिन फ़िल्म बनाने के बाद उसके दृश्यों को अलग-अलग देखने पर मैं बहुत घबरा जाता हूँ। फ़िल्म बन गई, अब उसका जो होना है, वह होता रहेगा। वैसे मुझे ख़ुद की बनाई फ़िल्मों को टीवी पर देखने में बहुत संकोच होता है। जब कभी मेरी कोई फ़िल्म टीवी पर चल रही होती है तो मैं फौरन चैनल बदल देता हूँ।

मयंक शेखर : क्या विज्ञापन की दुनिया में काम करने से आपके अन्दर वह निष्पक्षता आई है जिससे आप अपने काम को परख पाते हैं?

आर. बालकी : दरअसल मेरे अन्दर निष्पक्ष भाव से उसे देखने की क्षमता नहीं है। शायद यह भाव किसी में भी नहीं होता। विज्ञापन में काम करते हुए शायद थोड़ा-बहुत मेरे अन्दर ये भाव आ जाते हैं, जिससे कि मैं कुछ दूरी से निष्पक्ष होकर उन्हें देखने की कोशिश कर सकता हूँ। मैंने अपने काम को भी बहुत ज्यादा कलात्मकता के खाँचे में नहीं रखा क्योंकि मैं हमेशा एक आइडिया चुनता हूँ जो मेरी सफलता का कारण बनता है। मुझे नहीं पता, यह कहाँ से आता है और इसके पीछे कौन-सा फोर्स काम करता है। बहुत कुछ भाग्य पर भी निर्भर होता है।

मयंक शेखर : हमसे बात करने के लिए बहुत-बहुत शुक्रिया सर! आपसे बात कर हमें बहुत अच्छा लगा।

कबीर ख़ान

फ़िल्म निर्देशक, लेखक और छायाकार। कैरियर की शुरुआत डॉक्यूमेंट्री फ़िल्मों से की। डिस्कवरी चैनल के लिए 'बियॉन्ड द हिमालयाज़' नाम की डॉक्यूमेंट्री बनाई। फ़िल्मी कैरियर की शुरुआत साल 2006 में 'काबुल एक्सप्रेस' से की। अन्य चर्चित फ़िल्में—'न्यूयॉर्क टाइम्स', 'एक था टाइगर', 'फैन्टम' और 'बजरंगी भाईजान'।

बातचीत

कबीर ख़ान | मयंक शेखर

मयंक शेखर : हाँ, तो कबीर, इस तरह बातचीत की शुरुआत करना उबाऊ है कि अब तक की आपकी ज़िन्दगी कैसी रही है, लेकिन आपके मामले में हम इसे अपवाद मानकर शुरू करेंगे—एक यह कि आप फ़िल्मों की दुनिया में आने से पहले क्या थे, इसके बारे में हम बहुत कम जानते हैं और यह भी कि आप दिल्ली से हैं। अब केवल एक बात जो हमें मालूम है, वह यह कि आपके माता-पिता जेएनयू में प्रोफ़ेसर थे। आपके पिताजी संसद सदस्य थे। क्या आप इस विषय में संक्षेप में बताएँगे?

कबीर ख़ान : हाँ, मैं दिल्लीवाला हूँ और मुम्बई में आज भी हमारा 'दिल्ली यूनिवर्सिटी क्लब' चल रहा है। मेरी पढ़ाई दिल्ली के मॉडर्न स्कूल और एयर फ़ोर्स स्कूल में और फिर दिल्ली यूनिवर्सिटी और जामिया मिल्लिया इस्लामिया यूनिवर्सिटी में हुई। मेरे पिता प्रोफ़ेसर थे। उनको उनके एकेडमिक कार्यों की वजह से संसद सदस्य के लिए मनोनीत किया गया था। संसद सदस्य होने के नाते खाने की मेज पर बहुत सारी बातें हुआ करती थीं, क्योंकि बहुत सारे मेहमान आया करते थे—मेरे दोस्तों के पिता, पिता के दोस्त और उनके साथ काम करनेवाले लोग। हमेशा देश और दुनिया की राजनीति पर बातें होती थीं। यही वजह है कि मुझसे मिलने वाले लोग अक्सर मुझसे पूछते रहते हैं कि मैं हमेशा अपनी फ़िल्मों में राजनीति क्यों घुसाता रहता हूँ। दरअसल, मैंने इसी तरह चीजों को देखना-समझना शुरू किया। मेरे अंदर दो चीजों में घालमेल था—पहली बात यह कि मैं उन बातों को देख-सुन रहा था जो पिता और उनके दोस्तों, जानने वालों के बीच अक्सर हुआ करती थीं और दूसरी, मेरी माँ सिनेमा की बेहद शौकीन थीं। मुझे याद है, वे अमिताभ बच्चन की बहुत बड़ी फैन थीं। वे बच्चन की फ़िल्म रिलीज़ होने पर उसे देखने हॉल में जाया करती थीं, जबकि उसी वक़्त संसद सदस्यों के परिवार के लिए ज्ञान भवन, दिल्ली में भी फ़िल्म दिखाई जाती थी। यह वर्ल्ड सिनेमा हुआ करता था, इसलिए मेरी माँ मुझे और मेरी बहन को गाड़ी में बिठाकर, ख़ुद गाड़ी चलाकर, ज्ञान भवन

ले जातीं, जहाँ दिखाई जानेवाली फ़िल्म बहुत ही बोरियत से भरी होती थी। हम कहा करते थे कि ''माँ, ये क्या है?'' फिर धीरे-धीरे हमें उस तरह की फ़िल्मों में मजा आने लगा। मेरे ख़याल से सिनेमा से प्यार करना मैंने माँ से सीखा और जो सियासत मैं अपनी फ़िल्मों में डालता हूँ, वह पिता जी से। दरअसल, ये सारी चीजें ही मेरी फ़िल्मों को आकार दे रही थीं और यह सब एक साथ आईं जब जामिया के फ़िल्म स्कूल से निकलकर मैंने फ्रीलांस फ़ोटोग्राफर के तौर पर काम शुरू किया, क्योंकि फ़ोटोग्राफी मेरा पहला प्यार रहा है और आज भी है।

अगर आप कहें तो मैं अपना कैमरा और लेंसेज उठाकर दुनिया भर के मज़ेदार शहरों में फ़ोटो खींचता घूम आऊँगा। यही मेरे लिए सबसे बड़ी ख़ुशी है। इसलिए मैंने कैमरापर्सन के रूप में फ्रीलांसिंग शुरू की, फिर पत्रकार सईद नकवी के साथ हो लिया जो दिल्ली के एक जानेमाने पत्रकार हैं। यह दुनिया भर में घूमकर भारतीय सन्दर्भ में रिपोर्टिंग शुरू होने से पहले का दौर था। लेकिन सईद साहब के समय में आज जो हो रहा है, वैसा नहीं था। दूरदर्शन प्रमुख न्यूज़ चैनल था लेकिन वह ज्यादा यात्राएँ नहीं करते थे, इसलिए सईद साहब चाहते थे कि हम भारतीय सन्दर्भ में अन्तर्राष्ट्रीय राजनीति की रिपोर्टिंग करें और इस अन्दाज में करें कि इस उपमहाद्वीप में रहनेवाले हम लोगों के लिए वह प्रासंगिक हो, क्योंकि वे महसूस करते थे कि हम केवल पश्चिमी चैनल सीएनएन और बीबीसी के चश्मे से ख़बरों को देखते हैं और क़ाफी लम्बे समय से यही माना जाता रहा था कि अगर बीबीसी ने कहा है तो वह सच ही होगा और यही नज़रिया था जिससे हम विश्व राजनीति को देखते थे और सईद साहब हमेशा सचेत रहते थे कि इसके पीछे कोई और कहानी भी है।

यह मेरी ज़िन्दगी के सबसे दिलचस्प तजुर्बों में से एक था क्योंकि मैंने उनके साथ सफ़र करना शुरू किया। हमारे दफ़्तर में एक बड़ा-सा नक्शा था और सईद साहब मुझसे कहते, ''खान साब, आपको कहाँ जाना है? यहाँ यह हो रहा है, अब यहाँ चलते हैं।'' और वे सिर्फ़ नक्शे पर एक देश की ओर इशारा करते और हफ़्ते के भीतर हम वहाँ होते। उनके साथ रहते, रिपोर्टिंग करते और ख़बरों पर फ़ीचर लिखते लगभग 60 देशों का सफ़र किया और अब पीछे मुड़कर देखने पर पता चलता है कि मैंने उनके साथ कितने तजुर्बे हासिल किए। मुझे पता है कि उनके साथ सबसे बड़ी सीख यही मिली कि हमें जो कहानी बताई गई है और जो कहानी बताई जानी चाहिए थी, उनके बीच भारी फर्क था।

एक मुसाफ़िर के तौर पर मैं इसे महसूस कर सकता हूँ। जहाँ तक मुझे याद है, हम 90 के दशक में, 'पूर्व सोवियत राष्ट्र गणतंत्रों में इस्लामिक फंडामेंटलिज्म़ के उभार' पर एक डॉक्यूमेंट्री सीरीज़ कर रहे थे। कुछ समय पहले ही हम उन सेंट्रल एशियाई

देशों से लौटे थे जहाँ हमने उज़्बेकिस्तान और कज़ाकिस्तान पर बीबीसी की डॉक्यूमेंट्री देखी थी। ऐसा लग रहा था कि उज़्बेकों का झुंड उठ खड़ा हो रहा हो और रूसियों को खदेड़ रहा हो। हम वहाँ गए और वहाँ ऐसा कुछ भी देखने को नहीं मिला और आज देखें तो पता चलता है कि फरगना घाटी के कुछ हिस्सों को छोड़कर ऐसा कुछ भी नहीं हुआ। मुझे याद है कि दो-तीन दिनों के बाद एक मज़ेदार चीज़ हुई। उन्होंने मुझसे कहा, "अच्छा, चलो, अब यह कैमरा उठाते हैं, बाहर सड़कों पर चलते हैं।" और वे तासकंद की सड़कों पर टहलते रहे और लोगों को रोककर पूछते, "सबसे करीबी मस्जिद कहाँ है?" और अगले 40 मिनट तक किसी ने हमें एक भी ऐसी मस्जिद के बारे में नहीं बताया जहाँ इस्लामिक कट्टरवाद पर अमल होता हो।

इस तरह हमें इस भारी फर्क का अहसास हुआ और आज जब मैं अपनी फ़िल्मों की और जिन कहानियों को फ़िल्मों में डाला है, उसकी छानबीन करता हूँ तो मुझे पता चलता है कि वह इसी बीच के फर्क की कहानी है। अगर आप 'काबुल एक्सप्रेस' को देखें, तो वहाँ तालिबान कौन थे, इसकी पूरी पहचान है या 'न्यूयॉर्क', जो 9/11 के गैरकानूनी कैदियों के बारे में थी, उसमें असल कहानी उसी फर्क के बीच में है, फर्क वही—हमें जो कहानी बताई गई और जो कहानी बताई जानी चाहिए थी—यही वह जगह है, जिसे उजागर करना है।

मयंक शेखर : अगर फ़िल्म बनाने की पढ़ाई को अकादमिक तौर पर लें तो आप जहाँ से पढ़े, उस कॉलेज से सिर्फ़ एक शख्स आया—शाहरुख ख़ान और वह भी पढ़ाई अधूरी छोड़कर। ऐसा क्या है इस इंस्टीच्यूट में कि इतनी पुरानी होकर भी, और जहाँ से बहुत सारे लोग मुम्बई में काम करने गए, वहाँ से एक भी फ़िल्म बनाने वाले तैयार नहीं हुए?

कबीर ख़ान : ऐसा इसलिए कि काफी लम्बे समय तक वहाँ बॉलिवुड केन्द्र में रहा ही नहीं। वहाँ अक्सर यही पूछा जाता, 'तुम मुम्बई क्यों जाना चाहते हो?'

तो जामिया का ध्यान ख़बरों और डॉक्यूमेंट्री पर ही था। जब जामिया में हम लोगों को फ़िल्म बनाने की ट्रेनिंग दी जा रही थी तब हम लोगों की निगाह डॉक्यूमेंट्री पर ज्यादा थी। आज भी जामिया से पढ़ाई करनेवाले बड़ी संख्या में न्यूज़ इंडस्ट्रीज़ में हैं। हकीकत में बॉलिवुड जैसी कोई चीज़ हमारी आँखों के सामने नहीं थी, इसलिए बॉलिवुड की तरफ़ रुख़ करना आवारागर्दी किस्म का काम था और कुछ मामलों में, शाहरुख ने वह रास्ता बनाया। वह एक बड़े स्टार बने और यह एक दिलचस्प चीज़ थी जो सामने आई...

मयंक शेखर : हाँ, मुझे पता है कि आपको एक्टर बनना था।

कबीर ख़ान : हाँ। अब शाहरुख ने कदम रखा और बड़ी हस्ती बन गए और वे मुझसे तीन साल सीनियर थे, तो एक प्रोड्यूसर हमारे इंस्टीच्यूट में आए क्योंकि बहुत सारे लोग यह सोचने लगे कि जामिया में एक्टर की ट्रेनिंग दी जाती है क्योंकि शाहरुख वहाँ से पढ़े हैं, लेकिन यह सही नहीं है क्योंकि वहाँ एक्टिंग की ट्रेनिंग नहीं दी जाती। वैसे अब का मुझे पता नहीं, लेकिन जब मैं वहाँ था तब जामिया में एक्टिंग का कोर्स नहीं था। तो प्रोड्यूसर हमारे इंस्टीच्यूट में आए और हमारे चेयरपर्सन जमाल साहब से पूछा, ''मैं कुछ एक्टर्स से बात करना चाहता हूँ।'' उस वक़्त जमाल साहब मुझे बहुत मानते थे, उन्होंने कहा, ''वो एक लड़का है कबीर ख़ान, आप उससे बात कर लो।'' वह अचानक मेरा सरनेम सुनकर जोश में आ गए, ''वह भी ख़ान है!'' उस वक़्त मैं कैंटीन से लौट रहा था तो उन्होंने कहा कि वे मुम्बई से आए हैं और उन्होंने अपना नाम बताया। मुझे अब उनका नाम याद नहीं क्योंकि मुझे प्रोड्यूसरों के नाम याद नहीं रहते थे, तो मैं वहाँ गया और उस सज्जन से मिला।

मयंक शेखर : क्या वे एक्टर-प्रोड्यूसर हैं?

कबीर ख़ान : हाँ।

मयंक शेखर : क्या आप अभी भी उनका नाम नहीं बताना चाहते?

कबीर ख़ान : उनका ताल्लुक नाडियाडवाला से है। फ़िलहाल मैं साजिद के साथ काम कर रहा हूँ, मेरे ख़याल से वे साजिद के चाचा हैं—फ़ारुक नाडियाडवाला। दरअसल, उन्होंने सोचा कि शायद मैं उनके साथ कुछ काम कर सकूँ। उन्होंने कहा, ''मैं एक फ़िल्म बना रहा हूँ और हम काम शुरू कर रहे हैं और मैं चाहूँगा कि आप इसमें हिस्सेदारी करें। आप अगले महीने मुम्बई आ जाइए।'' मैं उस वक़्त पहले साल की पढ़ाई कर रहा था इसलिए मैंने कहा, ''मेरा तो अभी एक साल बचा है।'' वे बोले, ''नहीं-नहीं, एक साल इंतज़ार नहीं कर सकते, आपको अगले महीने आना पड़ेगा।'' मैंने कहा, ''नहीं सर, मैं फ़िल्ममेकर बनना चाहता हूँ, मैं यह कोर्स पूरा करना चाहता हूँ।'' वे थोड़ा झल्ला गए कि मैं तो इस बन्दे को ऐसा मौका दे रहा हूँ और यह राज़ी नहीं, तो वे बोले, ''नहीं, आपको एक्टर बनना है तो कोर्स छोड़ना पड़ेगा।'' मैंने कहा, ''सर, मैं कोर्स तो नहीं छोड़ सकता, मैं कोर्स ख़त्म करने के बाद आ जाऊँगा।'' फ़िर वे लगभग चलने को हुए तो मैंने उन्हें रोककर पूछा, ''आपका नाम, प्लीज़?'' उन्होंने जवाब दिया, ''फ़ारुक नाडियाडवाला, बॉम्बे आकर पूछ लेना, लोग बता देंगे।'' तो मैं बॉम्बे आया लेकिन उनके भतीजे को पाया, उनसे मुलाकात नहीं हुई।

मयंक शेखर : लेकिन इस मामले में आपकी ट्रेनिंग तो डॉक्यूमेंट्री फ़िल्म-मेकिंग

में हुई है और सईद नकवी के साथ घूमते हुए आपने ढेर सारी डॉक्यूमेंट्री फ़ीचर्स बनाए हैं। अब तो लेखन में भी नॉन-फ़िक्शन से फ़िक्शन की ओर जाना बहुत मुश्किल है। बहुत कम लेखकों ने ही ये दोनों काम बढ़िया से मैनेज किया है। क्या नॉन-फिक्शन से फिक्शन के फोर्मेट की ओर बढ़ना आपके लिए मुश्किल रहा है? और इन दोनों के व्याकरण में कितना फर्क़ है?

कबीर ख़ान : व्याकरण वास्तव में अलग है। यह सफ़र मेरे लिए कठिन नहीं था। बहुत सारे लोग मुझसे कहते थे, ''नहीं होगा, ऐसे कैसे होगा? तुम डॉक्यूमेंट्री बना रहे हो तो कोई टीवी सीरीयल बनाओ।'' मैंने इस सुझाव पर मुस्तैदी और संजीदगी से सोचा भी लेकिन फिर महसूस किया कि यह भी बिलकुल अलग ही है। मैंने कहा, ''मैं उधर नहीं जाना चाहता, मुझे इसे ही आजमाने दीजिए।''

यह आसान था क्योंकि मैंने एक ऐसी फ़िल्म से शुरुआत की जो कुछ मायने में आत्मकथा है। मुझे यही करना था कि डॉक्यूमेंट्री फ़िल्म बनाने के दौरान हुए तजुर्बों को यहाँ इस्तेमाल करना था। मैं और मेरा दोस्त राजन कपूर, हम डॉक्यूमेंट्री बनाते हुए महीनों अफ़गानिस्तान में रहे थे। हमारे साथ जो कुछ भी होता, उसे ही हमने एक जगह सिलसिलेवार ढंग से कहानी में एक साथ सजाते हुए इकठ्ठा करना शुरू किया और इस तरह पूरी प्रक्रिया को शुरू कर दिया। मुझे याद है, 9/11 के कुछ महीने बाद ही हम अफ़गानिस्तान में थे और यह कैदखाना अफ़गानिस्तान के पंजशिर घाटी में था। आज पंजशिर घाटी तक मोटर गाड़ी के रास्ते काबुल से पाँच घंटे का सफ़र है, लेकिन उस समय लगातार बमबारी हो रही थी। हर सड़क को बम गिराकर तबाह कर दिया गया था, इसलिए वहाँ जाने में दस घंटे लगते थे। पंजशिर घाटी ताजिक सरहद के करीब था, जहाँ दोआब नाम का एक कैदख़ाना था। वह बड़ा नेचुरल किस्म का कैदख़ाना था जिसके दोनों तरफ़ नदियाँ थीं और सामने से वह पहाड़ों से घिरा हुआ था। अगर आप क़ैद से भाग भी जाएँ तो भी आप कुछ नहीं कर सकते। इसलिए अलकायदा और तालिबान के दूसरे मुल्कों से आए भाड़े के सिपाही वहीं रखे जाते थे और यह ख़ास इलाका था जहाँ से लोगों को ग्वातेनामो खाड़ी तक जहाज में भरकर ले जाया जाता था। हर पत्रकार वहाँ जाना चाहता था। काबुल में बड़े पैमाने पर चेकबुक पत्रकारिता हो रही थी और वे इफरात पैसा खर्च कर रहे थे, लेकिन लोगों को वहाँ जाने की इजाज़त नहीं थी। हम जल्दी से जल्दी वहाँ पहुँचना चाहते थे, इसलिए हम वहाँ मुजाहिदीन रास्ते से गए। हमने कहा, ''हम हिन्दुस्तान से हैं।'' उन्होंने कहा, ''हाँ, आपको ले जाएँगे,'' और वे हिन्दुस्तानियों के साथ गर्मजोशी से पेश आते थे। उन्होंने हमें जीप में बिठाया और अगले दस घंटे तक हम सड़कों पर खड़खड़ करते पंजशिर पहुँचे।

हम कैदखाने तक पहुँचे, तो उन्होंने गेट खोल दिया और हमारे सामने दुनियाभर के 32 ख़तरनाक आतंकी थे। वे हमारी तरफ एकटक देख रहे थे। हम धीरे-धीरे जाहिर तौर पर पाकिस्तानियों की तरफ़ बढ़ रहे थे क्योंकि सिर्फ़ वे ही हमारी जुबान बोल सकते थे। वहाँ एक शख्स ख़ालिद था जो काफी अच्छी तरह हिन्दी बोलता था और उसकी बातों में रवानी थी। उसने हमसे बातचीत शुरू की। हमने उससे कहा, ''एक इंटरव्यू हो जाए,'' और वह उसकी वजह से राजी हो गया। वैसे भी उनके लिए खेल ख़तम हो चुका था और वे जहाज पर लादकर ग्वातेनामो खाड़ी पहुँचाए जाने वाले थे। जिस पल हमने कैमरा ऑन किया, ख़ालिद एक अलग शख्स था और जब हमने कैमरा बन्द किया तब हमारे सामने जो शख़्स था—ख़ालिद, वह कुछ और ही था। हमने कैदखाने में ही रात बिताई क्योंकि काबुल जाने की कोई गुंजाइश नहीं थी। खालिद और उसके साथ के कैदियों ने हमारे लिए खाना पकाया, खिलाया और हम वहीं सोए। अगले दिन भी उनके साथ ही बिताया, और तभी हमें ऐसा लगा कि वह मिलिटरी से है, लेकिन वह था नहीं और यही चीज़ मैं कैमरे में कैद करने की कोशिश करता रहा लेकिन मुमकिन नहीं हो पाया।

जैसे ही मैं कैमरा उठाता, वह तालिबान नज़रिया उगलने लगता और ज्योंही कैमरा बन्द किया, वह एक आम आदमी की तरह आमफहम चीजों का जिक्र करने लगता, मसलन सिनेमा। उसने कहा, ''ठीक है, अब आपको वापस जाना है।'' हम लोग वापस जा रहे थे और अचानक खालिद दौड़ता हुआ आया और बोला, ''मुझे प्लीज़, एक फोन करने दीजिए।'' हमारे पास सेटेलाइट फोन था क्योंकि खबर लेने-देने का कोई और जरिया नहीं था। हम डर गए और वह विनती करता रहा। उस कैदखाने के जेलर ने कहा, ''दे दीजिए, उसे एक कॉल कर लेने दीजिए।''

हमने उसे फ़ोन दे दिया। उसने फ़ोन किया और हमें लगा, उसने पाकिस्तान में अपने परिवार को फ़ोन किया है। उसका परिवार पिछले तीन साल से यही समझ रहा था कि वह मर गया है। उसने अपनी बेटी के बारे में पूछा। जब वह फ़ोन पर आया तब मैंने गौर किया कि यह 6.2" का आदमी है, और मैंने 'दुनिया के सबसे खूंखार दहशतगर्द' को, बच्चों के ग़म में टूटकर रोते-बिलखते एक बाप के रूप में देखा। मेरे जेहन में एक ख़याल कौंधा कि हर चीज़ के पीछे एक कहानी है। हर शख्स के पीछे एक कहानी है। यहाँ तक कि उन 60000 फौजियों के पीछे भी जिनसे मिलकर तालिबान बना है। और वहीं से 'काबुल एक्सप्रेस' का आइडिया आया। वहीं से यह सब शुरू हुआ, जब मैंने खालिद की बुनियाद पर एक फ़िक्शनल किरदार गढ़ने के लिए अपने तजुर्बों को लिखना शुरू किया। मैंने अंदाज़ा लगाया कि इस मायने में मेरे लिए स्क्रिप्ट लिखना आसान था, लेकिन पक्के तौर पर उसके बाद नहीं।

मयंक शेखर : कौन सी फ़िल्म है वह ?

कबीर ख़ान : 'काबुल एक्सप्रेस'।

मयंक शेखर : नहीं, नहीं, डॉक्यूमेंट्री ?

कबीर ख़ान : दरअसल दो डॉक्यूमेंट्री हैं जो मैंने अफ़गानिस्तान में बनाई थीं। एक का नाम था : 'द तालिबान इयर्स एंड बियोंड' जिसे डिस्कवरी चैनल पर कई-कई बार दिखाया गया।

मयंक शेखर : क्या इसे आप डिस्कवरी के लिए बना रहे थे ?

कबीर ख़ान : डिस्कवरी ने नहीं बनवाई थी। इसे किसी दूसरे इंटरनेशनल प्रोड्यूसर ने बनवाई थी।

मयंक शेखर : क्या कोई उपाय है जिससे दर्शक ये दोनों डॉक्यूमेंट्री देख सकें ?

कबीर ख़ान : यह डिस्कवरी चैनल की सूची में शामिल है।

मयंक शेखर : यू ट्यूब पर नहीं है ?

कबीर ख़ान : वे इसे यू ट्यूब पर नहीं डालते। मेरे ख़याल से यह डिस्कवरी चैनल की डॉक्यूमेंट्री का हिस्सा है जो बहुत ही विषयगत होते हैं, इसलिए एक समय बाद एक फ़िल्म के तौर पर 'द तालिबान इयर्स एंड बियोंड' आज भी प्रासंगिक है क्योंकि यह उस बारे में बात करता है जो वहाँ हो रहा था। दूसरी डॉक्यूमेंट्री 'दी टाइटेनिक सिंक इन काबुल' अफ़गानिस्तान में पर्यावरण विनाश के बारे में थी, तो इस तरह बनी थी—'काबुल एक्सप्रेस'।

मयंक शेखर : आपने इन सभी जगहों का सफ़र किया है और ये सभी 'ख़तरनाक' कहानियाँ हैं लेकिन सबसे 'ख़तरनाक' वाकिया तो वह है जब आप लगभग मार ही दिये गए थे। वह वाकिया तालिबान इलाके का नहीं बल्कि बिहार का है। क्या आप यहाँ दर्शकों को उस वाकिया के बारे में बता सकते हैं ?

कबीर ख़ान : वाकई यह सच है। ये सभी इलाके चाहे अफ़गानिस्तान हो, बोस्निया हो या कोई भी ऐसी जगह जिसे हमने सफ़र के लिए चुनी, उसके मुकाबले आधे ख़तरनाक भी नहीं जो मेरे साथ बिहार में हुआ। मैं एक डॉक्यूमेंट्री का सिनेमाटोग्राफर था जिसे यूके का चैनल 4 बना रहा था। मैं उनके साथ घूम रहा था और वे चाहते थे कि बिहार में नेताओं और गैंगस्टर के बीच गठजोड़ पर एक डॉक्यूमेंट्री बनाई जाए। वे बहुत ही नवसिखिये थे। उन्होंने लन्दन में हाई कमीशन को दरखास्त दिया

और उनका जवाब आया कि बिहार में नेताओं और गैंगस्टरों के बीच कोई गठजोड़ नहीं है इसलिए आपके डॉक्यूमेंट्री बनाने का कोई आधार नहीं है।'' और उनका वीज़ा रद्द कर दिया गया। इसके बाद वे लोग बिज़नेस वीज़ा पर भारत आए और उन लोगों ने उस समय दो मामले जानकारी के लिए चुने—पप्पू यादव और आनंद मोहन सिंह—दोनों ही बाद में संसद चुने गए। जो लोग बिहार में रहते हैं, वे जानते हैं कि वे दोनों अगल-बगल के चुनाव क्षेत्र में रहते हैं। पप्पू यादव को जब पता चला कि यूके से सिनेमा बनाने वालों की टोली आई है और वह उसके ऊपर फ़िल्म बनाना चाहती है, इंटरव्यू लेना चाहती है तो वह बहुत ख़ुश हुआ, क्योंकि वह खुद को गैंगस्टर की तरह नहीं बल्कि राजनेता की तरह पेश करना चाहता था।

हम लोग पप्पू यादव के घर पहुँचे और देखा कि पप्पू यादव सज-धज कर खड़ा है और हाथ में बन्दूक भी नहीं है। हमारी क्रू टीम के लोगों ने पूछा, ''बन्दूक कहाँ है?'' मैंने उनसे कहा कि यह ख़ुद को गैंगस्टर की तरह पेश करना नहीं चाहता बल्कि राजनेता की तरह पेश आना चाहता है. । वे भड़क उठे, ''नहीं, इससे हमारा काम नहीं बनेगा।'' और पप्पू यादव ने पूरा प्लान बनाया था कि हम लोग किन गाँवों में जाएँगे और रहने-खाने वगैरह का भी इंतजाम किया था। तो हम लोग उस गाँव में गए जो मुख्य शहर से काफी दूरी पर था और वहाँ का माहौल काफी नाटकीय था। गाँव में बहुत कम झोंपड़ियाँ थीं और धान के खेत के किनारे मिट्टी की सड़क थी जो बमुश्किल इतनी चौड़ी थी कि उससे मात्र एक एम्बेसडर गुजर सके। हम लोग उस रास्ते से लगभग डेढ़ किलोमीटर गए और वहाँ पहुँचकर अपना काम किया।

लौटते वक़्त शाम हो रही थी। मैं सबसे आगे वाली कार में पिछली सीट पर बैठा था। मैंने 10-12 चिंगारियाँ देखीं और अचानक हमारी कार में गोली घुसने लगी। एक गोली हमारे ड्राइवर की गर्दन के बगल से गुजरी और वह लुढ़क गया जिससे गाड़ी रुक गई। हमें अचानक ऐसा लगा कि आनंद मोहन सिंह को पता चल गया कि पप्पू यादव अपने बन्दूकधारियों के साथ उस इलाके में घूम रहा है और उसे इससे अच्छा मौका नहीं मिलेगा। इसीलिए उसने पूरे इलाके को घेर लिया और हमारे ऊपर फायर करने लगा। उसे पता नहीं था कि हम लोग भी वहाँ हैं और इस यूके के फ़िल्म प्रोड्यूसर पर 50 बन्दूकधारी फायर कर रहे थे। हम कार से उछलकर बाहर कूदे और एम्बेसडर के नीचे चले गए। एम्बेसडर और उसके पीछे की कारों पर गोलियाँ बरस रही थीं। गाँव के लोग तीर-धनुष लेकर दौड़ते हुए आए और उनके ऊपर जवाबी हमला करने लगे। पप्पू यादव के साथ वाला बन्दूकधारी मारा गया। जिप्सी में बैठे उसके लोग चीख-चीखकर डर का माहौल बना रहे थे। जिप्सी से 10 बन्दूकधारी

बाहर आकर फायर करने लगे और यह सब लगभग 40 मिनट तक चलता रहा। आज तक मुझे नहीं पता, कैसे उन लोगों ने वह सारा तमाशा ख़त्म किया। शायद उनको पता चल गया था कि हम लोग वहाँ मौजूद हैं क्योंकि हमने कैमरा ऑन कर लिया था...

मयंक शेखर : यह सब रिकॉर्ड कर लिया गया था?

कबीर ख़ान : सब कुछ रिकॉर्ड कर लिया गया था। मैं कूदकर बाहर आया, कैमरा ऑन किया और सब कुछ रिकॉर्ड कर लिया। पूरी डॉक्यूमेंट्री का नाम है : 'शूटआउट ऐट सनसेट' और इसकी शुरुआत और अंत इसी से होती है। हाँ, तो मेरे ख़याल से यह मेरी ज़िन्दगी का सबसे ख़तरनाक तजुर्बा था।

मयंक शेखर : तो आपने ये सारे तजुर्बे हासिल किए, स्क्रिप्ट तैयार की और बॉम्बे आ गए, ज़ाहिर तौर पर अपनी ज़िन्दगी बदलने कई ख्वाहिश लिये क्योंकि आप मेनस्ट्रीम सिनेमा में दाखिल होना चाहते थे। क्या यह सच है कि आपने अपने कॅरियर की शुरुआत में यशराज से मुलाकात की?

कबीर ख़ान : बिलकुल सही।

मयंक शेखर : आप और आदित्य चोपड़ा कैसे मिले? मैं यह सवाल इसलिए पूछ रहा हूँ कि बॉम्बे में ढेर सारे लोगों का मानना है कि उस शख्स का कोई वजूद नहीं है।

कबीर ख़ान : हाँ, यह काफी हैरतअंगेज है। मैं 'काबुल एक्सप्रेस' की स्क्रिप्ट लेकर बॉम्बे पहुँचा, इस सहूलियत के चलते कि मेरी बीवी एमटीवी में थी और अच्छी कमाई कर रही थी। मैं डॉक्यूमेंट्री बना रहा था और इस स्क्रिप्ट के साथ बॉम्बे आया और घूम-घूमकर ढेर सारे लोगों से मिला—सिनेमा के सरपरस्त लोगों से। मुझे पैसा तो नहीं मिला लेकिन 'ज्ञान' भरपूर मिला। सबने स्क्रिप्ट को पसन्द किया।

वे बोले, "बहुत अच्छी है। कौन है हीरो?" मैंने कहा, "मुझे नहीं पता, मिलकर तय करेंगे।" मुझे याद है, वह एक ऐसी कम्पनी थी जिसकी अगुआई एक ऐसा शख्स कर रहा था जिसने हिन्दी सिनेमा की काफी मदद की थी। वे कम्पनी के तौर पर अभी नए थे इसलिए मैंने सोचा कि उनके पास काफी पैसा होगा। मैं उनके पास गया और उन्होंने कहा, "तो आपका प्रोपोज़ल क्या है?" मैंने कहा, "मेरा इरादा एक फ़िल्म बनाने का है।" वे बोले, "नहीं, नहीं, आप समझे नहीं। प्रोपोज़ल मतलब, बजट क्या है? इसका हीरो कौन है? रेवेन्यू मॉडल क्या है?" मैंने कहा, "यही तो मुझे जानना है। इसी के लिए तो मैं आपके पास आया हूँ।" वे बोले, "आपको ये सब नहीं मालूम?" मैंने कहा, "मेरे पास स्क्रिप्ट है, मैं

कहानी सुना देता हूँ।'' वे बोले, ''नहीं, नहीं, स्क्रिप्ट तो हम मंडे से फ्राइडे तक डिस्कस करते हैं, सटरडे को हम स्क्रिप्ट सुनते हैं।'' मैंने कहा, ''सटरडे को मैं आ जाता हूँ।''

तो मैं दुबारा सटरडे को वहाँ गया और उनको 'काबुल एक्सप्रेस' की कहानी सुनाई। वे काफी इम्प्रेस्ड हुए और बोले, ''ये तो बहुत अच्छी है। देखिए, दो किस्म की फ़िल्में होती हैं—एक होती है प्री-फ्राइडे फ़िल्म और दूसरी होती है पोस्ट-फ्राइडे फ़िल्म।'' मैंने कहा, ''मुझे समझ में नहीं आया?'' वे बोले, ''देखो, हम रिलीज से पहले उसको बेच देते हैं, उसका एक प्रोपोज़ल वैल्यू होता है, फिर वह रिलीज़ होने के बाद जो कुछ करती है, लेकिन हमारा पैसा सेफ हो जाता है। एक होती है पोस्ट-फ्राइडे फ़िल्म जो रिलीज़ होती है, फिर वह अपने बलबूते पर जो करती है, पैसे आते हैं। आपकी फ़िल्म जो है पोस्ट-फ्राइडे फ़िल्म है।'' मैंने कहा, ''ठीक है सर, पोस्ट-फ्राइडे फ़िल्म बना लेते हैं।'' वे बोले, ''नहीं, नहीं, हमारी कम्पनी सिर्फ प्री-फ्राइडे फ़िल्म करती है। हाँ, लेकिन एक तरीका है—अर्जुन रामपाल को ले आओ, आपकी फ़िल्म प्री-फ्राइडे बन जाएगी।''

अर्जुन रामपाल का मैनेजर तक नहीं मिला मुझसे। मैं बिलकुल ही नया था। मैं बॉम्बे में किसी को नहीं जानता था। फ़िल्म इंडस्ट्री में किसी को भी नहीं जानता था। पहला आदमी जिससे मैं मिला, वह था अरसद वारसी क्योंकि मिनी और वह एमटीवी के गहरे दोस्त थे और आगे चलकर पारिवारिक रिश्ता बन गया और फिर किसी के मार्फ़त हम जॉन से मिले और हमने 'काबुल एक्सप्रेस' बनाई और उसने कहा, ''जब भी आपको किसी प्रोड्यूसर की जरूरत हो, मैं हाजिर हूँ।''

और यही वह चीज़ है जिसके लिए मैं जॉन का शुक्रगुजार हूँ। वह और अरसद हमारे क़रीब यशराज से पहले आए। इस तरह हम इन सारे तजुर्बों से गुज़रे और कभी यशराज के पास गए क्योंकि यशराज ऐसी फ़िल्में नहीं बनाता है। लेकिन कोई शख्स था जिसे मैं जानता नहीं था, उससे मेरी मुलाकात हुई। उसने मेरी स्क्रिप्ट लेकर आदि को दी क्योंकि उस समय आदि एक अलग तरह की स्क्रिप्ट की तलाश में था। आदि को स्क्रिप्ट पसन्द आई और अचानक मेरे पास एक फ़ोन आया, ''मैं यशराज फिल्म्स से हूँ और आदित्य चोपड़ा आपसे मिलना चाहते हैं।'' मैंने सोचा, कोई मज़ाक कर रहा है क्योंकि मिनी एमटीवी में थी और वे अक्सर ऐसी मज़ाकिया हरकत किया करते थे। मैंने कहा, ''मेरे साथ मज़ाक क्यों कर रहे हो?'' मैं उस शख्स की बातों को मज़ाक समझकर टाल रहा था और करीब दो-तीन मिनट के बाद मैंने समझा कि यह संजीदा कॉल थी। मैंने कहा, ''ठीक है, मैं आऊँगा।'' मैंने सोचा था कि जब मैं वहाँ पहुँचूँगा तो गेट पर मज़ाक बनाने वालों की भीड़ होगी

जो मुझे देखकर मखौल उड़ाएगी। मैंने कहा, ''ठीक है, मैं आता हूँ।'' और यह मुलाकात तय हो गई।

जब मैं वहाँ गया तो गेट पर कोई भीड़ नहीं थी, गेट खुला और मेरे सामने आदित्य चोपड़ा खड़े थे और उन्होंने कहा, ''मुझे सचमुच आपकी स्क्रिप्ट पसन्द है। यह शानदार है।'' मैंने उनसे पूछा, ''क्या आप इस पर फ़िल्म बनाएँगे?'' वे बोले, ''हाँ, क्यों नहीं, बिलकुल!'' मैंने कहा, ''क्या हमें कोई राइटर मिलेगा?'' उन्होंने कहा, ''आपको राइटर की क्या जरूरत है?'' मैंने कहा, ''स्क्रिप्ट लिखने के लिए।'' उन्होंने कहा, ''मैंने अभी-अभी आपकी स्क्रिप्ट पढ़ी है।''

दरअसल, मैं राइटर बनना नहीं चाहता था। मैं इसलिए लिखता जा रहा था क्योंकि मेरे पास राइटर को देने के लिए पैसे नहीं थे। मैं यह सोचकर अपने तजुर्बे लिखता जा रहा था कि जब भी मुझे कोई प्रोड्यूसर मिलेगा, मैं एक राइटर तलाश लूँगा।

वे बोले, ''नहीं, मैंने जो पढ़ा, वह मुझे पसन्द है। मैं यही फ़िल्म बनाना चाहता हूँ।''

उसके तीन महीने बाद हम लोग काबुल में थे। हमने काम शुरू किया और हमें आदि के साथ तीन फ़िल्मों के कॉन्ट्रैक्ट मिले।

आदि में मैंने एक शानदार प्रोड्यूसर पाया, जिसने मेरी उन फ़िल्मों में मदद की जो उसके मिजाज से नहीं मिलते थे। यहाँ तक कि जब हम 'न्यूयॉर्क' पर काम कर रहे थे तो उन्होंने कहा, ''मैं एक गैरराजनीतिक आदमी हूँ। 'काबुल एक्सप्रेस' जिसमें आपने हमें इससे जुड़ी सारी पोलिटिक्स समझाई और अगर आप 'न्यूयॉर्क' जैसी मेनस्ट्रीम फ़िल्म करना चाहते हैं तो हम साथ काम कर सकते हैं।'' मेरे खयाल से 'न्यूयॉर्क' उस वक़्त एक जोखिम भरी फ़िल्म थी क्योंकि इसकी लगभग 100 दिन शूटिंग हुई थी और इसमें 9/11 के बाद गैरकानूनी कैदियों की कठिन राजनीतिक पृष्ठभूमि थी और उस वक़्त मेनस्ट्रीम सिनेमा में राजनीति एक टैबू थी, ख़ास कर, दूसरे देश की राजनीति। इसलिए मेरे ख़याल से वे तीन फ़िल्में जो आदि ने मुझे दीं, उनसे मुझे कई तरह से मदद मिली—दो-तीन अलग-अलग तरह की फ़िल्में, जो फ़िल्ममेकर के तौर पर मुझे मजबूत बनाने में काफी मददगार रहीं।

मयंक शेखर : लेकिन जब आप व्यावसायिक फ़िल्म इंडस्ट्रीज में दाखिल होते हैं, जो इस मकसद से काम करती हैं कि फ़िल्म से कमाई होती है या नहीं, क्योंकि उसमें काफी पैसा लगा होता है और आप 'काबुल एक्स्प्रेस' जैसी फ़िल्म बनाते हैं जो व्यावसायिक रूप से सफ़ल नहीं है, लेकिन फिर भी आप वहाँ मौजूद रहना चाहते हैं, तो क्या आप खुद को उसके हिसाब से ढालेंगे या कुछ सीखना चाहेंगे फ़िल्ममेकिंग के बारे में?

कबीर ख़ान : आपको आदि के बारे में मैं एक बात बताना चाहता था। एक फ़िल्ममेकर के रूप में जब हम यशराज फ़िल्मस में थे, हम लोग हिसाब-किताब से बिलकुल अलग थे। मैंने हिसाब-किताब के बारे में तब तक नहीं सोचा था जब तक मेरी ज़िन्दगी में 'एक था टाइगर' की कामयाबी सामने नहीं आई क्योंकि यह अच्छी कमाई करनेवाली फ़िल्म थी। लोग मुझसे हिसाब-किताब की बात करते थे और मेरी दोस्त कटरीना कैफ जो इस मामले में इन्साइक्लोपीडिया है, वह मुझे हर चीज समझाती थी, तो पक्के तौर पर कमाई को लेकर आदि की तरफ से कोई दबाव नहीं था। आज तक मुझे पता नहीं कि 'काबुल एक्सप्रेस' से कितनी कमाई हुई। मुझे बस इतना पता है कि कई जगह इसे 14-15 करोड़ लागत की फ़िल्म समझा जाता था, जबकि यह 5 करोड़ बजट की फ़िल्म थी। मेरा 'न्यूयॉर्क' शुरू करना, जो मेनस्ट्रीम फ़िल्म है, उसका कमाई से कोई लेना-देना नहीं। आदि बस यही कहते थे कि हमें इसे बड़ी फ़िल्म बनानी है।

हकीकत यह कि मेरे ख़याल से 'न्यूयॉर्क' की शुरुआत काफी अच्छी थी और मुझे एक जोशीले डिस्ट्रीब्यूटर का फोन मिला जिसने बताया, "कबीर! फ्राइडे 5 करोड़!" मैंने पूछा, "यह अच्छा है या बुरा?" उसने कहा, "आप क्या कह रहे हैं? यह तो काफी ज्यादा है!"

'एक था टाइगर' के साथ ही, असलियत में मैंने कमाई के बारे में जानना शुरू किया जो वाकई एक बड़ा तजुर्बा था। मैं बहुत खुश हूँ कि आदि ने मुझे इसके लिए मौका दिया और मुझे आगे बढ़ाया क्योंकि सचमुच यकीन है कि सुपरस्टार फ़िल्म के काम का अपना तामझाम होता है। किसी दूसरी फ़िल्म के मुकाबले इसके काम का तौर-तरीका अलग होता है और मैं इसलिए खुश हूँ कि उन्होंने मुझे 'एक था टाइगर' बनाने के लिए बढ़ावा दिया क्योंकि यह 'बजरंगी भाईजान' जैसी नहीं थी, क्योंकि इसने मुझे यह समझने में मदद की कि आगे क्या होने वाला है। इसने मुझे सलमान को समझने में मदद की। 'एक था टाइगर' हमारे बीच एक तरह की रस्साकसी थी क्योंकि हम दोनों अलग-अलग दुनिया से थे। हमारे एस्थेटिक अलग थे, सिनेमा को देखने का नजरिया अलग था और ढेर सारे टकराव के मुद्दे थे। सलमान के साथ काम करते हुए मेरी उम्र सिर्फ दो फ़िल्म की थी। एक फ़िल्म ने कुछ पैसा बनाया था, लेकिन उतनी बड़ी रकम नहीं, जिसके वे आदी थे।

फिर भी हम सलमान के 'बिग एक्शन अवतार' का जश्न मना रहे थे, लेकिन बहुत ज्यादा रस्साकशी थी, काफी खोने-पाने का मामला था और आप फ़िल्म पर वह पकड़ नहीं कायम रख सकते जो एक डायरेक्टर के लिए जरूरी होती है। लेकिन यही वह दौर था जब मैंने सलमान को एक शख़्स के तौर पर जाना। 'एक था टाइगर'

ख़त्म होने तक हम दोस्त हो गए। हमने आपस में बातचीत शुरू की और चीजों को डिस्कस करने लगे और तभी मुझे अहसास हुआ कि कुछ बातें हैं जिनके बारे में सलमान गहराई से महसूस करते हैं। वे हकीकत में चैट या ट्वीट नहीं करते। जब 'बजरंगी भाईजान' का आइडिया आया तो मैंने कहा, ''यही फ़िल्म है जिसमें सलमान एक सुपरस्टार के तौर पर अपनी पूरी ताकत लगा सकते हैं।'' इस काम को करने के दो तरीके हैं—या तो हम अपनी-अपनी मुख्तलिफ अहसासों को लेकर आपस में टकराते रहें या हम उन दोनों को आपस में मिलाकर एक बना लें और इसी तरह 'बजरंगी भाईजान' बनी। मैं कहानी लेकर उनके पास गया, जो उनको पसन्द आई। 'बजरंगी भाईजान' की शुरुआत एक छोटी फ़िल्म के रूप में हुई और आज यह बड़ी फ़िल्मों में से एक है।

एक दूसरे को जानने की यह अमल हमारे लिए मददगार साबित हुई और हमने बड़ी आसानी से 'बजरंगी भाईजान' बना ली। उन्होंने कभी कदम पीछे नहीं हटाया। आज भी अगर आप 'बजरंगी भाईजान' का क्लाइमेक्स देखें जिसकी सेटिंग बहुत भारी-भरकम है, लेकिन आप अन्दाजा लगाएँ, इसे सलमान को कागज़ पर समझाना कि उनको एक छड़ी के सहारे लँगड़ाते हुए चलना है और एक भी लफ्ज नहीं बोलना है, ऐसे सीन करने के लिए किसी सुपरस्टार में काफी दमखम चाहिए।

मयंक शेखर : जब आप 'काबुल एक्सप्रेस' जैसी फ़िल्म बनाते हैं और वह भी डॉक्यूमेंट्री फ़िल्मों से आकर और अफ़गानिस्तान जाते हैं, तो यह सब बिलकुल ही अलग तरह का खेल है। आप दो जाने-माने एक्टर्स के साथ काम कर रहे हैं और आप स्टूडियो में नहीं हैं, कुछ भी हो सकता है। क्या यह एक सनकी तजुर्बा नहीं है?

कबीर ख़ान : फ़िल्म बनाना अब डॉक्यूमेंट्री से भी ज्यादा ख़तरनाक हो गया है। मैं 2005 से इसकी तैयारी कर रहा था और जब आज पीछे मुड़कर देखता हूँ, तालिबान के दिन लद चुके थे। डॉक्यूमेंट्री बनाने के दौरान मैंने अफ़गानिस्तान में कई दोस्त बना लिये थे, फिर भी जब मैंने आदि को बताया तो वे बोले, ''मैं अफ़गानिस्तान में फ़िल्म नहीं बना सकता, मुझे कुछ नहीं पता, आप लोगों को ही सारा काम करना होगा।''

सभी लोग अफ़गानिस्तान गए क्योंकि कुछ मायने में मैं उनको हौसला दे रहा था। हमारी बदकिस्मती कि जब हम वहाँ पहुँचे और शूटिंग शुरू की तो हमारी शूटिंग के शुरुआती 14 दिनों के भीतर काबुल में 3 ख़ुदकुशी बम धमाके हुए, जोकि हैरतअंगेज था क्योंकि ऐसा काम तालिबान ने पहले कभी नहीं किया था। लगभग दो हफ्ते बाद भारत के राजदूत ने शूटिंग के दौरान हमें फोन किया और पूछा, ''आप

लोग क्या कर रहे हैं?'' हमने कहा, ''हम फ़िल्म बना रहे हैं।'' उन्होंने कहा, ''ठीक है, जैसे ही काम समेट लें, दूतावास में आएँ।''

राजन और मैं दूतावास गए और वहाँ मिनिस्ट्री का एक आदमी उनके साथ था जो देखने में काफी शरीफ लग रहा था, बोला, ''हमें ख़ुफ़िया जानकारी मिली है कि उनके पास आपकी पूरी टीम के लिए मौत के खतरे की जानकारी हासिल हुई है।''

हमने 'काबुल एक्सप्रेस' की शूटिंग शुरू की—एक ऐसी फ़िल्म, जो तालिबानी हुकूमत के बाद के अफ़गानिस्तान में बन रही थी। वहाँ के लोगों को यह दिलचस्प लगा क्योंकि उनको लगा कि वहाँ हॉलीवूड फ़िल्म बन रही है, इसलिए वे लोग हमारी हिफ़ाजत करने लगे। जाहिर तौर पर यह ऐसी तस्वीर थी जिसे तालिबान दुनियाभर में दिखाए जाने के हिमायती थे।

हम लोग जलालाबाद हाइवे पर शूटिंग कर रहे थे, जो काबुल से खैबर दर्रे की ओर जाता था। उनको खबर थी कि हम शूटिंग कर रहे हैं और वे ट्रकों, बसों से जासूस भेज रहे थे और हमारी हरकतों पर निगाह रख रहे थे। उनको पता चल गया कि हम इस इलाके में अपना काम कर रहे हैं। मिलिटरी का आदमी बहुत ही दिलचस्प था, बदकिस्मती से बाद में वह काबुल में एक हमले में मारा गया। उसने कहा था, ''मेरे ख़याल से आप लोगों को अफ़गानिस्तान की सेक्युरिटी फ़ोर्स से मदद लेनी चाहिए और मुझे यकीन है कि वे आपकी भरपूर मदद करेंगे।'' इसलिए हमने शूटिंग बंद कर दी। मैंने जॉन और अरसद को वापस बॉम्बे भेज दिया। दरअसल, बॉम्बे में एक ज्यादा ही जोशीले पुलिसमैन ने, जिसका रा से कुछ लिंक था, जॉन की माँ को बुलाया और बोला, ''अरे वो तो जॉन को तालिबान का डेथ थ्रेट है।'' हमने उसे वापस भेज दिया। मैंने आदि को फोन लगाया और कहा, ''मैं इन हालात से निपटने की कोशिश करता हूँ।'' और सेक्युरिटी फोर्सेज से बात शुरू की और उन्होंने इस वाकिये को निजी तौहीन समझा। उन्होंने कहा, ''तालिबान की ये हिम्मत कि वे गोली चलाएँ? हम आपको हर तरह की सेक्युरिटी, हर तरह के कमांडो मुहैया करेंगे।'' ऐन उसी वक्त मैं वाकई नर्वस था क्योंकि मैं पूरी टीम की जान जोखिम में नहीं डालना चाहता था।

और मुझे याद है कि शूटिंग के दौरान आदि ने पहली बार मुझे फोन किया था और कहा था, ''कबीर, हर कोई अफ़गानिस्तान गया है क्योंकि तुम उस जगह को जानते हो। मैं उस जगह को नहीं जानता। मैंने समझा कि ये तुम्हारी पहली फ़िल्म है और फ़िल्म का क्या होगा, इसके बारे में हर तरह की चीज़ तुम्हारे जेहन में आ रही होगी।

लेकिन मैं तुमको एक बात बताना चाहता हूँ कि यशराज की कोई भी फ़िल्म बीच में नहीं रुकी है। तुम्हारी फ़िल्म ऐसी पहली फ़िल्म कतई नहीं होनी चाहिए। मैं दुनिया के किसी भी कोने में, जहाँ तुम चाहोगे, काबुल गढ़ लूँगा और हम लोग फ़िल्म पूरी करेंगे। इस बात को जान लो और हालत पर गौर करके तय करो कि तुम काबुल में शूट करना चाहते हो या नहीं।''

यही वजह है कि मैं आदि की इतनी ज्यादा इज्जत करता हूँ। पाँचवें दिन जब मैंने लगभग तय कर लिया था कि मैं काबुल में शूट नहीं करूँगा, रक्षा मंत्री हमारे होटल में आए और बोले, ''आप क्या करने वाले थे?'' मैंने कहा, ''सर, मैं सोच रहा हूँ कि चला जाऊँ वापस।'' वे बोले, ''अगर आप कल बॉम्बे चले जाएँगे तो अफ़गानिस्तान की जीत होगी।'' मैंने खुद सोचा कि यह आखिरी चीज़ है जिसकी मुझे जरूरत है। लेकिन मेरे भीतर की किसी चीज़ ने कहा, 'ठीक है, हम जारी रखते हैं।'

उन्होंने हमें बेमिसाल सेक्युरिटी दी—60 हथियारों से लैस कमांडो। हम हमेशा पहाड़ों में शूटिंग करते थे जहाँ सिर्फ़ एसयूवी गाड़ियाँ या बसें ही जा सकती थीं। सुबह जब हम लोग होटल से चलते थे तो 69 एसयूवी गाड़ियाँ चलती थीं जिनकी खिडकियों से बंदूकें झाँक रही होती थीं और हम उन जगहों पर सुबह 5 बजे पहुँच जाते थे और इसी तरह हमने 'काबुल एक्सप्रेस' पूरी की।

मयंक शेखर : आपने 'काबुल एक्सप्रेस' के बारे में बात की, आपने 'न्यूयॉर्क' के बारे में भी विस्तार से बात की और इस तरह आप सलमान ख़ान के साथ काम करने वाले पक्के फ़िल्ममेकर बन गए। मेरा पहला सवाल इस बारे में है जो न सिर्फ़ मुझे चकरा देती है बल्कि उनको भी, जो लम्बे अरसे से फ़िल्मों के शौक़ीन हैं। कल मैंने बालाकृष्णन से बात की थी और फ़िल्म कैसे बनाई जाती है, कैसे नहीं, इस पर काफी ज्ञान की बात हुई। लेकिन उन्होंने कहा कि सलमान ख़ान के साथ, चाहे आपके पीछे ग्रीन स्क्रीन ही क्यों न हो, कोई फर्क नहीं पड़ता। आपने सलमान ख़ान के साथ कैसे काम किया, किसी भी फ़िल्म के हवाले से बता सकते हैं?

कबीर ख़ान : इसका बयान करना मुश्किल है। मैंने इसे अपने सामने देखा है। यह भीड़ में, लोगों के साथ होता है, जब हम सफ़र में होते हैं, पता नहीं क्या होता है—वे खुदा के बंदे हैं, लोग उनको प्यार करते हैं। मेरा अन्दाजा है कि इसे कोई नहीं समझा सकता कि क्यों वह इसका खुलासा करेंगे, उसे तोड़ने की कोशिश करेंगे। कोई लॉजिकल वजह नहीं है जो मुझे समझ में आए और मैं इतने समय तक यही समझाने के लिए उनके करीब रहा हूँ। 'एक था टाइगर' के दौरान मैं उनको दुनिया

के दो मुख्तलिफ़ इलाके में ले गया और क्यूबा में मैंने कहा, ''यहाँ कौन आएगा?'' और हवाना के पाकिस्तानी स्टूडेंट उनको देखने आ गए क्योंकि हवाना और पकिस्तान के बीच कोई एक्सचेंज प्रोग्राम चल रहा था। यकीन नहीं आ रहा था। हम लोग डब्लिन गए क्योंकि ट्रिनिटी कॉलेज की शूटिंग करनी थी और वहाँ आयरलैंड में सिर्फ 5000 इंडियन थे। हमें यह उम्मीद नहीं थी कि सभी 5000 लोग छुट्टी लेकर वहाँ आ जाएँगे। लोगों ने वीकेंड पर लन्दन से फ्लाइट पकड़ ली होगी क्योंकि सिर्फ 40 मिनट का सफ़र है। यह तो अजीबोगरीब था। मैं 'एक था टाइगर' से 'बजरंगी भाईजान' तक सोच रहा हूँ, यह स्टारडम ही था जिसका मैं फायदा उठाना चाहता था और वे उसके लिए तैयार हो गए। मैंने उनको बताया, ''मैं जानता हूँ कि एक एक्शन सुपरस्टार के तौर पर आपका एक कामयाब इमेज है लेकिन लोग आपको पछाड़कर इसे पलट दें, इसके बजाय आप ही उनको क्यों न पछाड़ दें?'' वे इस पर पूरी तरह उछल पड़े। मुझे ख़ुशी है कि यह उनके लिए अच्छा रहा, क्योंकि कुछ मायने में यह उनको कुछ फैसलों के बारे में सोचने में मददगार होगा।

मयंक शेखर : आप अफ़गानिस्तान में फ़िल्म बनाते हैं और एक डायरेक्टर के तौर पर ये सारे तजुर्बे हासिल करते हैं और बॉम्बे में हर फ़िल्मेकर कहेगा, 'सलमान ख़ान के गले में घंटी बाँधना मुमकिन नहीं।' तो क्या यह काम अफ़गानिस्तान में फ़िल्म बनाने से ज्यादा मुश्किल था?

कबीर ख़ान : यह तो था। 'एक था टाइगर' में काफी रस्साकशी हुई थी। उनके काम करने के तौर-तरीके को समझने में मुझे काफी वक्त लगा। यह पहला ही मौका था जब वे यशराज के इलाके में घुस रहे थे और यशराज प्रोडक्शन काफी कारगर है। 'एक था टाइगर' के आखिर में ही मुझे अहसास हुआ कि सलमान के सुपर स्टारडम को काम में लाने का सही तरीका क्या है।

मयंक शेखर : मसलन अगर आप किसी शॉट से खुश नहीं होते तो क्या आप उनसे दुबारा उसे करने के लिए कह सकते थे?

कबीर ख़ान : हाँ। हम आज दोस्त हैं तो इसकी वजह यही है कि उनको मुझमें यह चीज दिखी, 'ये कैसा आदमी है? ये तो हर चीज को ना कहता रहता है?' इसी वजह से मैं अपनी जमीन पर खड़ा हो पाया। उनके मन में एक तरह से मेरे लिए इज्जत पैदा हुई। सलमान के बारे में इन बातों में एक यह है—'एक था टाइगर' में चूँकि लगातार खींचतान चल रही थी, वे वही रास्ता अपना सकते थे जो ज्यादातर सुपरस्टार अपनाते हैं—या फिर मेरा तरीका अपनाते या रास्ता नापते। उन्होंने कभी ताकत का सहारा नहीं लिया। वे कभी रूठ गए, कभी बहस की लेकिन एक बदतमीजी जो

होती है, वह कभी नहीं की और यह चीज उनके परिवार से, परवरिश से आई है और इसी के चलते मैं उनकी इज्जत करता हूँ। इस पूरे दौर में कभी नाखुशगवार माहौल नहीं बना, कभी ऐसी नौबत नहीं आई जब हम पुरसुकून महसूस न करें।

मयंक शेखर : एक डायरेक्टर के तौर पर कोई ऐसा पल आया जब आप अपने बाल नोच रहे हों या उम्मीद करते हों कि यह तो बहरहाल होना ही था?

कबीर ख़ान : मिला-जुला सा था। कुछ मौकों पर आपको कहना पड़ता है, ''चलो, इसी तरह चलने दो।'' मैं कुछ उनके मशविरे के मुताबिक शूट करूँगा और कुछ जो मैं चाहता हूँ, वह शूट कर लूँगा और वे स्मार्ट भी हैं। तभी वे बीच में टोकते और कहते, ''तू एडिट पॉइंट ले रहा है न?'' 'एक था टाइगर' खास तौर पर इसीलिए था कि सलमान ख़ान से कैसे निभाया जाए और मैं खुश हूँ कि यह हुआ और इसी वजह से 'बजरंगी भाईजान' भी हुआ।

मयंक शेखर : इस वक्त आप खड़े हैं—काफी हद तक माकूल पोजीशन में, आगे बढ़ते और ऐसी ही फ़िल्में बनाते। मसलन एक सियासी मुद्दा भी है, इस पर आप फ़िल्म बनाना चाहते हैं, जिस पर पहले भी बना चुके हैं, लेकिन आप मानते हैं कि इसको दूसरे लहजे में कहने की जरूरत है। क्या आप खुद ही पीछे हट जाएँगे कि लोग इसे नहीं समझेंगे या यह बहुत उबाऊ है—क्या आप इस मायने में इसे एक खतरनाक रास्ता मानेंगे?

कबीर ख़ान : मुझे नहीं लगता कि मैं खुद को पीछे हटा लूँगा लेकिन मुझे चुनौती देनी होगी और कोशिश करनी होगी और देखना होगा कि इसे किसी ख़ास तरीके से पेश कैसे किया जाए। देखें, फ़िल्म कभी सियासत के बारे में नहीं हो सकती। अगर आप सियासी फ़िल्म बना रहे हैं तो बुनियादी तौर पर उसकी कहानी इंसानी होगी। इस कहानी को किसी किरदार के ऊपर होना होगा—देखनेवाले किरदार पर अमल करेंगे। मुझे सचमुच यकीन है कि एक बार जब आप किरदार गढ़ लेते हैं, उसके साथ देखने वाले खुद को जोड़ लेते हैं तो आप उनको किसी भी दुनिया में ले जा सकते हैं, जैसाकि 'न्यूयॉर्क' के साथ हुआ जो एक हैरतअंगेज कॉमर्शियल हिट थी।

जो 'न्यूयॉर्क' को प्रशंसा मिली, वह उन सभी लोगों को हैरत में डालने वाली थी जो इससे जुड़े हुए थे। यह बहुत ही सियासी फ़िल्म थी और तब मैंने महसूस किया कि अगर आप एक ऐसा किरदार गढ़ लेते हैं जिससे देखने वाले खुद को जोड़ लेते हैं तो वे समझेंगे कि उनके साथ क्या हो रहा है। सियासत ऐसी चीज होनी चाहिए जो किरदार के पसेमंजर अपना असर दिखाए। मुझे इस बात का गहरा एहसास है कि

आपमें किसी फ़िल्म को फेस वैल्यू पर देखने और उसका मजा लेने की क़ाबिलीयत होनी चाहिए, बिना उसकी सियासत में गए। अगर आप थोड़ी गहराई में जाएँगे तो थोड़ा और मजा ले पाएँगे। मसलन 'बजरंगी भाईजान' को ही लें। आप बिना सियासत में गए फेस वैल्यू पर इसका मजा ले सकते हैं। कोई फ़िल्म सियासत के बारे में नहीं होनी चाहिए, सियासत हमेशा सतह के नीचे होनी चाहिए। लेकिन जब आप उस सतह तक पहुँचेंगे तो आप फ़िल्म का ज्यादा मजा ले पाएँगे।

मयंक शेखर : इन मेनस्ट्रीम फ़िल्मों में, खास कर जिनमें बड़े बॉलिवुड सुपरस्टार काम करते हैं—आप किसी फ़िल्म की कामयाबी या नाकामयाबी के लिए संगीत को कितनी अहमियत देते हैं?

कबीर ख़ान : संगीत या तो मेरे यहाँ कुदरती तौर पर आता है या मैं इसके साथ जद्दोजहद करता हूँ। 'काबुल एक्सप्रेस' में कोई गाना नहीं था, सिर्फ बैकग्राउंड म्यूजिक था। पहली मर्तबा 'न्यूयॉर्क' में मुझे बैकग्राउंड गीत की गुंजाइश दिखी, जिसे सँभालना आसान था। 'एक था टाइगर' में पहली बार मैं लिप-सिंक गाने पर काम कर रहा था लेकिन साथ ही वे पूरी तरह तालमेल नहीं बिठा पा रहे थे। मेरे ख़याल से चूँकि 'एक था टाइगर' एक थ्रिलर फ़िल्म थी, इसलिए इसमें गाना घुसाना मुश्किल था। जब मैंने 'बजरंगी भाईजान' का स्क्रीन प्ले लिखना शुरू किया, तो उसमें गीत कुदरती तौर से आया—उसमें 3 लिप-सिंक गाने थे और 3 बैकग्राउंड गाने। मेरे ख़याल से हर कहानी अपने ट्रीटमेंट की राह खुद दिखाती है। यह एक ऐसी कहानी थी जिसमें कहानी को डालने की गुंजाइश थी या ऐसा था कि मैं गाना डालकर ज्यादा सकून महसूस कर रहा था— यह ऐसी चीज है जिसके बारे में तहकीकात करना मेरे लिए मुमकिन नहीं।

मयंक शेखर : आप 'बजरंगी भाईजान' जैसी फ़िल्म बनाते हैं जो भारत-पाक के बीच लड़ाई का मुखालिफ है, जैसे तमाम फ़िल्में होती हैं। फिर आप फैन्टम बनाने में लग जाते हैं जो पहली नजर में ऐसे बड़े बयान लिये हुए है जिसे हमने आज तक नहीं देखा, 'इन लोगों का क़त्ल कर दें, इन लोगों को ढूँढ़ें क्योंकि उन्होंने हमारे साथ गलत किया है,' और जवाब यह कि 'जाओ और उनको कत्ल करो।' क्या यहाँ एक विरोधाभास है या इसे जान-बूझकर बनाया गया है?

कबीर ख़ान : यही सवाल मुझसे सबसे ज्यादा पूछा जाता है। जो बात मुझे कबूल करनी है, वह यह कि जब भारत-पाक का मामला सामने आता है तो हम पागलपन के शिकार हो जाते हैं और उनमें एक मैं भी हूँ। ये दोनों फ़िल्में मेरे नजरिये से मेल खाती हैं और मुझे उन पर यकीन है। मेरे लिए यह एक ही सिक्के के दो पहलू हैं। जब हम कहते हैं कि मेरा मतलब यह है कि बजरंगी एक ख़याली दुनिया में है, जो

हर किसी के लिए अच्छा है, लेकिन मैं यही दिखाना चाहता था। मैं भारत और पाकिस्तान के आम आदमी की अच्छाई सामने लाना चाहता था। मुझे पक्के तौर पर यकीन है कि पुरानी दिल्ली का एक आम आदमी सरहद पार के किसी चाँद नवाब से मिलता है—वे दोस्ती करने जा रहे हैं। वे एक दूसरे की तरफ गर्मजोशी का इजहार करने जा रहे हैं—यह ऐसी चीज है जिसका मैंने खुद तजुर्बा किया है। जैसे ही आप इसमें सियासत का माल-असबाब डालते हैं जो इस निजाम और उसके अलग-अलग धड़ों का खेल है तो दुश्मनी पैदा होती है और 'फैन्टम' में मेरा इशारा इसी ओर है। अपनी कई फ़िल्मों में मैंने कुछ दहशतगर्दों को छुटकारा दिया है, जैसे—'न्यूयॉर्क' और 'काबुल एक्सप्रेस', लेकिन अगर आप एक तंजीम के तौर पर लश्कर को देखें, तो मुझे कोई छुटकारा नहीं दीखता। उनका एक ही मकसद है—इन दहशतगर्दी के हमलों से भारत को नुकसान के लिए आपका शुक्रिया। लोगों की दोस्ती मुमकिन नहीं। हर बार जब दहशतगर्दी की कोई वारदात होती है, उस वक्त आप देशों के आम लोगों की दोस्ती की बात नहीं कर सकते क्योंकि माहौल इतना बिगड़ जाता है कि कोई गर्मजोशी नहीं रह जाती।

जब तक हम ऐसे लोगों को ख़त्म नहीं कर देते तब तक बजरंगी और चाँद नवाब के बीच दोस्ती कायम नहीं हो सकती। यही वजह है कि मैंने 'बजरंगी भाईजान' को एक ख़यालों की दुनिया में रखा जहाँ मैंने कोई सियासत नहीं घुसाई है, लेकिन 'फैन्टम' में मुझे पता है कि किस वजह से भारत हमला करने के काबिल नहीं है। जैसा 'फैन्टम' में हुआ, उसमें उन्होंने इंसाफ किया। मेरे लिए यह इस सच्चाई का इजहार है जिसे कितनी ही बार खबरी बहसों में, फेसबुक, ट्विटर पर बयां किया गया कि मैंने कई-कई बार सोचा कि हमें इन किरदारों के बारे में मन साफ़ कर लेना है। जब आप इसकी ओर देखते हैं, तो कहते हैं कि यह पागलपन है, लेकिन जब मैं इस पर निगाह डालता हूँ तो मुझे एक ही सिक्के के दो पहलू नजर आते हैं.

मयंक शेखर : मैंने यह फ़िल्म कुछ फ़िल्म क्रिटिक्स के साथ देखी। यह एक बड़ा प्रेस शो था। वहाँ खून के प्यासे जैसा उबाल था—लोग तालियाँ बजा रहे थे क्योंकि कोई क़त्ल हो रहा था। क्या आप सोचते हैं कि इस तरह के रिएक्शन आना कोई पुरसुकून मामला नहीं है ?

कबीर ख़ान : 'फैन्टम' का जो हिस्सा मुझे बेचैन करनेवाला था, वह यह कि उसे दाएँ बाजू ने अगवा किया । इसलिए कुछ मायने में जब दाएँ बाजू अपने एजेंडे की तरफ 'फैंटम' को घसीटने लगे तो मुझे बेचैनी हुई क्योंकि मैंने जान-बूझकर कोशिश की थी कि दहशतगर्दी के खिलाफ होना या लश्कर के खिलाफ होना पाकिस्तान के खिलाफ होना नहीं है। मैं सचमुच यह यकीन करता हूँ कि वे खुद भी दहशतगर्दी

के शिकार हैं और इसे फ़िल्म में दिखाया भी है। लेकिन जब-जब दाएँ बाजू ने इसकी मुखालफत शुरू की तो वह सब कहना शुरू किया जो मैंने फ़िल्म में नहीं दिखाया—पाकिस्तान को एकरंगा और एकसार ढेर की तरह देखना। लेकिन यह सही नहीं है—यह कई परतों से बना है, जब तक हम इन मुख्तलिफ चीजों को अलग-अलग करके नहीं समझते क्योंकि वे भी हमें एकरंगा-एकसार भारत के तौर पर समझते हैं और हम भी उनको ऐसे ही देखते हैं, तो पाकिस्तान के किसी कोने में होने वाली किसी वारदात के लिए हर किसी पर इल्जाम आएगा। तो चूँकि आप सही हैं, इसलिए यह थोड़ी बेचैनी पैदा करती है। लेकिन यह तो 'बजरंगी भाईजान' के साथ भी हुआ। किसी मोड़ पर इसे दाएँ बाजू ने भी सराहा। मुझे याद है कि ट्विटर पर एक बहस हुई जिसमें कांग्रेस के एक नुमाइंदे ने कहा, ''बेहतरीन फ़िल्म, इसका मजा लीजिए।'' इसका जवाब देते हुए आरएसएस के एक बन्दे ने कहा, ''लेकिन भूलना मत कि बजरंगी आरएसएस का आदमी है।''

अजय ब्रह्मात्मज

पिछले 20 सालों से फ़िल्मों पर नियमित लेखन। लम्बे समय तक फ्रीलांसिंग करने के बाद 1999 में 'दैनिक जागरण' से जुड़े। फ़िलहाल 12 सालों से 'दैनिक जागरण' में कार्यरत। अभी 'दैनिक जागरण' में फ़िल्म सम्पादक। लम्बे और सारगर्भित इंटरव्यू में विशेष दक्षता। चवन्नी चैप (http://chavannichap.blogspot.comh) नाम से एक ब्लॉग का संचालन। हिंदी सिनेमा की जातीय और सांस्कृतिक चेतना पर फ़िल्म फ़ेस्टिवल, सेमिनार, गोष्ठी और बहसों में निरन्तर सक्रियता।

मयंक शेखर

लेखक,पत्रकार तथा टीवी शो होस्ट। एक दशक से भी अधिक समय से आप अख़बार और मैग्ज़िन के लिए कॉलम लिखते रहे हैं। शुरुआत 'मिड डे' से की। 'मुम्बई मिरर' के लॉन्च में महत्त्वपूर्ण भूमिका निभाई। 'हिन्दुस्तान टाइम्स' में कला एवं संस्कृति विभाग के राष्ट्रीय सम्पादक भी रहे। बतौर फ़िल्म समीक्षक आप राष्ट्रीय और अन्तरराष्ट्रीय स्तर पर कई फ़िल्म संस्थाओं की ज्यूरी में शामिल रहे हैं। हाल ही में 2016 के भारतीय राष्ट्रीय फ़िल्म पुरस्कार की ज्यूरी में शामिल। फ़िल्म समीक्षा पर लिखी गई आपकी किताब 'हाउ आई मेट योर मूविज़' हार्पर पब्लिकेशन से प्रकाशित है।